致青春 006

冰糖燉雪梨

（下）

酒小七　著

高寶書版集團

目錄

第十二章
怒火與溫柔

黎語冰回到家裡時，發現他爸媽還沒睡。

客廳的燈光調得有些昏暗，兩個人待在客廳裡，那個氣氛，像是在密謀什麼。

然後，從黎語冰出現開始，他爸媽的視線就沒離開過他懷裡的粉色恐龍。

「別人送的。」黎語冰解釋道。

「誰送的呀？」黎媽媽問。

黎語冰沒有回答。

黎媽媽又換了個更含蓄的方式，問道：「男的女的呀？」

「女的。」

黎語冰不想把恐龍拿回自己的房間，所以隨手將其放在客廳的角櫃上。

然後他跟爸媽道了晚安，上了樓。有一些事情，他需要安靜思考一下。

兒子離開後，黎氏夫妻並肩站在角櫃前，跟恐龍對視。

「他撒謊了。」黎媽媽突然開口。

黎爸爸拍了拍她的肩膀：「不管孩子怎樣選擇，我們都尊重他。他過得快樂最重要，對吧？」

黎媽媽直起腰：「過完年你就開始戒酒吧。」

「好……」

除夕夜這晚，棠雪過得前所未有地平靜——去爺爺奶奶家吃年夜飯，然後全家人一起看春晚，看著看著，她就睡著了。

然後棠校長把她叫醒，叫她回房間睡。

棠雪睡得正香，被叫醒了還挺不樂意，迷迷糊糊地走進房間，鑽到被子裡時的想法是，要是黎語冰，肯定不會叫醒她，直接把她抱進來了。

嗯，想什麼呢……

棠雪的手機留在客廳裡，叮叮咚咚地進訊息，聽起來有點煩，棠校長便直接把它轉靜音了。

第二天一早，棠雪起床後看到不少未接來電，想也知道是拜年電話。

她開始一個個地回撥過去。

第一個，夏夢歡。

「喂，夢妃，新年快樂啊，看到我發給你的紅包了嗎？」

「看到了，謝謝大王！那個，大王……」

「嗯？」

「你跟黎語冰……咳，我的意思是，黎語冰最近沒欺負你吧？」

「沒有，他現在發病的次數少了，我感覺啊，他很快就要被我的人格魅力征服了。」

「啊，大王！你終於看出來了？」

「那是。我感覺，黎語冰加入我的豪華跟班套餐指日可待。」

「……」

「乖，不要爭寵，其實他資歷比你老。」

「……」

第二個，廖振羽。

「喂，廖振羽，新年快樂啊，看到我發給你的紅包了嗎？」

「老大，兩毛錢的紅包就不要用這種自豪的語氣講出來了吧？」

「兩錢不是錢嗎？一點感恩的心都沒有。」

「老大。」廖振羽的語氣突然變得有些神祕。

「嗯？怎麼了？」

「你要是願意給我三雙限量版球鞋，我就告訴你一個驚天大祕密！」

「行啊，拿朕的八卦蓮花大毛筆來，我現在畫給你。要什麼牌子的？愛迪達還是Nike？」

「……」

第三個，黎語冰。

「喂，冰狗，新年快樂啊，看到我發給你的紅包了嗎？」

「嗯。」黎語冰在笑。

棠雪從他的笑聲裡腦補了一個畫面，畫面中黎語冰低眉淺笑，溫柔的樣子有幾分可口。棠雪老臉一紅，問他：「你在幹什麼呢？」

「在家閒著，明天和親戚拜年。你呢？」

「我在我爺爺奶奶家呢，待會等著收錢，嘿嘿。」

黎語冰又笑。兩人這樣說了些家常，都是淡如白水的話，竟然也不覺得無聊。

掛了黎語冰的電話後，棠雪又翻看了一下來電名單，剩下的喻言啦邊澄啦之類的，她不是很想和他們講話，於是寫了語氣真摯的拜年簡訊傳過去。

正月初四，棠雪去探望了生寶寶的杜老師。

過年了，許多人家裡有事，有的甚至不在湖城，所以來看望杜老師的同學只有十來個。

杜老師以前是個苗條美女，現在整個人胖了一圈，像是吹氣球一般，不過她臉上的笑容變多了，生完寶寶精神很好。杜老師想請同學們在家吃飯，但她還在坐月子，挺不方便的，大家不願意給杜老師添麻煩，打算等一下一起出去吃。

告別杜老師之前，大家和杜老師以及小寶寶一起拍了合照。

出來之後，同學們便商量著午飯在哪裡吃。今天一起過來的人裡有周染，棠雪和她的敵對關係簡直擺在了明面上，看著周染和其他幾個同學互動良好，棠雪並不想參與，擺擺手說：「我家裡還有事，你們先吃。」

「別呀，」周染卻一把拉住她，搞得好像和她很熟的樣子，「大家都天南地北了，難得聚一聚，就一起吃吧。」

「今天我小舅舅來我家，壓歲錢一千塊起跳，要不然這個損失你補給我？」

周染默默地放開了她。

棠雪不吃，廖振羽感覺留下來就當了叛徒，於是跟棠雪一起走了。

回去的路上，棠雪看到周染發了則朋友圈，是剛才他們在杜老師家裡拍的照片。周染把別人都修得更好看了，就沒幫棠雪弄，甚至，棠雪感覺她可能反向操作了一下，把自己搞得更醜了。

這也是棠雪不喜歡周染的另一個原因——就喜歡搞小聰明，宮心計，從來不敢正面較量。

其實周染跟那幾個留下的人關係也沒多好，都是做表面姐妹。

棠雪在地鐵裡時就陸續收到了那邊兩三個人給她的爆料，都是說周染跟她們講了什麼什麼話，反正不是好話，說棠雪飛揚跋扈欺負新同學，說她亂吃飛醋霸佔黎語冰，又說她腳踏兩條船……很是精彩。

棠雪越看越不爽，正想著怎麼給周染一點教訓，那邊突然傳過來一段影片，讓她徹底爆炸了。

影片裡，周染神色曖昧地說：「她跟我們學校一個學花樣滑冰的男生開房間，被黎語冰抓包，這件事鬧得特別大，聽說那個男生都被影響到退學了。」

棠雪沒插耳機，這段影片開著聲音播放，廖振羽挨近她，也聽到了，聽完之後一臉震驚：「還有這件事?老大，我怎麼不知道?」

棠雪氣得胸膛劇烈起伏著，面沉如水，目露凶光，看起來還蠻嚇人的。

廖振羽也反應過來了：「老大，她造謠！」

棠雪呼地一下站起身，走向車門。

廖振羽連忙跟上去，問道：「老大，幹什麼？」

棠雪一言不發地下了地鐵，走到對面去，要往回坐。

廖振羽不放心，落在後面偷摸著打了個電話給黎語冰，悄聲說道：「喂，黎語冰，你快來，我老大可能要發瘋了！」

棠雪風風火火地趕到周染他們聚餐的地方，找到包廂，一腳踢開了門。

砰！

裡面的人正說笑著，冷不防都嚇了一跳，一齊看向門口，笑容還掛在臉上。

棠雪走進去，掃視一圈，最後目光落在周染身上，對其他人說：「你們繼續吃，不用管我。」

邊澄站起身，叫了她一聲：「棠雪……」他的情緒也不太好，看她的眼神有點難過。

棠雪朝邊澄抬了一下手：「放心吧，我就跟她聊聊。」

她繞著周染來回走了幾步，周染被盯得一陣緊張，臉色白了白，說：「我又哪裡得罪你了？」

棠雪看到桌上擺著啤酒，抓起一瓶快見底的啤酒便往旁邊一把空著的椅子上重重一敲，嘩啦啦，啤酒瓶應聲碎裂，深綠色的玻璃渣撒得滿地都是，和地面撞擊出淩亂的脆響。

在座各位又嚇了一跳，有幾個女生甚至捂著耳朵尖叫出聲。

棠雪手裡握著剩下的半個啤酒瓶，斷口處玻璃參差不齊，尖銳鋒利。她把啤酒瓶指向周染，玻璃尖端與周染的距離很近。

周染嚇得夠慘，想反抗，又不敢，想跑，又怕被誤傷，僵硬地坐在椅子上，抖著嘴唇說：「你、你要幹什麼？」

「知道我為什麼非要練體育嗎？」棠雪緩緩眨了一下眼睛，淡淡開口，「是因為，可以和講道理的人講道理，和不講道理的人，」頓了頓，她邪魅一笑，「不講道理。」說著，她握著啤酒瓶就要上前。

周染嚇得捂著腦袋尖叫，瘋狂地往後退：「啊啊啊啊啊！」

邊澄和幾個男生連忙上前來攔。

就在這時，棠雪突然感覺到有人從背後抱住了她。

寬大、溫暖又不容置疑的懷抱緊緊地將她擁住，彷彿大海擁抱著鯊魚。緊接著，她握瓶子的手也被捉住。他的手掌扣著她，手指稍一用力，就掰開她的手，把那半個瓶子取了出來。

然後，她聽到頭頂上方傳來熟悉的男低音，動聽又溫柔：「別生氣。」

是黎語冰。

他沒有指責她，只是要她別生氣。

棠雪忽然就真的沒那麼氣了。不只不氣，她甚至有點感動。

她在黎語冰懷裡，身體放鬆下來。其他人看到，也大大地鬆了口氣。

唯有邊澄，表情看起來更難過了。

黎語冰鬆開棠雪，將那半個瓶子扔進垃圾桶裡。

棠雪指著周染，恐嚇她道：「你要是敢再造我的謠，我就毀你的容！」

周染的臉色一陣青一陣白，難看到了極點，她偷眼看向黎語冰，見黎語冰看向棠雪的表情都是寵溺和縱容……周染更委屈了。

棠雪的武力威脅管用多了，周染這時連辯解的勇氣都沒有，只希望棠雪趕緊離開。

黎語冰像是擔心棠雪再生事端，握緊了她的手，把她拉出了包廂。

棠雪跟在黎語冰身後，低著頭，視野裡是他咖啡色的外衣、淺藍色的縮口牛仔褲、白色的運動鞋，還有他們握在一起的手。

她的心突然柔軟起來，像早春的麥子，被春風一吹，吹拂出千里萬里的溫柔酥潤。

黎語冰走出飯店後鬆開了她的手。

棠雪摸了摸手，上頭還有他的餘溫。

「怎麼生那麼大氣？」黎語冰問。

棠雪擺擺手說：「我就是嚇唬嚇唬她，沒有真要打人。我跟你說，周染是個小人，欺軟怕硬，必須給她來點硬的。」

「是因為邊澄嗎？」

「啊？」

黎語冰看著她的眼睛，問道：「怕邊澄聽信那些謠言？」

「關邊澄什麼事？」棠雪搖頭，「我其實有點擔心這些謠言傳到我爸耳朵裡。周染今天能跟同學講，明天就能跟老師講，我高中所有老師我爸都認識，他老人家萬一聽信了讒言，可能會把我打死。我還有好多壓歲錢沒收呢，不能就這麼被打死了……」

黎語冰哭笑不得，推了一把她的腦袋：「你只有這點出息。」

棠雪歪著腦袋看向黎語冰，問他：「下午要幹什麼？」

「不知道。」

「滑冰?上次你請我,這次我請你。」

「好啊。」

棠雪沒想到自己也能有烏鴉嘴的一天。她下午玩了半天,晚上回家吃飯時,看到自家老爸臉色陰沉地坐在客廳沙發上。

媽媽坐在旁邊,一直和她使眼色。

棠雪……看不懂。

她走近一些,看到茶几上散落著幾張照片,於是好奇地伸長脖子看,發現照片是之前她在學校被偷拍的那些,追逐打鬧的姿勢也就罷了,兩個人疊著身體趴在草地上的造型,真有點不忍直視。

雖然棠雪知道事實不是那樣,但看到還是會覺得羞恥。而且她這次看到比上次看到時覺得更羞恥,真是奇怪。棠雪指著照片解釋道:「這些都是假的。」

「你怎麼越大越不懂事了?」棠校長把茶几敲得咚咚響,「你是個女孩子,怎麼能這樣做?也太輕浮了!你以為這樣別人就會喜歡你啊?錯!他只會看不起你!你這是在毀你自己!」看來他老人家氣得不輕,才說了幾句話就臉紅脖子粗的。

棠雪指著照片說:「這哪裡來的?」

棠媽媽解釋道:「有人快遞寄過來的。你爸的學生也在,你爸看到快遞,沒多想就拆開了,結果……」

結果，大家全看到他閨女的精彩表演了。

棠雪煩躁地捏了捏額頭。

「你爸的手機信箱裡還收到一組圖片，」棠媽媽補充道，「會動的。」

想到黎語冰那張小狗般的動圖，棠雪也紅了臉。這下真解釋不清了，她搖頭道：「爸，你怎麼不想想別人為什麼寄這些照片給你？明明就是想離間我們父女的關係，對不對？」

「你別給我模糊重點！」

棠雪舉著三根手指道：「這都是假的，我用我的良心發誓。」

「你還有良心啊？誰信？」

「我用我的人格發誓，真的是場誤會，黎語冰只是想看我頭頂上的疤。」

棠校長搖著頭，長嘆一口氣，說：「我跟你媽平常管你管得少，是因為覺得你大了，道理都懂，我怕我們太嘮叨了，反而惹你煩，但是現在，看看你這樣子，」他說著，捏起照片甩了甩，「到現在你都不覺得自己有錯？！你要我說你什麼好！你太讓我們失望了！」

棠雪被他說得又生氣又委屈：「我就是沒有錯，而且我反倒覺得你們有問題。你相信幾張照片卻不相信自己的女兒，眼睛看到的就一定是真的嗎？平常沒少信謠言吧。你知不知道，你被謠言欺騙的時候也是謠言的幫兇。」

「你！」

棠校長氣得要起身，棠媽媽連忙拉住他，對棠雪說：「你這孩子，怎麼跟你爸說話呢？快道個歉。」

「很抱歉讓你們失望了，但我並不覺得自己做錯了。」棠雪說著，轉身就往外走。

棠媽媽在她身後問：「你幹什麼去？」

「我出去冷靜一下。」

棠雪離開後，棠媽媽不放心，起身想跟出去看看。

棠校長制止住她：「你不用管，我倒要看看她回不回來。」

要是平常，棠校長敢用這種語氣和老婆說話，早換來老婆一頓扇了，不過這時棠媽媽體諒他，也沒介意，坐下後說道：「行了，你也消消氣，她就是個孩子，誰十八九歲的時候是一步都不會走錯的？」

棠校長氣得又敲桌子，食指戳著照片上黎語冰那張帥臉，氣急敗壞地道：「就是這個臭小子，一肚子壞水，心眼又多！棠雪本來挺好的，一見到他就被帶歪了！」

棠媽媽拿起那張照片看了看，奇怪地道：「黎語冰以前不是挺乖的嗎？我印象裡只有棠雪欺負他的。」

棠校長哼了一聲：「知人知面不知心。」

「這小夥子長得倒是挺好的。」

「我跟你說，這小子要是敢進咱家的門，我打斷他的腿。」

棠媽媽樂道：「你就吹牛吧，你連魚都不敢殺。」

棠雪出門之後打了個電話給黎語冰，電話裡，她的聲音有一點哽咽，也沒說清楚是怎麼回事，就說想見他。

黎語冰嚇了一跳，打了個車就過來了。

棠雪在凜凜寒風中站了二十多分鐘，黎語冰看到她時，她的鼻尖都凍紅了。

她委屈地看著他，那樣子，又可憐，又有點搞笑。黎語冰特別想抱抱她，又擔心唐突。他站在她面前，低頭看著她，說：「你是不是傻子，不知道找個暖和地方等？」他雖然是在吐槽，語氣卻很溫柔。

棠雪說：「不知道去哪裡。」

「在家總行吧？」

「無家可歸。」

喲，好可憐。黎語冰忍著笑意，說：「那要不你跟我回家？」

棠雪搖了搖頭，一臉生無可戀的樣子。

黎語冰把她帶到吃烤肉的地方，點了一桌子東西。他坐在她對面，拿著個夾子，一邊翻烤肉一邊聽她吐苦水，肉烤好了就夾到她的盤子裡。

棠雪一口氣把今晚的爭吵講了。

她最受不了的地方在於爸媽都不相信她，還說她讓他們失望了，簡直太扎心了。

黎語冰的關注點卻在另一邊，他停下翻烤肉的動作，問棠雪：「快遞是誰寄的？哪家快遞公司？據我所知，現在快遞公司都還沒上班。」

「不知道，」棠雪搖了搖頭，「但這明顯就是一個陰謀嘛，我爸聰明一輩子，怎麼到頭來糊塗了？」

「關心則亂，而且那照片太真了，沒辦法解釋。在你爸眼裡，不管是誰寄的照片，事實就是事實。」

「哼。」

黎語冰說：「你覺得會是誰？」

棠雪想了一下道：「我猜是周染。我今天嚇唬她，她懷恨在心，要報復我。」

黎語冰沉吟半晌道：「照片只有我和你的，沒有你和喻言的？也沒有別的？」

「沒有。」

「那就不是周染。」

「為什麼？」

「假如周染做這件事，目的是激怒你爸，給你難堪，那樣的話，加上你和喻言的照片，效果只會更好，或者，再把網路上那些腥風血雨的八卦列印出來……」

棠雪一聽，用手在頭頂上比了比，說道：「那樣我爸能氣得冒煙，氣成一座煙囪。」

黎語冰見她終於有心情開玩笑了，笑了笑，看著她道：「不氣了？」

棠雪被他溫柔的視線注視著，莫名地一陣耳熱，低頭喝了口檸檬水，咬著吸管的時候，輕輕嗯了一聲。

黎語冰在啪啦的烤肉聲中繼續分析：「所以，這個人寄照片的目的不是激怒你爸，或者，不單純是。」

「那還有什麼？」

「假如，我是說假如，我們真的已經在一起了，你爸看到這些照片，會有什麼反應？」

「呃……拆散我們？」

「嗯。」黎語冰點頭，心裡叫苦不迭。

他們還沒在一起，就要被拆散。

要怎樣去討好棠校長，是他有史以來面臨的最大難題。

黎語冰幽幽地嘆了口氣：「吃肉吧。」說著，他用鐵夾子夾了新烤好的牛里肌肉放到她面前的盤子裡。

那裡已經堆了不少肉。

棠雪偷眼看黎語冰。

他垂著眼睛，餐廳柔黃色的燈光下，他的臉部線條比平常柔和了許多，英俊的眉眼、懸挺的鼻樑，像漫畫一樣完美，櫻花色的果凍唇輕輕抿著，不知道在想什麼。

棠雪看著他的嘴巴，像個小流氓一樣舔了舔嘴唇。

黎語冰放好肉，抬頭看她。

兩人四目相對，視線觸碰之時，誰也沒有迴避。

她看到他黑色的眼睛明亮如火，清澈如水，定定地望著她，眼神認真且溫柔。她陷在他那目光的柔波里，一時間感覺整個世界都在後退，只餘下他們彼此。

怦、怦、怦——

棠雪聽到了自己的心跳聲，那麼重，重如擂鼓；那麼輕，輕如花開。

她已怦然心動。

棠雪在毫無防備的悸動中眨了眨眼睛。

然後她突然手按額頭，低著腦袋不說話，用筷子慢慢地夾著自己碗裡的肉，翻過來倒過去，像翻燒餅一樣，也不吃。

兩個人的對視也不過一兩秒，黎語冰並未發覺異常，倒是她此刻的舉動讓黎語冰感到奇怪，問她：「你怎麼了？」

「我想起來還有點事，我先走了。」棠雪說著，放下筷子起身，拿了包包就往外走，腳步飛快。

「喂。」黎語冰看著她的背影，一陣莫名其妙。

棠雪聽到他的聲音，走得更快了。

她一路走出餐廳，被外面的小涼風一吹額頭，感覺自己彷彿終於從某張曖昧的網裡逃脫出來。

「不不不，這不是真的，」棠雪一邊走一邊自言自語，「一定是幻覺！我就算再饑渴也不可能看上他啊！」說到這裡，她的腦海裡浮現出黎語冰剛才的樣子，嗯，還挺秀色可餐的……

啊啊啊啊，不！

棠雪離開後，黎語冰一直低頭看著烤爐發呆。他不太確定她是不是生氣了。

雖然他想不到任何可能導致她生氣的原因，但女孩子嘛，誰知道？

黎語冰傳了則訊息給自己的室友老鄧。老鄧此人在男女關係上還是有些見地的。

黎語冰：「女孩子一般而言會因為什麼生氣？」

老鄧：「矮、醜、窮、短、小、快，自己選一樣。」

黎語冰：「……」

黎語冰深吸一口氣，忍住了封鎖他的衝動。

然後黎語冰又找了蔣世佳。蔣世佳雖然沒什麼戀愛經驗，但平常黎語冰聽他講話也是滿懂的樣子。

黎語冰：「女孩子一般會因為什麼生氣？」

蔣世佳：「這個就要看具體的情境了，你跟妹子說了什麼？」

黎語冰：「叫嫂子。」

蔣世佳：「大過年的別跟我曬恩愛，謝謝您了！」

黎語冰簡單地把剛才的事情敘述了一下，蔣世佳立刻抓住重點。

蔣世佳：「大哥，你不停地塞肉給嫂子，不就是在變相地提示她她飯量很大嗎？不打你就不錯了！」

黎語冰：「是……這樣？」

蔣世佳：「肯定是！」

黎語冰認為蔣世佳輸在沒經驗，太過教條主義。別的女孩子有可能介意食量，棠雪怎麼可能介意？平常她跟他搶吃的比男的都生猛，還可以在他面前毫無壓力地啃豬腳。

所以，蔣世佳也是不可信的。

黎語冰感覺自己走錯了路，這種事情該找女生問的，女生比較了解女生。可惜，他在自己的通訊錄裡找了一下，並沒有找到關係比較熟可以聊這類話題的女生。主要原因在於，他從中學開始就比同齡人忙得多，要顧好學業又要打好冰球，偶爾有空閒也只是讀讀書練練琴，給自己一個獨處的空間，或是帶著望遠鏡去郊區看星星。

所以他根本擠不出多少時間去進行交友活動，尤其異性交友這類比較需要耐心和精力的活動，最後就導致他跟那些女生都只是泛泛之交，其中甚至有一些人因為表白遭拒而把他封鎖了……

現在唯一能為他提供援助的，竟然是他媽。

黎語冰並不想求助於媽媽，主要是他媽最近挺奇怪的。他具體也說不上是什麼，就是感覺他媽每一個眼神都很有深意的樣子，還經常跟他爸眉來眼去，竊竊私語……有些莫名其妙。

吃過晚飯，黎語冰也沒去別處玩，直接回家了。他到家時，他爸媽已經吃過了。飯是吃了，酒還沒喝夠——他爸爸坐在落地窗前，端著杯紅酒，小口地品著。

這也是最近黎語冰感覺奇怪的地方——他爸這幾天喝酒喝得很兇，也不知是不是有什麼煩心事，他媽也不管。

這個家到底怎麼了，怎麼處處透著詭異？

黎媽媽正在看一部電影，電影名叫《藍宇[1]》。黎語冰走過去坐在她身邊，問道：「我爸怎麼了？」

「沒事，我和他都挺好的。」

「他喝成這樣，挺好的？」

1 一部於二〇〇一年上映的華語電影。改編自一篇筆名為「北京同志」的作者寫的網絡小說《北京故事》，描述一對同志戀人的愛情故事。

「哦，那是最後的狂歡。」

黎語冰想了一下好像有點明白：「他要戒酒了？」

「嗯，過完年就戒。」

「好事。」黎語冰點頭。他贊成爸爸戒酒。

這個時候黎爸爸拎著瓶子端著酒杯走過來，坐在老婆身邊，招呼兒子道：「語冰，你要不要來點？咱爺兒倆喝一杯？」

黎語冰搖了搖頭，感覺有些不對勁。他爸平常好好的，並不酗酒，怎麼突然要戒酒了？

「爸，你是不是體檢出什麼問題了？」

黎媽媽擺擺手說：「要是有問題，他現在已經沒機會摸酒杯啦，你放心吧。」

「那……」他爸怎麼突然要戒酒呢？

黎媽媽正色道：「語冰，我問你一個問題，你要誠實地回答我。」

「好。」

「如果，我是說如果……如果我跟你爸想要生第二胎，你會介意嗎？」

黎語冰愣了一下，還真沒想到他爸媽的思路是這樣。他搖了搖頭說：「這是你們的事情，我不會介意。」

「語冰，你真懂事。二胎的事情我和你爸還沒做好決定，不過你放心，不管怎樣，爸媽都尊重你、支持你。」

那種古怪感，又來了。黎語冰感覺他媽媽這話邏輯有問題：生不生第二胎與尊不尊重、支不支持他有必然聯繫？

他捏了捏額頭，突然想到一事，便說道：「爸、媽，我想請你們幫我個忙。」

「哦？什麼？」

「我想打聽一個人，他的家庭情況或者別的社會關係，越詳細越好。」

黎語冰說的這個人是邊澄。他把自己知道的資訊簡單介紹了一下，黎爸爸和黎媽媽聽說這人是個與他同齡的男生時，相視一眼，彼此心底都是毫無波瀾。

棠雪在大街上瞎溜達，冷靜了好一會，最後去了爺爺奶奶家。

她從小就是爺爺奶奶的小心肝，在爺爺奶奶這裡從來沒挨過罵，一直享受著小皇帝般的待遇。她爸爸對此評價說，老頭老太太們就是健康教育之路上最大的絆腳石。

據說全世界的爸爸都同意這句話，直到他們自己變成老頭老太太。

棠雪的突然到來讓爺爺奶奶很高興，奶奶問她：「雪雪怎麼來了？是不是跟你爸吵架了？」

「哪有，想你們了不行嗎？」

「行行行，奶奶煮湯圓給你吃，想吃什麼口味的？」

「嗯……豆沙的、黑芝麻的混著煮，別忘了放鹽。」

奶奶去煮湯圓了，爺爺拉著棠雪跟她炫耀他新買的紫砂壺。湯圓煮好後，奶奶又弄了點小菜，棠雪拍了照，又拍了兩張和爺爺奶奶的自拍，一起發了到朋友圈。

配文：全世界最愛我的人！

棠校長看到她這則貼文，氣得鼻子都歪了，指著手機對棠媽媽說：「她這是在示威！覺著自己背後有四大大王護著，了不起！」

「四大天王」指的是棠雪的爺爺奶奶外公外婆。

「她也不想想，」棠校長說，「我要是把這照片給他們看了，我看誰還護著她！」

棠媽媽正在看狗血電視劇，聽到這話，說道：「你可算了吧，別把老人家氣出心臟病來。我覺得，這件事情我們是得好好教育她，可你的方式用得不對。棠雪是個什麼狗脾氣你還不了解嗎？吃軟不吃硬，你罵她，越罵越適得其反。」

棠校長哼了一聲，過一會，又對老婆說：「你給我好好地問問她，全世界最愛她的人，到底是誰。」

棠媽媽拿過手機，在棠雪的貼文留了個言，照著老公的吩咐問了。

結果棠雪回：「爺爺奶奶外公外婆還有媽媽。」

好嘛，就是把爸爸踢出去了。

棠媽媽不忍心把這則回覆給老公看。她放下手機，又拿起茶几上的照片，一張張地看，問棠校長：「你說，有沒有可能，我們真的冤枉她了？」

「耳聽為虛眼見為實，真相擺在眼前，我們怎麼冤枉她？」

「那麼如果，這只是一部分真相呢？」

第二天棠雪回家的時候拿著不少吃的，鹽水鴨、牛筋、冷凍的小餛飩，還有滷鵪鶉蛋。奶奶還存著幾個糯米南瓜，寶貝似地拿出來，像個推銷員一樣稱讚南瓜有多好吃，非要她拎兩個回去，棠雪不好意思地拒絕了。

棠媽媽去醫院了，只有棠校長在家裡，這時正在客廳看軍事雜誌。棠雪進門時，棠校長看了她一眼，在她發現之前，又迅速收回視線，裝作很認真在看報紙的樣子。

棠雪把吃的東西都塞進冰箱，出來時在客廳看了一眼她爹，父女兩人誰都不打算先一步開口說話。然後棠雪在客廳裡找到她昨晚放下的冰鞋，背著包又要走。

棠校長終於忍不住了，對著她的背影說道：「你去幹什麼？」他的語氣還是不太妙，有一種想裝又裝不起來的尷尬與僵硬。

「我去跟黎語冰私奔啊。」棠雪說。

棠校長皮笑肉不笑地道：「你去吧，去了，我拿你的嫁妝去買個養豬場。我養孩子不如養豬呢，又省心，還能吃肉。」

棠雪轉過身，看著她爹，一本正經地說：「爸，您否定誰也不能否定我。」

「哦？」

「我是您和我媽生的，也是你們教育出來的，否定我，就相當於否定您自己，哦，還否定了我媽。」

棠校長哼了一聲：「你這找人背鍋的本事可不賴，」說著，他放下手裡的雜誌，「說說吧，到底怎麼回事啊？」

棠雪放下冰鞋走過去，邊走邊說：「首先呢，我感謝您能給我一個申辯的機會，我希望接下來的談話我們都能保持冷靜和克制，與此同時彼此信任。」

「好了好了，趕緊說。」

棠雪坐下來，說道：「爸，您還記得我小時候有一次撿樹杈把頭皮弄破了嗎？當時黎語冰也在。」

棠校長目光放空，想了一會，點頭說：「是有這麼回事。你看見樹上的喜鵲住窩裡，覺得特別好特別羡慕，就想自己也搭個窩，所以就去撿樹杈了……我沒記錯吧？」

棠雪：「……」

「我還記得，你媽問了你半天你才交代實話。」棠校長一臉百思不得其解的樣子，搖了搖頭道，「你說你怎麼想的呢，人住在鳥窩裡，那不成鳥人了？」

「咳，」棠雪一陣尷尬，「那什麼，這些細節就別提了。」

「嗯，你接著說。」

「那次受傷留下了疤，黎語冰還記得這件事，當時就是想看看我頭上還有沒有那道疤，他扒我腦袋的時候正好被人拍了照片。」

棠校長聽到這裡開始覺得不對勁：「怎麼這麼巧？」

「這您就不懂了吧，黎語冰在我們學校是名人，不信我給您看，」棠雪說著，找出手機，翻出黎語冰的八卦資訊站公眾號來給棠校長看，「您看看這點閱量。」

棠校長掃了幾眼那些文章，感覺現在的大學還挺亂，跟江湖似的。他指了指文章裡的某處字眼，問棠雪：「你們學校的人為什麼喊他『綠冰』啊？」

「這個……」棠雪撓了撓脖子，突然眼睛一亮，「您唸他名字的前兩個字，唸快一點。」

「黎語、黎語、綠，」棠校長點點頭，「哦，是這樣。」
「所以老有人跟蹤偷拍他，我屬於被他連累了。」
棠校長沉思半晌，問道：「那你跟黎語冰到底有沒有在一起？」
「沒有沒有！」棠雪連忙擺手。
棠校長不滿地道：「你們又沒有關係，他光天化日之下把一個大姑娘這樣按在地上？不是什麼正經人。」
棠雪心想，好巧哦，我也不是正經人。
等棠雪終於把這件事情解釋清楚了，棠校長又增加了新的疑惑。
「這照片是誰寄的？圖什麼？」
「您可問到重點了。經過我縝密的分析和推斷，寄照片的人有可能也被照片誤導了，他想把照片寄給您，引起您的憤怒，進而拆散我和黎語冰——當然了，實際上我們根本沒有什麼。」
棠校長感覺小孩們的心思還挺多：「是誰想拆散你們啊？」問完了，他在心裡補上一句：我得謝謝他。
「我怎麼知道？」棠雪無奈地聳了一下肩膀，「暗戀我的人那麼多。」
「你知道有誰暗戀你？」
「我不知道，廖振羽跟我說的。」
「廖振羽也暗戀你？」

「他？他不，他喜歡小鳥依人的人，我屬於大鳥。」

「這都什麼亂七八糟的……」

棠校長聽著聽著就感覺腦袋裡擠進去一團毛線，他把照片收拾整齊了放在茶几上，總結道：「我相信你，但這件事情上你還是有錯。你以後啊，不許跟男生在公開場合打打鬧鬧，被人占了便宜都不知道。一個女孩子家……」

「女孩子怎麼了呀？」棠雪有點不樂意聽了，「出事就怪女孩子。」

「不是我怪你，是這個社會對女孩要求太高，出點事，受傷害最多的永遠是女的。我問你，你被人拍了，照片被人看了，最後大家主要在罵你……我沒猜錯吧？」棠校長說著說著又有點來氣了，這次氣的是自己女兒莫名其妙擔了罵名。

「好，算您料事如神。」棠雪見她爹一臉鬱氣，湊近一點，試探著說，「您也別生氣，我想到一個好主意。」

「哦？」

「要不，我把黎語冰泡到手，氣死那些人？」

「你敢！」

棠雪碰了一鼻子灰，灰溜溜地跑去滑冰了。

晚上她收到邊澄的訊息。明天邊澄過生日，請同學吃晚飯，問棠雪要不要過去。

棠雪發了個紅包給他，然後說：「我就不去了，你們好好玩。提前祝你生日快樂！」

邊澄沒有收她的紅包，反手又發一個過來給她。

邊澄：「出場費。」

邊澄：「可不可以？」

邊澄：「你幫我問一下廖振羽要不要來。」

棠雪是個吃軟不吃硬的主兒，邊澄放低姿態請她，她也不好拒絕太過，問清楚周染去不去，得到否定答案之後便答應了。反正過去那點事她早已經釋然了，看淡了，現在心平氣和地面對邊澄毫無壓力。

邊澄過生日請的都是高一時走得近的同學。棠雪和廖振羽一起去的，兩個人都不好意思吃免錢，還準備了生日禮物。沒有周染在，棠雪自在了很多，跟大家一起追憶他們夕陽下逝去的青春。高中生活很奇怪，平淡重複，歷歷在目，每一天都是無聊的，每一天卻又都是深刻的——經歷的時候無聊，回憶的時候懷戀。

也許就是因為單純吧，棠雪不無傷感地想。爸爸說，人年齡越大，想法就越多，人生這張紙上的線條和色彩就越複雜。

這麼來看的話，時間要往前數，人小時候才是最單純的。

一想到小時候，棠雪就滿腦子都是黎語冰。

嗯，不要再想他了！

棠雪無奈地揉了揉腦袋。

「老大你要酒嗎？」廖振羽突然問。

「啊？要，我自己來。」棠雪說著，伸手去接啤酒瓶。

廖振羽可有眼色了，拿過她的酒杯裝滿了。

做完這些之後，廖振羽悄悄傳訊息給黎語冰。

廖振羽：「我老大喝酒了，等一下你要來接她！」

黎語冰：「好。藉口呢？」

廖振羽：「偶遇，偶遇懂不懂？」

黎語冰：「懂……」

廖振羽好難得有把黎語冰當小跟班訓的機會，感覺爆爽。唉，他突然有點不希望黎語冰太快追到老大了呢。

棠雪其實控制著酒量，不敢喝多，主要是擔心回去又被她爹嘮叨。他老人家離開學還早呢，閒在家裡沒事幹，老婆還天天不在家，可寂寞了，逮著一件事能顛來倒去地給你做半天思想教育。

因此，到後來，棠雪是喝得最少的，連邊澄都喝到了頭疼，一臉酡紅，目光有些迷醉。其他人更誇張，有兩個走路都走不穩了。

棠雪和邊澄站在飯店門口，一個個把他們送上計程車。

就剩他們倆時，棠雪抬著手臂想攔下一輛計程車，邊澄卻制止了她。

「我們聊聊。」邊澄說。

棠雪放下手臂，打量著邊澄，問道：「你是不是有什麼事要和我說？」

邊澄側開眼睛不敢看她，臉彷彿更紅了：「後天，要不要一起逛廟會？」

呃……

棠雪盯著邊澄的臉，問道，「邊澄，你什麼意思？」

「我……」

「你不會是想和我約會吧？」

邊澄沒想到她就這樣直白地說了出來。是啊，她一直是個直白又坦蕩的人，一如當初她對他的表白。

她可知道他聽到表白時的激動與狂喜？她又可知道，這表白，他記了三年？

「棠雪，」邊澄低頭看著路面，「我當時拒絕你，是希望我們雙方首先能有一個好的未來，現實是對感情的保障。」

棠雪點頭：「我知道，所以我也沒怪你，我們都看開點，不要對過去耿耿於懷。」

「那現在……」

「現在，我對你的喜歡已經過期了。」

邊澄苦笑：「你一定要說得這麼直接嗎……」

棠雪撓了撓頭：「雖然這樣講可能有點傷人，但我還是覺得把話說清楚比較好，我現在喜歡別人了。」

他們倆說話的時候，黎語冰就站在不遠處，隱在路燈柱子後面，像個間諜一樣，把他們的交談聽得一清二楚。燈柱細細的，根本擋不住他的身軀，幸好他最近鍾愛帥酷的黑色系衣服，剛好燈柱也是黑的，所以勉勉強強算保護色了。

聽到棠雪拒絕邊澄時，黎語冰心裡那叫一個爽。

然後他聽到邊澄問棠雪：「你現在喜歡的人，是黎語冰嗎？」

黎語冰心臟狂跳，屏住呼吸，恨不得在耳蝸外架把傘再接根天線，以確保能清晰地聽到棠雪接下來說的每一個字。

棠雪直到此刻依舊拉不下臉來承認自己竟然會喜歡黎語冰，聽到邊澄這樣問，她立刻目光躲閃，矢口否認道：「我怎麼可能看上他，黎語冰只是我的小跟班。」

好，很好。

黎語冰好生氣，砰的一聲捶了一下燈柱。

肉體與金屬碰撞的沉悶聲響終於吸引了二人的注意力，兩人雙雙望向他。

黎語冰的半張臉隱在柱子後面，此刻正默默地盯著他們。頭頂上方的燈光垂下來，自上而下筆直地落在他身上，那個打光的角度好詭異，搞得他好像是被一道聖光召喚出來的。

棠雪嚇了一跳：「黎語冰，你是覺得路燈能擋住你，還是覺得自己能隱身啊？」

黎語冰鎮定自若地從燈柱後面走出來，說：「好巧。」

棠雪被黎語冰打斷，正好該說的話也都說了，於是跟邊澄道別。

分別之前，她想到一件事，問邊澄：「我家那些照片，不會是你寄的吧？」

邊澄一臉迷茫：「什麼照片？」

棠雪揮了揮手：「沒事。嗯，我相信你的為人。走了，拜拜。」

她和黎語冰一起離開，走遠之後，黎語冰似笑非笑地看著她，語氣有一點危險：「小跟班？」

棠雪是心虛的，而且心跳又變快了，輕輕地，怦怦地，像小兔子在田野間跳舞。她不敢看他了，低著頭，盯著腳尖。

黎語冰說：「誰要當你的小跟班了？」

棠雪垂著腦袋：「對哦，你那麼大隻，應該是大跟班。」

「……」黎語冰氣得直翻白眼，想狠狠敲她的腦袋，又怕她疼。

過了一會，棠雪突然說：「黎語冰，正月初八的白塔寺廟會，你要不要去呢？」

黎語冰頓住腳，直勾勾地盯著她，雖然只能看到烏黑的髮頂。他低聲問道：「你是在邀請我一起逛廟會？」

「嗯。」棠雪說完，連忙心虛地補充道，「夏夢歡也會過來，我們一起玩。」

「哦……」

白塔寺廟會是湖城比較傳統的大型廟會之一，之所以受歡迎，是因為據說在這裡祈福特別靈驗。

正月初八，一起來逛廟會的除了夏夢歡，又捎上一個廖振羽，黎語冰覺得這兩個人算是棠雪的左右護法了。

四個人上午十一點到廟會，買了好多小吃，隨著人流溜溜達達，第一個停留的地方是狀元橋。狀元橋是拱形石橋，有幾百年的歷史，橋洞下掛著一枚超級大的特製銅錢，比臉盆還大，銅錢外圓內方，內方處掛著一個小鈴鐺。

狀元橋最受歡迎的並不是「走橋中狀元」的傳說，而是這個小鈴鐺。

據說用硬幣打中小鈴鐺就能心想事成。

棠雪跟許多人一起站在河岸邊的欄杆外，投硬幣打鈴鐺。

人實在太多了，黎語冰擔心她被擠到，在她身後扶著欄杆，兩手撐在她兩邊，用自己的身體圈出一個牢固的小空間。

也幸好他的手臂足夠強壯，牢牢地支在那裡，有人擠到他碰到他時，他也只是身體適度地向前送一下。

棠雪就相當於站在了他的懷抱裡，她一時心猿意馬，硬幣都不知道丟向哪裡了。

頭頂上方傳來他低低的、帶著笑意的聲音：「笨。」

穩穩穩、穩住。棠雪定了定心神，閉著眼睛把硬幣瞎扔出去。

叮噹——

身邊傳來夏夢歡驚喜的聲音：「大王，你打中了！」

「欸？」棠雪驚喜地睜開眼睛，複又懊惱，「唉，我自己都沒看到。」

黎語冰就笑。他們兩個距離太近，他笑得那麼克制，她依舊聽到了他笑的時候淡淡的氣聲。

廖振羽冷眼旁觀，覺得黎語冰的笑點好低啊。

棠雪大功告成之後，黎語冰也拿硬幣開始投。他好像忘了自己還圈著棠雪呢，一手繼續扶著欄杆，另一隻手揚起來丟硬幣，動作幅度只要稍大一些，棠雪的身體就要和他的相觸。

棠雪只好緊緊地貼著欄杆，沉默不動。

廖振羽忍不住咋舌。老大平常多威風啊，現在竟然像隻小雞一樣被黎語冰按在懷裡，簡直是，威嚴掃地！

黎語冰投了一會也投中了，棠雪如釋重負，兩個人一起看向旁邊的廖振羽和夏夢歡。

「大王，你們先去別處晃晃吧，我不走，我今年一定要心想事成。」夏夢歡說。她扔了半天還沒扔中，現在打算借用一下棠雪的盲扔方式。

廖振羽也還沒扔中，連忙點頭說：「我也是！」

四個人暫時分開，棠雪和黎語冰上了狀元橋，向著白塔寺走去。

夏夢歡玩了一會，扶著欄杆，低頭看欄杆下邊他們露出來的腳面，然後突然對廖振羽說：「廖振羽，你的鞋……」

「啊！」廖振羽一陣驚喜，「終於有人發現了！」接著他語速飛快地幫夏夢歡科普了一下他這雙限量版籃球鞋有多麼珍貴和優秀。

夏夢歡聽得頭暈：「那個，我只是想提醒你一下，你鞋上有腳印，等一下記得擦一下。」

「哦……」

不過，剛才聽廖振羽吹了那麼半天，夏夢歡覺得自己應該捧場一下，於是笑著打趣：「你這鞋很貴吧？看來今年過年收入不錯哦。」

「嘿，不要錢。」

「啊？撿的嗎？」

「不是……」

廖振羽把來龍去脈跟夏夢歡講了一番，夏夢歡聽罷，問他：「那另一雙鞋呢？」

「另一雙還沒買，存在黎語冰那裡，我還沒想好另一雙要什麼。」

「廖振羽，你這樣做，萬一大王知道了……」

廖振羽連忙說：「你不要告訴老大！」

「哦，」夏夢歡玩著手指頭，偷偷瞄了他一眼，小聲說：「那你得給我一點封口費哦。」

「哈？」廖振羽愣住。

「另一雙球鞋歸我了，你讓黎語冰折現，錢留在你那裡，給我買零食。」

廖振羽說：「那你直接去找黎語冰要好處吧，他肯定願意給你的。」

夏夢歡斬釘截鐵地搖頭：「那不一樣。如果我被黎語冰收買，就相當於背叛自己的好朋友。」

「現在呢？」

「現在，就只是幫你保守祕密的辛苦費。」

廖振羽呆了呆道：「意思是好處你拿了，然後你還比我高尚？」

夏夢歡笑瞇瞇地朝他眨了眨眼睛。

廖振羽感覺夏夢歡跟自己並不是一國的。

他的老大，為他培養了一個小老大。

第十三章 人倫慘劇

白塔寺建得精緻幽深，寺外有一道蜿蜒而上的石階。棠雪和黎語冰並肩走在石階上時，她聽到黎語冰問她：「你的心願是什麼？」

「那你的心願又是什麼？」棠雪抬頭看他。

黎語冰凝望著她的眼睛，他從她清亮的大眼睛裡看到了自己的影子，心跳便亂了一些，輕聲問她：「你真的要聽？」

「那你說說唄。」

「我……」

就在這時，身後有人不滿地催促他們：「喂，你們走不走啊？」

兩人只好繼續埋頭向上爬。

一直爬到頭，兩人沒再說別的。

進白塔寺後，黎語冰被泱泱大國的人口數量震驚到，舉著手機想要記錄這人頭攢動的畫面。

棠雪說他沒見過世面。

黎語冰站在大殿下邊，身後是四、五十公分高的石台，石台往上還有一層更華麗的石台，再上面才是大殿。

棠雪跳到第一層石台上，站在黎語冰身後。她終於獲得了一次俯視黎語冰的機會。黎語冰的腦袋長得很端正，頭髮烏黑健康，髮頂上有個端正漂亮的小漩渦。

棠雪看著看著，沒忍住，突然抬手摸了一下他的腦袋。

黎語冰的頭髮有些硬，隔著髮絲，她能感受到他頭皮上的熱量，他時時刻刻都像是一個發熱的小火爐。

「黎語冰，我總算摸到你的頭了！」棠雪不無得意地說。

黎語冰竟然沒有反抗，只是好脾氣地說：「你小心掉下來。」

棠雪聽到這話，莫名地心裡一甜，勾了勾嘴角，胡亂揉他的腦袋，就像他曾經對她做的那樣。

她止玩得開心呢，有個男人背著小朋友從她身後路過。小朋友手裡拿著個大風車，風車呼啦啦地轉著，小朋友的手臂伸出去太遠，一不小心戳到棠雪的腦袋，把棠雪嚇了一跳：「唉喲！」

黎語冰反應超快，立刻轉身一手攬住她。

棠雪扶著黎語冰的肩膀，轉頭看到襲擊她的原來是風車，這時大人和小孩都在跟她說對不起。

「沒事沒事。」棠雪說著，輕輕地推黎語冰，想把他推開。

黎語冰卻沒有鬆開她，反而變本加厲地收緊手臂，突然單手將她抱下石台。他的動作太快了，沒給她反抗的時間，等她反應過來時，雙腳已經離開石台，懸在空中。黎語冰的手臂橫在她的大腿後側，像抱小孩那樣抱著她，棠雪又緊張，又有點興奮，又有一種淡淡的羞恥感。

然後黎語冰彎腰將她放下，棠雪的腳重新踩在地面上時，她聽到黎語冰說：「身材不錯。」

轟——棠雪的臉爆紅。

感覺到臉上瞬間騰起的火熱，棠雪頗為掩耳盜鈴地一下子將外套上的帽子兜到頭上，意圖遮掩住自己此刻的窘況。

然後她也不搭理黎語冰，忙腳步匆匆地走開。

黎語冰牽著嘴角，跟在她身後。

白塔寺裡供著大大小小許多佛，棠雪進了佛殿，見佛就拜，走著走著看到有一處香火特別旺，她也擠進去，來不及細看，先點了一炷香，還磕了頭。

起身時，她聽到黎語冰在她身邊說話：「你抬頭看看。」

棠雪聞言抬頭，看到上邊端坐的是白衣觀音，觀音手裡抱著個大胖娃娃。

黎語冰：「你拜的是送子觀音。」

棠雪：「……」

她一陣尷尬，幸好她有兜帽護體，黎語冰肯定看不到她的表情。

「觀音娘娘，打擾了，」棠雪雙手合十，表情特別特別虔誠，「您就當我沒來過。」說完她又拜了拜，拜完轉身就走。

黎語冰跟在她身邊笑出聲，笑聲緩緩的、淡淡的，不急不慢，綿延不絕。

棠雪覺得他是故意這樣笑，她惡聲惡氣地制止他：「你不許笑！」

「傻子。」黎語冰說。

棠雪提腳，作勢要踢他。

黎語冰一臉有恃無恐：「你在菩薩的地盤，不要動手動腳，當心菩薩送寶寶給你。」

「你！」

「好了，不要生氣，」黎語冰見她要炸毛，立刻安撫，「我請你吃飯，吃好的。」

棠雪一挑眉：「有多好？」

「隨便挑。」

晚飯棠雪挑的是吃到飽。夏夢歡說：「我吃吃到飽從來都是賠錢的。」

其他三人一臉輕鬆。棠雪道：「放心吧，我們都幫你賺回來。」

廖振羽點頭：「嗯！翻倍賺，啊不，翻八倍！」

那之後，他們在餐廳逗留了很久，夏夢歡感覺像是在看吃播節目現場。吃完飯，時間也不早了，幾人便散了，廖振羽和黎語冰各自回家，夏夢歡跟著棠雪回去，暫住在她家。

黎語冰回到家，看到他爸媽都是欲言又止的樣子，好像有千言萬語想說給他聽。

「語冰，你托我們打聽的事情，我們已經打聽清楚了。」黎媽媽首先開口。

一家三口坐在客廳裡，黎語冰這時口乾，倒了杯白開水。

黎媽媽用試探的語氣問黎語冰：「語冰，你跟爸媽講實話，你是想跟那個邊澄在一起嗎？」

噗——黎語冰成了噴壺。

他抽了張紙巾，胡亂擦了擦，莫名其妙地看著他媽。因為太過困惑，他的眉頭都隆起來了，他問他媽：「你說什麼？」

「語冰，你別生氣，媽媽沒有別的意思……」

「等等……」黎語冰打斷媽媽的話，「你剛才說什麼？我、邊澄，在一起？」

「嗯。」

「兩個……男的？」

「嗯。」黎媽媽和黎爸爸對視一眼，她從老公那裡得到了一點勇氣，這才接著說道，「語冰，我和你爸爸已經猜到了。」

「你們猜到什麼了？」黎語冰心內湧起一股不祥的預感。

黎媽媽：「你放心，我們都會支持你的。」

黎語冰閉了閉眼：「你們，覺得我喜歡男人？」

「語冰……」

黎語冰扶額：「你們為什麼會覺得我喜歡男人？」

「你、你不喜歡嗎？」

「當然不！我到底做錯了什麼，讓你們這樣懷疑？」

黎語冰感覺精神受到了巨大的衝擊，他現在有點崩潰。

親爹！親媽！懷疑親兒子的性取向？

簡直是人倫慘劇！

黎媽媽：「你偷偷畫過眼線，沒有洗乾淨。」

黎語冰：「……」這她都能看出來？

黎媽媽：「你還喜歡粉色的恐龍。」

黎語冰：「……」這是個誤會……

黎媽媽：「最重要的一點，你從小到大，從來沒有對女孩子表示過興趣。小時候就不提了，中學六年青春期，你竟然從來沒被女孩子吸引過。」

黎語冰：「……」他沒時間謝謝。

黎爸爸在旁邊補充道：「而且你連色情雜誌和色情電影都不看的，這不正常哦。」

黎語冰：「……」真抱歉，他沒有看色情雜誌和色情電影，讓他們失望了。

黎媽媽：「然後你又跟我們打聽一個男生，我們第一反應肯定是這個嘛，對吧老公？這才是最正常的反應。」

黎爸爸連忙點頭附和：「老婆講得對！」

黎語冰沒想到他爸媽七扯八扯能扯出這麼多「線索」來，他都不知道怎麼解釋了，艱難地揉了揉額頭，說：「我不是同性戀，我喜歡女孩子。」

「你怎麼那麼肯定？」

「因為我現在正在追一個女孩子。」

「……」

黎爸爸、黎媽媽都驚喜地坐直了身體，黎媽媽的情緒甚至有點激動：「語冰，你、你沒騙我吧？」

「沒有。」黎語冰搖頭，又說，「我請你們打聽的人，是我的情敵。」

「情敵！」黎媽媽突然正色，「需不需要爸媽幫你搞他？」

黎語冰滿臉黑線：「不用……」

不管怎麼說，黎爸爸、黎媽媽總算了卻心結如釋重負，兩個人都是喜氣洋洋的樣子，黎語冰感覺，要不是因為禁令，他們兩個能出去放一串鞭炮。他第一次發現原來他爸媽腦洞可以開那麼大。

「語冰啊，」黎媽媽笑著湊近了一些，問道，「你喜歡的女孩子是誰呢？」

這要是在平時，黎語冰被爸媽問及此，大概不會拒絕回答，他家的家庭氛圍一直是比較開明和輕鬆的，可是現在，黎語冰受到來自親爹親媽的精神傷害，他要為自己報仇，決定打死也不說出口，就讓他們這麼憋著吧。

於是他微微一笑：「等我們生了寶寶再告訴你。」

黎語冰找廖振羽要了周染的聯繫方式，把人約了出來。

周染為了這次見面，打扮得那叫一個水靈。其實她不知道的是，黎語冰作為一個直男，大部分時候是感受不到女孩子們精心別緻的裝扮的。

見面之後，黎語冰先把周染一頓嚇唬：「棠雪的爸爸收到了我和她在霖大的那些照片，是不是你寄的？你知不知道，棠雪看到照片之後很生氣，要來教訓你。」

周染想到那天棠雪用碎啤酒瓶恐嚇她的樣子，立刻一臉惶恐，花容失色道：「我怎麼可能做那種事？！不要亂講！不是我！」

「嗯，我也覺得不是你，你放心，我已經攔住她了。」

「謝謝你，冰神……」周染紅了眼眶，委委屈屈地說。

黎語冰揮了揮手：「總之，你以後不要在背後說棠雪了，再有下次，我不一定攔得住。」

「嗯嗯嗯！」周染忙不迭地點頭。

然後黎語冰又問：「這些八卦，除了那天你們同學聚會，你之前還跟別人講過嗎？」

「我只跟邊澄說過。」

周染把照片和連結發給邊澄的時候，心裡是有幾分快意的。她跟棠雪同時喜歡邊澄，但邊澄對棠雪比對她好，可是現在呢，看看，你喜歡的人現在跟別的男生曖昧糾纏，扎不扎心，難不難受？

黎語冰聽到周染這樣說，心中的猜測又篤定了幾分。他點了下頭，說：「謝謝。」

周染看著黎語冰那張英俊的臉，突然反應過來她太自作多情了，黎語冰哪裡是專程來找她，他明明是為了棠雪而來的。

她心中一陣酸澀，忍了忍，說道：「冰神，我可以問你一個問題嗎？」

「嗯？」

「為什麼你們都喜歡棠雪？就算她長得漂亮，可是漂亮的人有很多啊。」

「我有什麼辦法？」黎語冰說。喜歡上那樣的傢伙，他也心很累好嗎？

周染難得地敢在冰神面前倔強起來：「這不算答案。」

黎語冰看了一眼周染的表情，問她：「其實，你無法理解的是，為什麼她很容易成為焦點，很多人圍著她轉，聽她的話，對不對？」

周染點了點頭。

「我只能告訴你，有些人，天生就是會發光的。」

周染……更加羡慕嫉妒恨了。

告別周染之後，黎語冰去了邊澄住的社區，找到邊澄家門牌，咚咚咚，敲了敲門。

邊澄開門一見到是黎語冰，嚇了一跳。

「你怎麼會知道我家的住址？」邊澄一陣奇怪。

「你能知道棠雪家的，我就不能知道你家的？」黎語冰一臉神祕，裝得像個國安局情報員。

實際上這些情報都是他從爸媽那裡批發來的。大家都是本地人，關係盤根錯節，黎語冰的爸爸媽媽動用了不少親戚朋友的關係，而且邊澄的爸媽都是公務員，所以打聽過程還挺順利的。

邊澄看到黎語冰裝神祕，把他請了出去，兩個人站在樓下的涼亭裡講話。

「你找我有事？」邊澄問道。

黎語冰盯著邊澄的臉，說：「照片是你寄的。」

邊澄推了推銀色的細眼鏡框，面無表情地看著他，突然微微一笑：「哦？你有什麼證據？」

「我不是來和你對證的，我只是好奇一點，你費盡心思拆散我們，難道就不擔心因此給了喻言機會？」

「喻言進了國家隊，短期內應該不會回去……我看過新聞。」

「真是好算計。」黎語冰都要忍不住幫邊澄點讚了。原來邊澄想的是先把他這個最大的威脅解決掉，然後和喻言站在同一起跑線上——他們倆都在北京，跟棠雪距離一樣，誰也撈不到便宜。

邊澄把他的稱讚照單全收了：「過獎了。」

黎語冰說：「你大概覺得我不會把你怎麼樣。」

邊澄沒有說話，但他的表情顯然是默認了這一點。

黎語冰有理由相信，如果他現在不做點什麼，以後邊澄回了學校還會作怪。

「邊疆是你爸？」黎語冰突然問道。

邊澄不動聲色地看著他，反問：「你什麼意思？」

「你爸爸叫邊疆，以前是水利局的第二負責人，因為工程問題差點被雙規[2]，後來被發配到檔案局，他在清水衙門不甘寂寞，現在正在想辦法調回去，據說走了不少關係……嗯，今年過年沒少送禮吧？」

黎語冰一口氣說完這麼多，邊澄終於不淡定了，一臉戒備地看著他。

黎語冰微微一笑：「你盯著別人的時候，別人也在盯著你。」

「你想幹什麼？」

「我不想幹什麼，」黎語冰說著，抬手，食指朝上指了指，語氣加重，「人賤，有天收。」

黎語冰深諳裝蒜的奧義：摸不清底細的才更讓人忌憚，所以三言兩語點到為止即可，剩下的，讓對方自己去腦補。腦補的東西永遠比現實精彩。

2 指貪污賄賂案件的涉案人員，被要求在規定的時間、地點就案件所涉及的問題作出說明。

所以這時他裝完蒜就不再跟邊澄廢話，轉身走了。

留邊澄一個人在原地，臉色一陣青一陣白，難看無比。

夏夢歡在湖城待了兩天。棠雪的爸媽可喜歡這個小姑娘了，覺得她特別文靜特別有氣質，跟自家的女兒不一樣，這樣的小姑娘才是真正的小棉襖！

至於他們的女兒，有時候是小棉襖沒錯，但有時候能把爹媽氣吐血，又讓人忍不住懷疑這小棉襖是黑心棉做的。

正月初十，夏夢歡登上了回家的高鐵。在驗票口外，她依依不捨地跟棠雪他們告別，然後和棠雪擁抱。

夏夢歡放開棠雪時，廖振羽也張開手臂想和她擁抱，結果夏夢歡假裝沒看到他，推著行李轉身揮手：「拜拜！開學見！」

廖振羽有點尷尬，假裝去抱黎語冰。

黎語冰一巴掌蓋在他的臉上，用力一推，廖振羽被推開，只好去抱老大。

黎語冰突然又一把將他拽回來，敷衍地和他抱了一下。

廖振羽感覺黎語冰可能是個戲精。

棠雪問黎語冰：「你的球隊什麼時候集合？」

「後天。」

「哦。」

三人一同往外走，黎語冰看著棠雪的髮頂，突然說：「明天我想回母校看看，你要不要一起？」

「好哦。」

放假期間，學校的大門是鎖著的，警衛倒是還在，有教職員出入的話可以幫忙開門，棠雪最多算個教職員家屬，不一定有這個待遇。

黎語冰認為跟警衛說一聲就可以，但棠雪不想太過高調。警衛跟她爸爸可熟了，當然也認識她。今天他們從這扇門進去了，搞不好明天她爸就知道她跟黎語冰玩了，肯定又要嘮叨。

「我們翻牆。」她對黎語冰說。

黎語冰有點莫名：「有門為什麼翻牆？」

「就是好久沒翻牆了，突然想翻了不行嗎？」

「你這是什麼愛好……」

吐槽歸吐槽，黎語冰最後還是跟她一起去翻牆了。

這是黎語冰人生中第一次翻牆，動作難免生澀笨拙，幸好他身體條件夠好，所以一切進行得還算順利，只是掌心擦破了一點皮。反觀棠雪，那真叫一個乾淨俐落、輕車熟路，一看就經驗豐富。

「你到底翻過多少次牆？」黎語冰又忍不住吐槽。

棠雪抱著手臂，笑嘻嘻地看著他：「黎語冰，我發現你也沒什麼變化嘛，到現在都還是個乖寶寶，牆都沒翻過。」

沒翻過牆很不正常嗎？翻過才不正常吧！

黎語冰默默在心裡嘀咕了一句，沒有說話，掌心破皮的地方有點癢，他在衣服上擦了擦。

棠雪注意到他的動作：「受傷了？我看看。」

黎語冰便朝她攤手。

棠雪拽著他的手，拉到自己面前。他的手比她的大了很多，以至於她只能握住他的四根手指。

黎語冰的指尖陷在她柔軟溫熱的掌心裡，他一陣心猿意馬，呼吸都變得小心翼翼，彷彿擔心驚動了她。

棠雪垂眼看著黎語冰的手。他掌心接近虎口的地方確實擦破了一大片，白色的肉皮捲起來，沒有露出血絲，看來是沒什麼大礙。她低下頭，對著那片破皮的地方鼓起了嘴。

黎語冰盯著她鼓起來的櫻桃般的唇瓣，心跳劇烈，喉嚨滾動了一下。

呼──棠雪輕輕吹了一口仙氣。

氣流從皮膚上拂過，輕柔細微的觸感，彷彿被羽毛撩撥，黎語冰一陣悸動，吞了一下口水。

棠雪放開他，低著頭也不敢看他的眼睛，小聲說：「吹吹就不疼了。」

黎語冰心想：親親才不疼。

不過他也只敢在心裡耍一下流氓，話到嘴邊變成了：「謝謝。」

棠雪沒說話，貼著牆邊走，去找他們以前的教室。放假期間，校園沒什麼人打掃，牆邊落了不少樹葉，踩上去沙沙作響。黎語冰手插著口袋，悠閒地走在棠雪身後。走著走著，他不經意地仰頭，看到陽光從枝葉間漏下來，斑駁碎亮，慵懶漫長，一如歲月。

棠雪很快找到他們以前的教室。現在還沒開學，教室一間間都貼著封條，門上掛了鎖。棠雪和黎語冰站在窗前，猥瑣地隔著玻璃往裡看，像兩個訓導主任。

棠雪問黎語冰：「我們以前的座位，你還找得到嗎？」

黎語冰嗯了一聲。

「可惜不能進去看看。」棠雪在那裡遺憾了一會，便摸著窗戶邊推著，一扇扇地試過去。

「你做什麼？」黎語冰問。

「看看能不能翻窗戶。」

「你……」黎語冰都不知道說點什麼好了。

棠雪突然一臉驚喜：「咦？這扇窗戶沒鎖上。」說著，她用力推，推啊推，使足了勁，憋得面紅耳赤。

黎語冰一陣無奈，走過去幫忙。

那扇窗戶不知道怎麼著卡住了，看這樣子，之所以沒鎖，並不是老師粗心，而是老師也推不動。黎語冰的力氣很大，有了他的助陣，窗戶終於一點點挪開了。

算這窗戶運氣好，沒有直接被他掰下來。

棠雪迅速翻進教室，黎語冰在她身後提醒道：「你慢點。」

「你快點！」

兩個人找到自己曾經的座位，擦了擦灰塵，坐下。

兩個人剛一坐好，回憶的閘門突然打開，童年的種種彷彿浪潮一般鋪天蓋地席捲而來。黎語冰一瞬間想到很多很多他和棠雪一起的經歷——

他們在同一個學習小組，他幫她檢查過作業，改過錯字，潤色過作文，她還寫作文誹謗過他。

他們一起做過社會實踐活動，在旅遊景點做免費導遊，他幫棠雪做講解，棠雪幫他拉客戶。

他們一起做過黑板廣告，兩人意見相左，各執己見，最後黑板報做成涇渭分明的兩塊，風格迥異，老師看到之後哭笑不得，一頓批評。

他們一起做值日生，棠雪喜歡在垃圾裡面找八卦，她曾經找到同班同學畫給黎語冰的情書，好一頓嘲笑，他撕了情書，整天沒搭理她。

他們一起吃午飯。

他們一起玩遊戲。

他們……

人真是奇怪。

許多事情當時覺得美好，很久之後再回憶，可能變得面目可憎一地雞毛；許多事情當時覺得無法接受，很久之後再回想時，心裡卻只有溫暖與感動。

時光啊……

「黎語冰，你看。」棠雪突然開口，打斷了黎語冰的思緒。

黎語冰低頭，看到她正指著桌面上的一條線。那條線是用小刀刻的一條淺淺的痕跡，然後用藍色的鋼筆描了一遍，畫得像墨線一樣齊整。鋼筆水滲進了木質桌面裡，顏色因為氧化作用變得有些暗沉，不再鮮亮，一看就有些年頭了。

他們用的課桌都是雙人課桌，難免會發生「領土爭端」。劃分界線的事情，許多人都幹過，但很少有人畫這麼整齊的。

這條線是黎語冰畫上去的，因為棠雪那時候寫字的姿勢像隻螃蟹，橫著要占不少空間，手肘老是往他面前擠，黎語冰被逼得像個獨臂大俠一樣，只能用一隻手學習。他看到別的同學都畫線，無奈之下，也畫了一條。身為全班第一的小孩，畫線也有自己的風格：精確測量，一絲不苟，畫出來的線也是全班最優秀的。

可惜，這麼漂亮的線，效果卻不怎麼理想。棠雪依舊我行我素，並沒有從螃蟹變成小龍蝦。

黎語冰用指尖摸著那條線，有些感慨：「這課桌竟然還沒換。」

「嗯，」棠雪點頭，「我爸說桌椅不能換得太頻繁，要培養同學們勤儉樸素的品質。」

不過現在這張課桌確實該換了，桌面已經損壞了不少，桌腳也有些搖晃，該退休了。也不知道換下的課桌會去哪裡，棠雪有點遺憾，好想把它搬回家。

她趴在課桌前又看了看，上面除了那條整齊的界線，還有很多亂七八糟的東西，有畫上去的，有刻上去的，她在這些淩亂的線條裡找到了自己曾經畫過的一張撲克牌。撲克牌已經被蹭掉了一半，剩下的一半被後來居上的線條壓住，根本看不清原先是什麼。

棠雪指著那碩果僅存的半個黑桃，問黎語冰：「你還記得這是什麼嗎？」

黎語冰只看了一眼就答：「記得。」說完他突然笑了。

這張撲克牌，記錄了棠雪的一段屈辱史——她曾經有過破產的慘痛經歷。

認真追究的話，破產還是黎語冰引起的。

黎語冰有段時間被棠雪壓迫得喘不過氣，就打算搞點副業。他在班上弄了一個抽獎活動，獎品是從家裡帶來的玩具。一等獎是個小機器人，這在當時來看是很新奇的了，然後二等獎、三等獎也都不錯，安慰獎是原子筆芯。而且他牢牢地抓住同學們虛榮的心理，安慰獎不叫安慰獎，叫「優秀獎」。

抽獎是一塊錢一次，沒有錢也沒關係，可以用其他東西抵，零食、玩具、文具都行。並且呢，黎語冰非常鼓勵大家用物品抵帳，因為錢未必能到他手裡。

每一個參與其中的人都被要求保守祕密，否則有可能失去競爭機器人的機會。

這次抽獎活動搞得轟轟烈烈，一到下課就有人圍著黎語冰。趙老師好奇地問他們在幹什麼，所有小孩眾口一詞地答：「我們在看黎語冰的機器人！」

好嘛，看就看唄，趙老師也就不理會了。

黎語冰成為整個班級最大的莊家，連棠雪都參與了。當然，考慮到她的身份，黎語冰允許她免費抽了兩次，棠雪抽到兩根筆芯之後突然覺得特別眼紅。

她眼紅的不是黎語冰的機器人，而是抽獎做莊這項活動，感覺好風光，適合她。於是過不多久，她自己也山寨了一版，獎品雖然沒有黎語冰的機器人，但也是時下流行的東西，所以也是比較受歡迎的。

可惜棠雪犯了一個很大的錯誤——她當時年紀太小了，對中獎概率這個東西沒有概念，所以並沒有科學地去設計賠率，而是直接根據感覺拍腦袋定的。結果第一天抽完獎，盤點了一番，發現賠錢了，她以為自己運氣不好，於是在課桌上畫了個黑桃A，希望借助神祕力量轉轉運。

然而，她的運氣沒有轉過來，情況越來越壞。

後來她欠下好多獎品發不出來，同學們去找老師伸張正義。趙老師感覺棠雪真是個人才，闖禍都能闖得這麼有創意。她把棠雪批評了一頓，然後把這件事向棠校長報告了。

棠校長快被這個小傢伙氣死了：「你這是地下賭博你知道嗎？！」

棠雪含著兩包眼淚，不敢點頭也不敢搖頭。

棠校長自掏腰包，把虧欠的獎品給同學們補上，然後對棠雪說：「這錢不是白補的，你得自己賺回來。」

棠雪賺回來的方式是打工，打工的內容是撿狗糞。

棠校長發了狠，一定要讓棠雪知道誤入歧途的下場有多麼悲慘。

所以那一個月，棠雪一到週末就拎著袋子和鏟子在社區溜達，撿狗糞，一塊狗糞一塊錢。運氣好的時候會遇到提著垃圾袋遛狗的叔叔阿姨，她上去賣個萌就能得到一兩塊狗糞。叔叔阿姨們的表情都挺一言難盡的：這麼漂亮的小姑娘，要狗糞幹什麼呢？

黎語冰有幸參觀過一次棠雪撿狗糞的場面，印象深刻，心有餘悸，回頭趕緊把自己的產業給停了。

所以現在黎語冰笑，笑的是棠雪撿狗糞的狼狽。

棠雪被他笑得一陣毛躁，推了他一下：「你不許笑！還不是因為你！」

黎語冰被她推得身體一歪，趴在課桌上，用手拄著下巴，笑吟吟地望著她，眉宇間全是促狹，可目光又是溫柔的。

棠雪轉過臉不理他，不自在地扒了扒頭髮。

黎語冰看著她的側影，視線更遠處是明亮的玻璃窗，窗外有陽光照進來，落在原木色的桌面上，他與陽光之間隔著她。

教室裡很安靜，只有他們兩個的呼吸聲。

黎語冰心有些癢。

第一次這樣和喜歡的女孩子獨處，他不知道該做點什麼，既能讓彼此的關係更親密一些，又不顯得那麼唐突。他只有這樣靜靜地看著她，感受自己心跳的頻率。

棠雪並不是一個文靜的人，這樣安靜了一會又手癢了，在書桌裡翻了一下，空蕩蕩的書桌，竟然被她掏出一條紅領巾。

「喲，」棠雪有點高興，「過來。」說著，她拿著紅領巾要往黎語冰的脖子上套。

黎語冰笑著躲她。

他的身體比她高很多，她想逮他怎麼也逮不到，到後來，黎語冰突然一扣她的手，弄得她一陣愣怔，他輕巧地把紅領巾奪了過來。

「你會嗎？」黎語冰拿著紅領巾，說道。

「怎麼不會？」

「你小時候的紅領巾，都是我幫你繫的。」

「咳。」

黎語冰說得也不算錯。棠雪小時候在家是爸爸幫她繫紅領巾，她在學校喜歡玩紅領巾，解下來經常隨便搭在脖子上，三年級之前都是黎語冰幫她繫，她從四年級開始才自己繫紅領巾。

明明是事實，可被黎語冰這麼講出來，她就莫名地老臉一紅，也不知道在羞澀什麼。

黎語冰趁著她發呆，把紅領巾往她脖子上一套，低著頭，開始仔仔細細地幫她繫。

他幫她套紅領巾時，指尖碰到她脖子上裸露的肌膚，弄得她一陣戰慄，不自覺地緊張起來。

時隔多年，棠雪已經從小蘿莉長成了曼妙少女，黎語冰看著她高聳的胸脯隨著呼吸一起一伏，感覺不能好了，手指輕微地抖動著。

棠雪盯著黎語冰的臉，一開始看著他鼻樑旁邊那顆小小的漂亮的痣。黎語冰五官長得英俊帥氣，氣質偏硬，氣場比較強，這顆痣剛好在他臉上添了靈巧別緻的一筆，使他整個人的氣質染上了一絲生動的柔和，恰到好處，堪稱傑作。

看著看著，棠雪突然問：「黎語冰，你臉紅什麼呀？」

「你的身材太好了。」

「……」棠雪反應過來他這話的意思時，也臉紅了。

然後她一腳踢到他的椅子上，連人帶椅子踢出去一些：「走開！流氓！」

黎語冰悶笑不止。

棠雪解下紅領巾放回課桌裡，起身，翻窗出去。

黎語冰緊跟著翻出去，把窗戶用力拉回到原位，這才一邊笑，一邊噔噔噔地追上去。

兩個人到了外面，尷尬稍微緩解了一些。棠雪背著手溜溜達達地走到廣場上，那是他們以前每週一升旗的地方。

廣場旁邊種著一排楊樹，黎語冰想到一件事，走過去從頭到尾開始數楊樹。他數到第十二棵時，棠雪也反應過來他要做什麼，兩個人開始在楊樹上尋找。

時間隔得太久，楊樹長得高大粗壯了許多，他們找了半天，終於找到兩個扭曲的圖案——一個白梨和一塊糖。

這是棠雪拿小刀刻上去的，刻的時候也沒別的想法，就是覺得好玩。當時黎語冰也在，但他拒絕參與，棠雪當時還跟他解釋：「我聽說，刻一下樹皮，樹不會死的。」

她本來想刻他們兩個的名字，但是筆劃太多了，刻了幾筆就放棄了，只畫了一個白梨代表黎語冰，一塊糖代表她自己。

本來小孩的畫工和雕工就不怎麼樣，加上楊樹的自然生長，現在那兩個圖案還勉強能辨認，再過段時間，估計就認不出來了。

這時，兩個人看著糖和梨，棠雪突然一陣感慨，說道：「黎語冰，你說，要是當時一中沒有找你，現在會是什麼樣呢？」說完，她轉頭看著他。

黎語冰在她的注視中怔了一下：「一中找我？」

「你不用裝傻，你媽都跟我爸說了，一中為了搶學生去找了你。」棠雪解釋道，然後又安慰他：「我可以理解的，畢竟有獎學金嘛，要是我，我可能也會和你一樣。」

原來是這樣嗎？

黎語冰想到那天棠校長看到他時充滿敵意的眼神，終於明白了。

他只當自己那時的不告而別算是表明態度，棠雪自會理解，哪裡知道，她竟然被一個謊言騙了這麼多年。

這麼多年啊。

時間是溫柔的，它能化解仇怨；但時間也是殘酷的，能不斷地為誤會增加砝碼，直到它不可承受。

黎語冰突然不敢說出真相了。

棠雪見黎語冰不願回應她，多少有點失望，不再繼續這個話題，轉過身，說道：「去操場看看吧。」

黎語冰沉默地走在她身邊。

走著走著，棠雪突然聽到狗叫聲，緊接著，從遠處的教學大樓後邊探出一隻黃色的大狗，大狗不停地衝著他們狂吠，樣子很兇。

棠雪認識這條狗，是警衛爺爺養的，平常都有狗鏈拴著，最近可能因為放假了沒人才放出來。這狗的品種是中華田園犬，名字叫「黃獅」，小時候棠雪經常喊它「黃老師」，她爸爸還曾經因為這個稱呼挨了一頓揍，從那以後她爸爸不許她再喊「黃老師」。

棠雪朝黃獅揮了揮手：「嘿，黃獅。」

黃獅不僅沒有被安撫，反而變得更兇了，嗖地一下躥出來，衝向她。棠雪感覺黃獅那樣子很不友好，嚇得轉身跑開：「喂喂喂，黃獅，黃老師！唉呀別追我！我是棠雪，自己人啊，你忘了？」

一人一狗撒開了腿到處跑，一時間鬧騰得厲害，黎語冰又好笑又擔心，扶著額追了上去。

棠雪最後被黃獅逼上了一棵大樟樹，她蹲在樟樹上，和黃獅對視。

黃獅：「汪。」

棠雪：「喂，身為狗的靈性呢？你看過了這麼多年我還認識你，我長大了你就不認識我啦？」
黃獅：「汪汪汪。」
棠雪：「再說了，就算是陌生人，你也不能亂咬，知道什麼叫熱情好客嗎？你亂咬人，就等著被人燉了吧！」
黃獅：「汪汪汪。」
棠雪：「汪汪汪汪汪！」
黃獅：「……」
黎語冰走到樟樹下，黃獅迎上去，朝他搖尾巴。
棠雪好氣哦，扶著樹枝說道：「牠怎麼不咬你呢？你們果然是同類！」
黎語冰說：「牠對你也沒有敵意，你下來試試？」
棠雪假裝要下來，黃獅又激動了，朝著她汪汪叫。
她好委屈。
就在這時，從四面八方跑來好幾個人，其中有警衛老大爺，有幾個老師，還有……棠校長。
他們都是被黃獅的叫聲驚動的，出來看情況。
棠校長走近一些，一看是黎語冰那個小兔崽子，呵，校長大人脾氣上來了，心想我可逮到機會罵你了。他捲了一下袖子，正想對黎語冰進行嚴厲的批評教育呢，突然被身邊一個老師拉住了。
老師朝上努了努嘴。
棠校長抬頭，看到自己女兒蹲在樹上，此刻正在試圖往樹杈後面躲。

棠校長：「……」

棠雪動作做到一半，突然感覺到不對，低頭，正好和她爹的目光對上。

「爸……」棠雪弱弱地叫了一聲。

「你、你，」棠校長指著她，一時都不知道說什麼好了，「你怎麼回事？！」

「爸，我差點被黃獅咬死。」棠雪決定先告狀，把自己擺在受害者的位置上，才好說話。

警衛聽到此話，打了一下黃獅的頭，趕緊把它套上了狗鏈。

棠校長感覺這樣一個在地上一個在樹上互相喊話太過詭異，於是沒好氣地道：「你先下來。你們兩個，來我的辦公室。」

兩個人灰頭土臉地跟著去了棠校長的辦公室，棠校長借機對他們展開了深刻的思想教育，尤其是黎語冰，被他教訓得一無是處。黎語冰長這麼大第一次被訓成這樣，十分狼狽，也不敢回嘴。

要不是因為平常有不體罰學生的原則，棠校長這時可能就上教鞭了。小兔崽子帶壞他的寶貝女兒，抽幾鞭他才能消氣。

其實棠雪覺得這不是什麼大事，他們是因為對母校有榮譽感才回來看看的，又沒有搞破壞，做得最過分的事情不過是翻牆。她爸爸這樣小題大做，大概是在公報私仇。

黎語冰挨完訓，走之前，棠雪給黎語冰送上了一個安撫的眼神。

黎語冰離開棠校長的辦公室後，看著外頭滿地的陽光，發了一會呆。

他倒不介意被棠校長罵幾句，他比較擔心的是另外一件事。

黎語冰走後，棠雪看到他爸辦公桌上放著兩個橘子，她坐在辦公桌的一角，一邊剝橘子，一邊說：

「爸，消消氣啊，您要吃橘子嗎？」說著把剝了一部分皮的橘子遞向他，態度有點諂媚。

棠校長沒接，說：「你少跟我來這一套。」

「爸，」棠雪自顧自吃著橘子，「您不是一直覺得自己是開明家長嗎，怎麼還管女兒交朋友啊？」

「別不識好人心，」棠校長瞪了她一眼，「我不就是擔心你被騙嗎？」

棠雪滿不在乎：「您偶爾也相信一下自己女兒的眼光。」

棠校長不屑地哼了一聲，顯然是不信的。

棠雪在她爸的辦公室待了一會，吃了個橘子，棠校長還要開會，把她趕了出去。

臨走之前，她把另一個橘子也拿走了。

棠雪走出學校大門，在門口看到了黎語冰。這傢伙正手插著口袋，百無聊賴地低頭用足尖敲地面。

棠雪走過去，本來想嚇唬他一下，結果他突然轉身，看到了她。

她張牙舞爪的姿勢都擺好了，這會只好尷尬地放下手，從口袋裡摸了個橘子遞給他。

黎語冰牽了牽嘴角，接過橘子。

「沒事吧你？」棠雪問，感覺黎語冰的情緒有點低落。她想想也能理解，誰被罵能好受呢？

黎語冰剝開橘子，撕下一瓣，塞進她嘴裡：「沒事。」

棠雪唇齒間佈滿橘子的清香甘甜，感覺這個橘子比剛才那個還甜。

「沒事，那你怎麼不笑呢？」棠雪含著橘子問他。

黎語冰扯出一個笑容：「我是想說……」說到這裡他頓住了，沒說下去。

棠雪更奇怪了：「嗯？到底想說什麼？」

黎語冰：「我明天上午九點鐘的高鐵，你來送我好嗎？」

棠雪瞇眼笑，含著橘子逗他：「你叫我一聲爸爸我就答應你。」

黎語冰敲了敲她的頭。

第二天，棠雪去高鐵站時，帶了一點零食給黎語冰，她莫名地有點享受送吃的給黎語冰這種感覺。

兩個人坐在候車大廳，黎語冰不知道在想什麼，也不說話。

棠雪感覺他有點奇怪，像是有什麼心事。

她歪著腦袋看著他，語氣輕鬆地道：「你怎麼了？不會吧，還因為昨天那事難受啊？不是我在說，就這點心理素質，你怎麼上賽場啊？」

黎語冰回神，搖頭道：「沒事。」

「要不我變個魔術給你看吧？」

黎語冰哭笑不得：「不用……我有個問題很好奇。」

「什麼問題？你說。」

「如果你發現有人騙了你，嗯，騙了你很多年，你會怎麼辦？」

棠雪瞇眼道：「我會扛著我的九環金背大砍刀追他到天涯海角。」

黎語冰眉頭跳了跳，不忍心去想那個畫面。

棠雪說完，好奇地看著黎語冰：「怎麼，有人騙你了呀？」

黎語冰含糊其詞，低頭看了看錶：「該驗票了。」

兩人便起身，棠雪說：「快去吧，好好比賽，別給爸爸丟臉。」

黎語冰推了一把她的腦袋：「你就是欠收拾。」

「然後也要保護好自己。」棠雪又說。

黎語冰心裡暖暖的，又酸酸的，特別想抱抱她，可終於忍住了。

他拉著行李箱走進驗票口，朝她揮了揮手。

「笨狗到底怎麼了……」棠雪看著他的背影，自言自語。

第十四章
冰糖燉雪梨

黎語冰他們球隊集合是為了即將到來的中國冰球錦標賽。身為驍龍俱樂部的人才儲備隊，霖大男子冰球隊將作為一支完整的隊伍出征這次比賽。

霖城是這次錦標賽的舉辦地。

棠雪返校那天正好是霖大冰球隊的首戰。

她本想在網路上買票的，結果提前五天查看，票就已經賣完了……賣完了？

冰球不是小眾運動嗎，什麼時候這麼搶手了？小組賽而已，還是B組，票直接賣光？是我太落伍了嗎？

棠雪有點懷疑人生了。

她握著手機愣神的時候，黎語冰彷彿心有靈犀一般傳來一張電子票給她。

棠雪傳了一串刪節號給他。

黎語冰也回了她一串刪節號。

棠雪覺得這個聊天氣氛不好，於是傳了一張小萌妹加油比心心的圖片給黎語冰。這套貼圖是她跟夏夢歡要的。

黎語冰收到圖片後，傳了一串更長的刪節號給她。

棠雪：「怎麼了？」

黎語冰：「這麼可愛的你，有點不適應。」

雖然知道他說的是圖，但棠雪還是沒出息地紅了臉，捧著手機看著那行字，悄悄地勾著嘴角。

棠爸爸端著杯枸杞茶路過，看到棠雪紅著臉盯著手機，沒好氣地哼了一聲。

返校那天，為防遲到，棠雪特地把車票的時間改得更早，一身風塵地回到宿舍放下東西，她又馬不停蹄地跑去滑冰館。

到了滑冰館，看到滿場的觀眾，她終於相信，那些票確實都被活人買走了，而不是官方搞的饑餓行銷。

至於為什麼會有這麼多人買票，答案很快就揭曉了——

黎語冰出場時，全場突然爆發出歡呼和掌聲，整個場館陷入了一瞬間的狂熱狀態，棠雪左右兩邊的妹子都在尖叫，她感覺自己快耳鳴了。

棠雪一臉「我是誰我在哪我要幹什麼」的震驚和迷茫，呆呆地看著黎語冰。

黎語冰微微仰著頭，面對著她的方向，這是兩人分別近十天後的第一次照面。場上人太多，棠雪覺得他應該沒看到她，但他朝著她的方向揮了揮手。

棠雪兩邊的妹子又開始激動了，把棠雪嚇得夠嗆，老老實實地坐著不敢亂動，坐姿特別乖巧。

就在這種熱烈又詭異的氣氛中，比賽開始了。

這場比賽，黎語冰他們的對手是Z市冰球隊。看得出雙方的水準差不多，但風格有差異。Z市冰球隊球員年齡偏大一些，風格穩健，霖大校隊相對來說有點跳脫，鋒芒畢露，咄咄逼人，同時漏洞和失誤也不少。

霖大校隊一進球，棠雪身邊的妹子就鼓掌；黎語冰進球，則又鼓掌又歡呼；如果是Z市冰球隊進球，則一陣沉默，原則性強得很。

不過，棠雪覺得黎語冰有幾個傳球做得很好，妹子們可能沒看出來。以她不怎麼專業的眼光來看，Z市冰球隊的風格克制了霖大冰球隊年輕氣盛的球風，節奏一直掌握在前者手裡。霖大冰球隊看起來攻勢迅猛，其實節奏有點亂了。

黎語冰現在要做的就是把節奏拉回到己方手裡。

他在嘗試掌控節奏。

棠雪意識到這一點時，內心對他的敬仰之情有如滔滔江水。

這場比賽，霖大校隊最終領先一分險勝，算是一個開門紅。

比賽結束，棠雪出了場館，本來想去西區看看，卻沒料到滑冰館外聚了不少人，多半是妹子，棠雪一陣奇怪：比賽都結束了，這幫人怎麼還不肯散去？

她躲在不遠處一棵小樹後面暗中觀察，心想：我倒要看看你們又幹什麼。

過了一會，黎語冰出來了。

黎語冰出來之後就衝著妹子們去了，目標可太明顯了。一看到他的身影，妹子們便集體歡呼，把他當國王一樣簇擁在中間。

「哼……」棠雪氣得直咬牙，一使勁，不小心扯下小樹的一根樹枝。

「對不起對不起……」棠雪摸了摸小樹的傷口，感覺十分抱歉。

她再看那邊的黎語冰，掏出筆來一個個幫妹子們簽名，看起來業務十分熟練。

棠雪也說不清楚自己在氣什麼，悄悄走過去，站在人群週邊，抱著手臂瞪著黎語冰。

黎語冰簽完一個名，一抬頭恰好看到她。

好久不見他，四目相對時，棠雪雖然在生氣，還是感覺到心跳加快。

黎語冰眼裡帶著一點不易察覺的笑意，給她使了個眼色，眼珠往西區的方向轉了轉，意思是要她去西區等他。

棠雪朝他翻了個白眼，然後轉身回宿舍了。

棠雪帶著一肚子悶氣回到寢室，一進門，便發洩般把包往桌上重重一放。她力氣大，包在桌面上撞擊，發出一聲悶響。

斜上方的床上有人一骨碌爬起來，驚叫道：「怎麼了？有地震嗎？」

棠雪嚇了一跳：「對對對不起吵醒你了……夢妃，你怎麼這麼早回來了？我以為宿舍沒人呢。」

她們寢室的床都是學生專用的組合床，下面是書桌，上面是床鋪，床鋪的高度大概在棠雪頭頂處，夏夢歡身體小小的一隻，在床鋪最裡頭躺著，確實不易被人發覺。棠雪覺得她這個體形，上高中的時候大概可以無壓力逃早操。

「我在家待著無聊嘛。大王，我帶吃的給你們了，等我拿給你。」夏夢歡說著爬下床。

棠雪說：「我也帶了。」

兩個人正在那裡交換美食，葉柳鶯拖著行李進來了。

於是兩個人的美食會變成三個人的。

葉柳鶯一邊吃，一邊特別不理解地看著另外兩個人：「我過年胖了五公斤！你們兩個怎麼沒胖呢？你們那邊沒有過年長肉的傳統嗎？」

棠雪說：「我們只有過年吃肉的傳統。」

葉柳鶯拿著一片豬肉乾：「慎言慎言，請對你可憐的室友保留一點人道主義關懷。」

棠雪說：「你們知道嗎？」

葉柳鶯和夏夢歡都停下吃的動作，好奇地看著棠雪。

棠雪表情帶著一點神祕的氣息，滿臉八卦，悄聲說道：「黎語冰突然多了好多粉絲！有些粉絲明顯不是我們學校的！」說完，她等著兩位聽眾的反應。

兩位聽眾反應很平淡，表情沒有一絲波瀾，默默地看著棠雪。

棠雪感覺彷彿點了個空心炮，有點尷尬，手指掃了下鼻尖，說道：「你們都不好奇嗎？」

葉柳鶯說：「我們比較好奇的是，你竟然不知道這件事？現在我相信你跟黎語冰真的沒什麼了。」

棠雪一愣，看了眼夏夢歡，夏夢歡也是一臉稀奇地道：「大王你真不知道嗎？你都不看八卦的？你沒跟我聊這件事我還以為是因為害羞呢。」

「你也知道，我沒時間——什麼八卦，說來聽聽？」

夏夢歡簡單地講了一下。

認真說來，這件事得追溯到年前的冰球世青賽。黎語冰他們成績還不錯，回國後接受了某家發行量很大的體育雜誌的專訪，拍了不少照片。黎語冰作為主力隊員，在賽場上表現亮眼，所以雜誌社給了重點照顧，有特寫，有專人訪談。雜誌社的直男們本意是推廣一下冰球這項運動，哪知道雜誌發行後，有女讀者把黎語冰的特寫照放到了網路上。這傢伙英俊帥氣的面龐、乾淨陽光的氣質、超級好的身材，組合起來簡直是人間極品，一下子吸引了很多目光。

雜誌社對此樂見其成，又放了一波黎語冰拍過但未在雜誌上公開的照片，這波操作，幫黎語冰拉穩了一批顏控粉。

棠雪聽罷，挺無法理解的：「這也行？就靠臉？」

葉柳鶯說：「也不是純靠臉啦，黎語冰還是有真本事的。」

棠雪想了一下道：「我前幾天看到黎語冰八卦資訊站的公眾號註銷了，是不是跟這件事有關？我問過黎語冰，黎語冰說他也不知道。」

葉柳鶯點頭：「對，資訊站裡有些資訊還挺私人的，在學校裡八卦一下就好，被外面人知道了，可能給黎語冰帶來麻煩，所以站長就關了公眾號。哦對了，論壇也刪了不少帖子，要不然連你都可能被肉搜。」

棠雪聽完咋舌，又想到了之前看到的場面。黎語冰突然變成小偶像了呢，風光無限，被那麼多妹子追捧，還和妹子們互動良好……呵、呵！

「大王？大王？」夏夢歡叫她。

棠雪回過神：「嗯？」

「你對黎語冰……」

這時，棠雪的手機突然響了，夏夢歡只好住口，等她接電話。

電話是黎語冰打來的。

棠雪看到來電顯示，瞇著眼睛撇了一下嘴，接起來：「喂？」

「喂。怎麼不等我？」

棠雪硬梆梆地回：「我為什麼要等你？你是皇上嗎？」

黎語冰一陣疑惑：「你怎麼了？」

「我沒怎麼了，我特別好，不牢您記掛。」

「晚上一起吃飯。」

「吃什麼吃！你昨天不是吃飯了嗎，今天又吃，你是豬嗎？」

「……」

棠雪罵完黎語冰，收起手機，發現葉柳鶯呆呆地看著她。

「怎麼了？」棠雪問。

「棠雪，你剛才是在和黎語冰說話？」

「對啊。」

「他的粉絲要是知道，會追殺你的！」

「怕什麼！」棠雪揮了揮手，又覺得不服，「氣死我了，憑什麼黎語冰可以有粉絲，我也要粉絲！」

「莫急莫急，我馬上去超市幫你買。」

棠雪一陣語塞，結巴了半天，說：「你，刁民！」

葉柳鶯捂著肚子樂不可支：「我都是跟你學的。」

夏夢歡安撫棠雪：「大王不急，我現在就幫你創粉絲群。」說著，她立刻拿出手機發起一個微信聊天群，群名：棠雪粉絲一群。

可以說是行動力 max。

粉絲群首批成員，包含棠雪本人在內，一共五個，其他四個是她的室友們和廖振羽。

棠雪覺得這個不錯，於是把她的家庭微信群改了個名，叫「棠雪粉絲二群」。

所以從現在開始，她就是坐擁兩個粉絲群的小大大了。

棠校長看到家庭群改的那個名，震驚於自己女兒的無恥程度，跟他老婆吐槽：「你說，她怎麼這麼厚臉皮？她到底像誰呢？」

棠媽媽一樂：「她是你女兒，你說像誰？」

「我可沒這麼無恥。」

「哦，那像隔壁老王，行了吧？」

「……」老婆和女兒都欺負他，他好委屈。

晚上棠雪去西區訓練館集合——今天返校，隊裡不訓練，主要是開會。

這學期速滑隊的工作重點是四月份的全國大學生短道速滑錦標賽。

「這次比賽的成績跟你們的補助直接有關聯，」褚教練直言不諱，「當然，也跟我的獎金有關聯。」

她這一番話把大家都說笑了。

棠雪舉手：「報告教練。」

「嗯，棠雪，你有什麼話說？」

「教練，這次比賽我們有任務嗎？比如得多少塊金牌。」

褚教練笑：「你想得多少塊呀？」

「當然是多多益善。」

張閱微在她旁邊悄聲說道：「拜託你吹牛也要有個限度，你以為大學生錦標賽像騰翔杯那樣扮家家酒似的？」

「拜託你，不要用這種口吻跟你的暗戀對象講話哦。」

張閱微一個沒忍住，直接爆了粗口。

其實棠雪知道張閱微並沒有暗戀她——她過年傳拜年簡訊給張閱微，張閱微都不回一則的。

嗯，她越是知道沒什麼，就越可以心無芥蒂地開玩笑了。

張閱微被棠雪雷得翻白眼時，褚教練對棠雪說：「嗯，有目標是好事，不過現在談目標還太早，我們得腳踏實地。等明天做個測試，先讓我看看你們過完這個年退步了多少吧。」

開完會，棠雪把張閱微拉進了自己的粉絲群。

張閱微一個手抖沒看清就點了「接受」，等反應過來時，發現聊天群頂著「棠雪粉絲一群」的名號，把她給氣得夠嗆。

「你的臉皮可以更厚一點嗎！」張閱微退了群，說道。

「可以哦，你要試試嗎？」

「滾……」

兩個人一邊吵一邊往外走，走到門口時，棠雪看到了黎語冰。

他今天的運動服是深藍色的，手插著口袋往那裡一站，平淡無奇的一個姿勢卻顯得帥酷無比，也不知道他是怎麼做到的。這真是需要絕頂的天賦，棠雪特別想給他發一個裝蒜大賽的獲獎證書。

黎語冰一直看著訓練館裡向外走的人流，當看到棠雪時，他的視線便鎖定在她身上。

棠雪被他注視著，很沒出息地心跳又加快了。她迎著他的目光走向他，一步、兩步……為了證明自己不緊張，她仰著臉，努力和他對視著。

當棠雪在黎語冰面前站定時，他垂著視線盯著她，看著她的眼睛，彷彿透過眼睛看進了她心底。他的目光是那樣清澈透亮，像一面照妖鏡，照得她無所遁形。

棠雪一陣心虛，偏開臉不看他了。

黎語冰卻突然笑了，輕輕的一聲笑，有些了然，又有些得意。

棠雪被這笑聲弄得一臉燥熱。

棠雪不想搭理黎語冰，可又甩不掉他。他慢悠悠地走在她身邊，沉默，但存在感超強。

出了體育館，棠雪走向自行車區，黎語冰落後她一步，突然開口：「是俱樂部要求的。」

棠雪頓住腳，轉頭看了他一眼：「什麼鬼？」

黎語冰：「俱樂部要求我為粉絲簽名。」

棠雪哦了一聲，滿不在乎地一甩頭，繼續走：「關我什麼事啊？」

黎語冰看破不說破，牽著嘴角跟在她後面，說：「你可以當我是炫耀。」

棠雪特別受不了他那副得意樣：「這年頭誰沒有幾個粉絲啊，你跩什麼跩。」

找到自己的自行車，她把包放進車籃，正要開鎖，黎語冰一把扣住她的手腕。棠雪的心尖隨著他這個動作忽地顫了一下。

她收手，黎語冰卻握得更緊，說：「你跟我過來。」

「憑什麼呀？」

「過來。」

棠雪莫名地就被他拉走了，拉到廣場的路燈下。

然後黎語冰從口袋裡摸出一個東西遞給她。

棠雪低頭一看，那東西整體形狀是圓形，用彩色的禮物紙包著，最後收口紮住，包裝方式類似聖誕蘋果，只是沒蘋果那麼大。

她不明所以，問道：「這是糖嗎？」

「不是。」

「巧克力？」
「不是。」
「皮蛋？」
「不是……」
黎語冰不敢讓她猜下去了，拉起她的手把禮物塞進她手裡，解釋道：「我前幾天收拾東西，發現從波蘭帶回來的紀念品還沒送完，剩下這一個。」
棠雪莞爾，開始拆禮物。她只當紀念品是徽章啦小玩具之類的，等興致勃勃地拆開一看，她愣住了。
那是一塊琥珀原石，比雞蛋小一點，觸感溫潤。琥珀是純淨透亮的黃棕色，形狀是一個不太標準的心形。
棠雪看著琥珀，心臟撲通撲通狂跳不止。她怕被黎語冰瞧出異樣，於是兩根手指捏著琥珀的邊緣認真觀察。琥珀裡面凝聚了一些細小的植物碎屑，碎屑的分佈和形狀保留著最初被液體浸泡時的樣子，有一種輕盈的流動感。棠雪將琥珀對著燈光，那些碎屑便在光學作用下呈現出一種淺淡的金色光芒。她捏著琥珀變換角度，金色光芒也隨之變幻萬千，一時間彷彿有無數金色的小花瓣在亂舞，簡直漂亮得不像話。
「好漂亮啊！」棠雪忍不住讚嘆。
黎語冰牽著嘴角，說：「你喜歡就好。」
挺稀鬆平常的一句話，棠雪聽著莫名心中一甜，她連忙穩了穩心神，問道：「這，挺貴的吧？」

黎語冰搖頭：「不貴，波蘭滿大街都是賣琥珀的。」

「真的？」棠雪不怎麼相信。

「嗯，」黎語冰點頭，「當地人都是開著挖土機去挖琥珀。」

棠雪抬腳作勢要踢他：「黎語冰，你當我傻子嗎？」

黎語冰笑著躲開。棠雪收回腳時，他又湊過來，在她身邊輕聲問：「不生氣了？」

不氣不氣，不光不生氣，她還特別想跳起來給他一個「啾咪」。

「不不不，這樣太沒出息了……」棠雪搖頭，自言自語。

晚上黎語冰回到寢室，登上他的微博本帳，把訊息都點開，又轉發了一則俱樂部安排的廣告，做完這些之後，他切到了小帳。

他的微博小帳有二十一個粉絲，其中二十個是系統送的僵屍粉，只有一個活人，是蔣世佳。蔣世佳曾經說過：「我是這世界上唯一知道冰哥小帳的男人，四捨五入就是，我是冰哥唯一的男人。」

自從當了冰哥唯一的男人，蔣世佳看黎語冰的眼神就不太對了，總是敬佩中帶著一絲絲恐懼，恐懼中透著一點點同情，同情裡又含著一點點關懷。

因為冰哥在微博小帳上完全就是一個戀愛腦，簡直不忍直視，而且ID還特別少女畫風——冰糖燉雪梨！

品品，品品這名字，這像一個大老爺們嗎？

這名字他吐槽了好久，又不敢告訴別人。

這時，黎語冰登上小帳，發了一則記錄心情的文字。

冰糖燉雪梨：「你吃醋了，我吃糖了。」

蔣世佳滑到這則微博時，牙根酸得不行，一邊鄙視冰哥，一邊又狗腿地幫冰哥點了讚。

我真是精神分裂啊，他心想。

第二天，測試結果出來了，與上學期的訓練成績對比之後，褚教練發現，整支速滑隊只有零星幾個人狀態平穩，剩下的多多少少成績都有倒退。

畢竟隔了這麼長一段假期，年輕人自制力差，沒人管著，很容易懈怠。褚教練能理解這一點，但還是把他們批了一頓。

棠雪是所有人裡唯一一個有進步的。

褚教練點名表揚了棠雪，引來張閱微的不服：「她基礎差，當然有進步。」

其實張閱微這話一點毛病也沒有。棠雪的起點低，競技水準尚處在快速提升的階段，付出同等的努力，會比別人見效更多。

棠雪抱著手臂，看著張閱微：「張閱微你別不服氣啊，照我這個進步的速度，過不了多久就輪到我教你做人了。」

褚教練見張閱微要和棠雪吵起來，連忙制止道：「好了好了，別吵了。」說完她又在心裡補了一句：反正你又吵不過她。

張閱微感覺褚教練看向她時的目光竟然帶著一點同情，什麼鬼？

過了兩天，黎語冰又有比賽。

棠雪悄悄溜到黎語冰他們的更衣室外面，探頭探腦，形跡可疑。

這時離比賽還早，更衣室裡人還沒到齊，只有幾個隊員在聊天。門關著，棠雪不清楚裡頭的情況，但知道黎語冰在——剛才兩個人傳過訊息。

她背著一隻手，舉手想敲門，又不好意思，正猶豫呢，不經意間一轉頭，看到蔣世佳走過來。他一邊走一邊哼小曲，看樣子心情不錯。

蔣世佳看到棠雪，立刻腰板一挺，中氣十足地道：「嫂子好！」

棠雪嚇了一跳，這個稱呼讓她有點尷尬，又莫名地有點受用……好羞恥！

蔣世佳沒等棠雪反應，走過去推開門，朝著裡邊說道：「冰哥，嫂子來了！你們，快快快都出來，會不會看狀況！」

裡頭幾個人高馬大的男生聽聞此話，起身就往外走，一個個魚貫而出，神色曖昧，每個人經過棠雪身邊時都要講一句話。

「嫂子好！」

「弟妹好！」

眾人根本不給她辯解的機會。

蔣世佳把這幫人都喊出來之後，朝著棠雪微微一彎腰，手臂向室內伸：「嫂子請進！」

棠雪：「……」

她就是想把黎語冰叫出來說句話，有必要搞這麼大陣仗嗎？

現在這個架勢，盛情難卻，她只好硬著頭皮走進去。

蔣世佳在後邊貼心地幫他們關上了門。

這還是棠雪第一次參觀冰球隊的更衣室。與其叫更衣室，不如叫裝備室更貼切一些。整個房間貼牆打著許多高大的原木色櫃子，櫃子分四層，前三層都是開放式的，第一層擺著頭盔，第二層放著手套和護肘，第三層是護肩、護腿、冰鞋等。最末一層向外延伸出一個平台，可以放東西，也可以當凳子坐，平台下面還有空間，可以放換下來的鞋或者其他雜物。

除了櫃子和裝備，牆上還掛著一面圓形的石英鐘，白色底盤，黑色數位，樣式簡單。地上擺著幾台電風扇以及一個暖風機，用來讓裝備烘乾通風。另外，靠門的地方放著一塊帶支架的白色會議板，會議板上沒寫字，只貼著幾枚彩色的磁性棋子，棠雪猜測，這可能是用來做戰術講解的。

黎語冰坐在正對著門口的櫃子前，此刻正抱著手臂看她，臉上帶著一點笑容，淺淡而溫柔，彷彿春風拂過花海。

怎麼會有人這麼好看？

棠雪在他的注視下心跳快了兩拍，她走過去，不敢看他的眼睛，視線落在櫃子上。

「做什麼？」黎語冰仰著臉問道。他很少從這樣的角度看她，這時看到她精緻漂亮的下巴和白皙優美的脖子，覺得很新鮮。她喉嚨處有一點小凸起，不像男生的喉結那麼明顯，更圓潤可愛。

黎語冰的喉嚨動了動。

棠雪背著的那隻手伸到黎語冰面前，把一個黑色的方形紙盒遞給黎語冰。

「黎語冰，我呢，雖然收了一波壓歲錢，不過我現在還在自費滑冰階段，所以保險起見，我就先不買貴的禮物給你了，等我轉正再說。喏，先給你這個吧。」

這是……要給他答謝禮嗎？黎語冰笑著接過盒子：「謝謝。」說著，他拆開來看，見裡面是一卷球杆膠帶。

粉色的，膠帶……

他看看粉膠帶，再看看棠雪的臉，目光在兩者之間來回晃了好幾次。

棠雪不好意思地撓了撓脖子，說：「呃，我最近就喜歡這個顏色，就……」就買了這個顏色的，棠雪不好意思說下去，轉移話題，「你今天比賽加油哦！」

黎語冰牽著嘴角看她：「嗯。」

棠雪移開視線。

好在黎語冰也沒有一直盯著她看，低頭拿過身邊放著的冰球杆，然後把膠帶拿出來。

棠雪呆了呆：「你、你現在就要用啊？」

「嗯，不可以？」黎語冰說著，抬頭看她。

「可以可以，很可以！不過，會不會不習慣？」

「不會，只要不是黑色的就行。」

冰球也是黑色的，如果球杆的杆刃纏上黑色膠帶，擊球時有可能造成視覺偏差，因此很多球員不喜歡用黑色膠帶。當然，也有人不在意這一點。

黎語冰先把杆刃的邊緣裹住，然後一圈一圈地纏上去，動作熟練。

棠雪第一次看到人現場纏球杆膠帶，覺得很好玩，就站在一旁觀摩，看了一會覺得這姿勢有點累，於是蹲下，雙手托著下巴。

黎語冰纏完膠帶，正要打蠟，一抬頭看到棠雪蹲在地上，托著下巴像朵花一樣，看得一臉興致盎然。他感覺她這樣真是可愛得要人命，心動了動，突然腦子一熱，放下蠟塊，球杆伸出去，彎曲的杆刃遞到她面前，杆刃的頂端抵到她的下巴窩處，然後輕輕地往上一挑。

棠雪就這麼猝不及防地被調戲了。

她被迫仰著下巴，視線近處是筆直的球杆，再遠點是他的手，再往上，她看到他在笑，笑容有點輕佻。

棠雪臉上轟地湧起一股熱浪，她一時間又羞又氣，握住球杆向自己這邊拉，想要把他的球杆搶過來。

黎語冰握著杆柄也向後扯，兩人這樣搶了幾個回合，黎語冰感覺到棠雪突然加大力道，於是卸了所有的力氣，手握球杆，順著她的力道，一個假動作撲了過去。

棠雪就是較勁想拽拽球杆，沒想到連人一起拽過來了……

她一陣慌亂，扔開球杆向後一仰，一下子坐在地上，身體向後斜，兩手向後撐在地面上。

黎語冰撲到她面前，跪在地上，身體前傾，手向前撐在地面上。

兩人上半身呈平行狀態，臉對著臉，靠得很近，近到棠雪能感覺到黎語冰呼吸的熱度。

她一陣緊張。

黎語冰盯著她的眼睛，緩緩地開口，惡人先告狀，問：「你想幹什麼？」低低的聲音，有些異樣。

棠雪看著他明亮而帶著笑意的眼睛，感覺自己彷彿被捲進奇妙的漩渦裡，心跳劇烈，呼吸急促，周身彷彿被溫柔的小泡泡包圍了，咕嘟咕嘟……她又緊張又快樂，身不由己，魂不守舍。

她不敢和他對視了，連忙撇開臉。

黎語冰快不行了。

怎麼會有這麼可愛的人！

他盯著她帶點嬰兒肥的雪白臉龐、她濕潤靈動的大眼睛、她簌簌顫抖的長睫毛，情不自禁地又湊近了一分，壓低聲音問：「你怎麼了？」

「我，那個……」棠雪因緊張而一陣口乾舌燥，無意識地做了個吞咽的動作。

黎語冰目光暗了暗。

「我只是想幫你加個油。」棠雪突然委屈：怎麼就搞成現在這個局面了？

黎語冰沒說話。

棠雪繼續說：「你比賽好好打。」

黎語冰笑了一聲，輕聲問：「打得好，有獎勵嗎？」

棠雪感覺這地方待不得了，用力推開他道：「我先走了，還要訓練。」說著她站起身，噔噔噔跑了。

蔣世佳和幾個隊友正在外面聊天，看到棠雪紅著臉跑出了更衣室。

蔣世佳對其他人宣佈：「冰哥是個禽獸。」

棠雪一溜煙跑出去，繞著滑冰館廣場跑了兩圈發洩。她跑的時候正好被出來放風的褚霞看見了，褚霞招招手把她叫到跟前，好奇地道：「你在做什麼？」

「熱身。」

「好了，快去訓練，別瞎跑了。」

「嗯。」

「棠雪。」褚霞突然又叫住她。

「怎麼了，褚教練？」

「這次大學生錦標賽，你好好表現，爭取拿塊牌子。」

「褚教練您就看好吧！」

這天下午的比賽，黎語冰的球杆成了他的粉絲們關注的重點。

纏成粉色的球杆！天哪，我們冰神被美少女戰士附身了嗎？

比賽結束後，粉絲們在聊天群裡嘰嘰喳喳地討論著冰少女戰士的粉色球杆。

雖然一百八十八的大男人用粉球杆那畫風有點不忍直視，但那又怎樣呢？我們粉絲看偶像自帶濾鏡，接受之後就越看越可愛了，嗷……

黎媽媽潛伏在兒子的一個野生粉絲群裡，默默地看著小粉絲們閒聊，聊天畫面洗得飛快，她看得一陣眼暈。

她潛進兒子的粉絲群也是希望打探出那小子到底在追求誰，不過觀察了一段時間，她感覺粉絲們比她還糊塗。小粉絲們觀察偶像跟誰好，最直觀的方式就是看他平常跟誰互動。黎語冰平常互動的都是隊友，於是粉絲們組了好多隊友cp，可隊友都是男的啊……黎媽媽覺得這些孩子走了她的老路和邪路，有幾分感慨。

這時看到兒子竟然用了粉色膠帶，黎媽媽就知道事情肯定不尋常，心裡好奇得要命，於是傳微信給兒子。

黎媽媽：「冰少女戰士？」

黎語冰：「……」

黎媽媽：「膠帶是那個女孩給你的？」

黎語冰：「嗯。」

黎媽媽：「到底是誰，告訴媽媽好不好？」

黎語冰：「不。」

唰——黎媽媽傳了一萬塊錢的轉帳給他。

黎語冰：「……」

黎媽媽：「說嗎？」

黎語冰：「媽，別這樣……」

唰——又一萬。

唰、唰、唰……一萬一萬又一萬，媽媽開始用人民幣洗屏了。

黎語冰看得一陣心驚肉跳，連忙把媽媽的訊息關閉通知了。

黎媽媽搞不定兒子，一陣挫敗，又轉到兒子的粉絲群裡，看到小粉絲們還在嘰嘰喳喳地聊天。年輕就是好啊，打字真快。

她看到粉絲們在發黎語冰和蔣世佳的小作文，一陣頭暈，忍不住說道：「黎語冰喜歡女孩子。」

粉絲便問：「啊？你怎麼知道呀？」

黎媽媽：「我是他媽。」

聊天畫面上洗出一堆刪節號。

緊接著系統提示：您已經被退出「黎語冰湖城後援會三群」。

黎媽媽內心很受傷，很受傷。

黎語冰打完比賽就發了訊息給棠雪，可她遲遲不肯回他。黎語冰只當她是在訓練，一直到吃晚飯的點，他打她的電話，被她給掛掉了。

棠雪不敢見黎語冰，主要是不知道怎麼面對他。

晚上下了訓練，她怕黎語冰堵她，提前十分鐘離開了。

回到寢室後，她什麼也沒幹，放下包就趴在桌子上發呆。

夏夢歡剛洗完澡出來，穿著睡衣從她身後經過，一邊擦頭髮一邊說：「大王怎麼了？這麼乖巧，好不適應哦。」

「嗯。」棠雪含混地應了一聲，然後坐起身，從抽屜裡拿出黎語冰送她的琥珀，放在燈光下把玩。

看著看著，想到今天下午兩人在休息室那樣，她一陣臉紅。

夏夢歡的注意力都被琥珀吸走了：「哇！好漂亮啊！」

一句話同時吸引了另外兩個室友的注意力，葉柳鶯和趙芹都來看琥珀，看完了，交口稱讚，然後把琥珀還給棠雪，問道：「這是哪來的？很貴的吧？你的抽屜記得上鎖哦，上學期我們大樓進過小偷，有人丟了手機和電腦。」

「你們說……」棠雪捏著琥珀輕輕擺動，看著裡面碎金色的小花瓣，問，「如果一個男生送給一個女生這個，他是什麼意思？」

夏夢歡搶答：「反正不是想和你拜把子。」

棠雪勾著嘴角笑了笑，低頭仔細把琥珀收好。葉柳鶯看著棠雪低頭淺笑時那蕩漾如春水的表情，忍不住感嘆：「春天到了呀……」

棠雪放好琥珀，抱著手臂，臉還是有點紅，說道：「我宣佈，我要泡一個男人。」

三個室友異口同聲地道：「黎語冰？」

棠雪愣了一下：「你們怎麼知道？」

三人心想：因為我們不瞎啊！

葉柳鶯想到棠雪當初信誓旦旦的否定，於是扶著她的椅背，不懷好意地提醒道：「我怎麼記得好像有人說過，除非自己腦袋被門夾了才會喜歡黎語冰呢？」

「咳，」棠雪有點尷尬，一本正經地道，「我們的人生應該多幾種經歷。」

正說著，她收到手機訊息。

室友們擁到棠雪身邊：「是誰是誰？是不是黎語冰？」

是。

棠雪點開訊息，也不攔著室友，四個人一起看。

黎語冰的訊息就兩個字：「說話。」

「哇，霸道總裁！」葉柳鶯捂住心口道。

趙芹：「我還是不敢相信這就是今天下午那個冰少女戰士。」

夏夢歡輕輕推棠雪：「大王快回訊息呀！」

棠雪突然不知道該說點什麼，是奔放一點好呢還是含蓄一點好？

黎語冰：「我今天比賽贏了。」

棠雪：「恭喜哦，冰少女戰士。」

黎語冰：「……」

黎語冰：「獎勵。」

棠雪還沒反應呢，室友們集體不淡定了。

「嗷，這樣的男人！」

「棠雪，獎勵一個棠雪給他！」

「大王大王，你快回訊息，我要看！欸，我的爆米花呢？」

棠雪有點為難：「回、回什麼？」

「表白表白，可以表白了！」

棠雪在眾人的鼓勵下，一咬牙，回道：「黎語冰，你知道嗎，我的腦袋被門夾了。」

黎語冰：「……」

室友們：「……」這表白個大西瓜啊表白！

黎語冰問：「為什麼？」

「快說快說，說實話。」室友們催促。求求你快把自己獎勵給他吧！

棠雪抿了抿嘴角，手指飛快地敲字，回道：「你還記得嗎，我小時候為了考第一，經常吃核桃補腦。」

黎語冰：「嗯。」

棠雪：「核桃都是用門夾開的。」

黎語冰：「然後？」

棠雪：「然後，就相當於補的腦子也都是用門夾過的。」

黎語冰：「……」

室友們集體捂臉崩潰。

不表白也就算了，這樣還能被她圓回來？給你跪下磕頭了好不好？

棠雪把手機往桌上一扣，為難地道：「我說不出口！」

「大王不急，」夏夢歡吃著爆米花安慰她，「一般這種事情都是男生主動的。對吧？」

葉柳鶯和趙芹連忙點頭附和：「對，讓黎語冰先表白。」

當晚，黎語冰又更新了一則微博，字裡行間透著一股淡淡的憂傷。

冰糖燉雪梨：「本以為你會獎我一個『麼麼噠』，結果你獎我一個冷笑話。」

唯一活粉「左牽麀、右擎貂」幫他點了讚。

第二天，棠雪想到褚教練安排給她的拿牌任務，於是查了一下大學生錦標賽去年的賽事成績，查完之後少女心直接被嚇飛。

這項賽事是全國級別的，許多高水準的專業運動員都有掛靠的大學，拉高了賽事的整體水準。

棠雪雖然喜歡吹牛，但是對自己那點斤兩還是清楚的，以她現在的水準，不要說拿牌，進決賽都夠嗆。

啊啊啊啊啊！

黎語冰看她那緊張兮兮的樣子，安慰她：「還來得及。」說著，他用指尖戳了戳她的臉蛋。少女的臉蛋柔軟光滑有彈力，手感不要太好。

棠雪偏臉躲開他：「去！」

黎語冰莞爾。

棠雪看著黎語冰，心想：你怎麼還不向我表白？你快向我表白啊！

黎語冰其實有點糾結——他不知道是應該先說喜歡，還是應該先說抱歉。

兩人就這樣保持著一個微妙的平衡，誰也沒往前進一步，誰也沒往後退一步。

過了些天，中國冰球錦標賽落幕，霖大冰球隊最終獲得了全國第五名的成績。這個名次算非常非常不錯了，超過了俱樂部和校方的預期。比賽剛結束，就有些本地企業聯繫到校方，打聽商業贊助的價格。

更讓俱樂部和學校驚喜的是黎語冰本人的帶動力。有他出場的比賽，門票總是更好賣。某寶上的部分商家嗅到商機，開始公開售賣未經官方授權的黎語冰同款球衣，甚至有不少人在賣「黎語冰同款少女粉膠帶」，銷量竟然都不錯。

這些都是商業價值的體現。

俱樂部和校方開了幾次會，研究怎麼打造黎語冰，開完會又問黎語冰本人，表示會尊重他的想法。

黎語冰的想法只有一個——

「我不想和粉絲有親密互動，希望雙方保持一點距離。」

「為什麼？」

「因為，有人會吃醋。」

黎語冰的比賽結束後，球隊安排了一次踏青，去某個度假山莊。因為可以帶家屬，黎語冰就問棠雪去不去。

棠雪這些天訓練累得很，精神繃得像根弦，難得遇到這麼個放鬆的機會，她便欣然應允。

山莊裡的娛樂方式很多，可以釣魚、採摘、燒烤、唱歌等。

黎語冰和棠雪提著籃子去摘草莓。草莓快過季了，沒什麼人摘，一個大棚裡邊就他們兩個人。棠雪一邊摘一邊吃，籃子裡始終是空的。過了一會，她走到黎語冰身邊，說：「黎語冰，閉上眼睛。」

黎語冰閉著眼睛，不知道她要做什麼，心跳有些快，緊張地抿了一下嘴角。

棠雪往他嘴裡塞了顆特別大的草莓。

草莓熟透了，入口即化，黎語冰的舌頭緩緩攪動，感受著口腔裡的香甜滋味，他睜開眼睛看著她，清澈明亮的目光直勾勾地盯進她的眼睛裡。

棠雪又怕了，低下頭，把腦殼對著他。

「棠雪。」黎語冰低聲喚她。

「嗯？」

「等你這次比賽結束，我有話對你說。」

棠雪低著頭，輕輕勾了一下嘴角：「好啊。」

轉眼，時間一下翻到四月。

四月十一號，霖大速滑隊乘飛機抵達北京，參加在這裡舉辦的大學生短道速滑錦標賽。同行的還有一個編外人員——黎語冰。

嗯，黎語冰是以啦啦隊的身份出場的。

比賽日程是十三號到十五號，持續三天，第一個比賽日是初賽，第二、第三個比賽日分別決出一些金牌。

棠雪的主項目女子五百公尺在第二個比賽日的上午。

她狀態很好，一口氣滑到半決賽，半決賽第二組出場，出場順序是第三賽道。

廣播員唸到她的名字，她滑向出發線，朝觀眾席揮了揮手。

黎語冰坐在觀眾席上，看著那道身影。棠雪練了這麼久，肌肉是練出來了，不過她天生骨架比較細，加上一百六十八的身高，所以整體看起來身材是修長筆直的，身體線條流暢緊繃，像一頭漂亮的小豹子，越看越好看。

黎語冰的眼睛裡染上一點溫柔的笑意，他也舉手朝她揮了揮。

棠雪並沒有看他，她站在出發線後，整裝待發。

短道速滑的賽道是從內往外排，越往外，出發優勢越小，越不利於出發後搶佔有利位置，而對五百公尺這樣的短距離項目來說，出發是重中之重。

棠雪第三道，只比第四道強一點。

她一心想要快點出發，身體比大腦反應快，幾乎槍響的同時就衝了出去。

裁判突然叫停，然後警告棠雪她搶滑了。

棠雪心一沉，連忙調整狀態，重新回到出發線。

短道速滑的比賽允許一次搶滑，第二次搶滑直接被判出局。這時棠雪不敢莽撞了，努力控制著自己的肢體，清晰地聽到槍響之後才開始動作。

這樣她就比別人啟動慢了一點。

只是慢那麼一點，卻很快形成肉眼可見的差距——她直接落在了第四位，全隊墊底。

她努力想反超，可出現在這片賽場上的沒有一個等閒之輩，哪裡是那麼容易就能超的？她使出吃奶的力氣，四圈半下來，只超過了一個人，排名小組第三，進了B組決賽。

B組決賽算是獎牌的替補隊，一般情況下與獎牌無緣，特殊情況下比如A組有人犯規或者沒完成比賽，獎牌位置空缺，B組才可以按成績遞補。

總之，進B組決賽的隊員就是，九十三分天註定，七分靠打拚。

棠雪有點低落，退場在休息區拍打肌肉，為等一下的B組決賽做準備，然後她抬頭掃了一圈觀眾席。

觀眾席沒坐滿，稀稀落落的，黎語冰穿著白色運動服，離遠了看，小白臉還挺標緻。

他也看到她了，兩人隔空對視，他突然抬起手臂，兩條手臂向內彎，指端倒著抵在頭頂上，朝她做了個比心的動作。

棠雪一樂：「神經病。」

男子五百公尺半決賽結束後，輪到棠雪上場了。

她這場發揮比上場好，出發沒掉鏈子，前兩圈和人爭身位，兩圈之後靠著硬實力外道超車，開始領滑，然後卡著位置沒被超，一直到終點。

棠雪有些高興，終於輪到她領滑卡別人了，這感覺，爽爆了。

高興之後，看著人家A組決賽，她又眼熱。

A組決賽沒出狀況，正常決出了名次，意思是她這個B組第一可以哪裡涼快哪裡歇著了。

張閱微在A組決賽險勝，領先了對手大概半根手指的距離到達終點。領完獎後，張閱微趾高氣揚地在棠雪面前走動。

棠雪數了一下自己這次的項目，她一共參加了三個。

女子五百公尺，翻白肚。

女子一千公尺，目測還是翻白肚。

剩下的只有一個女子三千公尺接力可以期待了。

接力賽，張閱微是她們的王牌選手。

「微微，過來坐。」棠雪拍了拍自己身邊的空位。

那一臉熱情洋溢的樣子把張閱微噁心壞了。張閱微道：「神經病啊你。」

「下午的接力賽，我們好好滑，一定要進決賽。」

「廢話。」

「那你說，明天我們能拿金牌嗎？」

「你不掉鏈子就能。」

「……」

棠雪確實沒掉鏈子，可張閱微掉鏈子了。

當天下午的接力半決賽她們確實順利，但之後張閱微滑女子一千公尺的比賽，彎道超越時不慎和人撞成一團，雙雙跌出去，摔得很重，張閱微直接倒在冰面上起不來了，被擔架抬了出去。

棠雪快嚇死了。

後面還有比賽，褚霞走不開，是霖城聯大主管冰上專案的謝主任帶張閱微去醫院的，棠雪也跟了過去。片子拍出來，幸好張閱微沒骨折，只是膝蓋軟組織挫傷，棠雪鬆了口氣。

張閱微問醫生：「醫生，我還能滑冰嗎？」

醫生正在小本本上記東西，聞言點頭道：「能，休息好了就能，放心吧，沒事。」

「我是說明天，我還有比賽呢。」

醫生停下寫字的動作，隔著厚厚的近視眼鏡看她：「明天？你這樣子上場，你覺得自己能滑第幾呀？你是想玩龜兔賽跑嗎？」

「要不……打封閉針試試看？」

「現在的小姑娘都對自己這麼狠嗎？」醫生聽得直搖頭。

褚霞等比賽一結束就趕了過來，一邊看病歷一邊聽謝主任解釋了張閱微的情況，聽說張閱微還想上場，褚霞把病歷一放，搖頭道：「我不同意。」

「為什麼？」

「這樣對你的身體傷害太大，得不償失。」

張閱微有點急：「那明天的接力賽怎麼辦？去年這塊金牌就丟了，今年我憋著一口氣就是想搶回來。」

「你不用管了，好好休息。」

「我休息不了！不是我在說，褚教練，我們還能指望誰，指望誰呀？」張閱微說著，看到棠雪站在一邊，指了指她，「就指望這種貨色啊？」

棠雪莫名躺槍，蹭了下鼻尖，說道：「張閱微你別瞧不起人，接力賽是四個人一起滑，又不是你一個人的。」

「哦，那你先單項進個決賽給我看看。」

「B組決賽就不算決賽啦？做人不要這麼心胸狹隘嘛。」

「你……」

褚霞有點頭痛。這兩個人，又開始了。「你們別吵了，」褚霞打斷她們，「聽我說。張閱微，當然了，也包括棠雪……我要說的是，你們的父母把你們交給我，交給謝主任，我們就得對你們負責到底，不會讓你們的身體有閃失的。你們都還年輕，路還很長，一塊金牌而已，我們丟得起。」

謝主任在一旁聽得連忙點頭：「對，是這樣。」不過他心裡還是有一點痛的，本來競爭就激烈，他們最大的奪金點都在張閱微身上，丟金牌就是丟成績、丟獎金。

「可是……」

褚霞擺擺手：「不要說了，沒有可是。我是主教練，一切聽我的。」

「那，褚教練，明天的接力怎麼辦呢？」

褚霞深吸一口氣，想了一下說：「趙瑞英補上來，她的成績還可以。」

「誰滑第二棒？」

褚霞的眼珠往天上轉了轉，最後，視線幽幽地掃向棠雪，落定，看著她。

棠雪虎軀一震。

張閱微往床上一歪，翻著白眼嘆氣：「算了，你們開心就好。」

許多其他類型的接力賽，比如田徑、游泳，最重要的一棒往往是最後一棒，俗稱「壓棒選手」，但是短道速滑的壓棒選手經常是第二棒。

這是因為短道速滑的接力不像其他項目那樣只交接一次，它大部分時間裡可以自由交接，只不過最後兩圈必須某一個人完成，不許交接。

根據多年經驗的積累，目前通用的方式一般是：第一個選手滑一圈，之後選手們一圈半交接一次，直到最後交接到的那個人滑完剩下的兩圈。

這樣依次算下來，第二棒才是滑最後兩圈的壓棒選手。

張閔微本來在第二棒，棠雪第三棒，現在張閔微受傷，褚霞教練打算把棠雪提到第二棒的核心位置，所以張閔微才會絕望。

「我想不明白，為什麼是她？！」張閔微還是無法接受這個滑稽的現實。

褚霞：「等你想明白了，你就能當教練了。」

吃過晚飯，謝主任和褚霞召集了明天有比賽的隊員開了個會。散會之後，褚霞留下了棠雪她們四個明天滑接力的。因為人員有變動，原先佈置的一些東西就不適用了，所以褚霞重新安排了一下戰術。

講完戰術，棠雪猶猶豫豫地不肯走，褚霞問她：「你還有事嗎？」

「褚教練，我能問您個問題嗎？」

「嗯？你說。」

「為什麼是我？」

褚霞沒有回答，反問道：「棠雪，你對自己有沒有信心？」

棠雪身體一震，連忙答道：「有！」

褚霞笑：「有信心就夠了。」

棠雪呆了一呆。

不過她心裡總有些不安定，於是出飯店散了個步。北京的春天和霖城不一樣，灰撲撲的，空氣很乾燥，地上和天上飛著白色的毛毛，她很不適應，這樣走了一會，打了好幾個噴嚏。她打了電話給黎語冰。

「黎語冰，你在哪裡啊？」

「在飯店。你呢？」

「我想見你。」

「好，傳位置給我，你在原地等我。」

「嗯。」

第十五章

會發光的你

黎語冰是跑過來的。

棠雪沒想到他來得這麼快。她正無聊地蹲在馬路邊看來往的行人，他突然在她身邊喊她：「喂。」

棠雪轉頭仰頭看他。她因為蹲著，從下往上看，視野裡大部分是他的長腿。

黎語冰低著頭，因為剛剛跑過，這時喘著粗氣，額角掛著汗珠，在路燈下反射著柔和細碎的光。

棠雪感覺黎語冰可能長翅膀了，不然怎麼會這麼快飛到她身邊？

黎語冰彎下腰看她：「幹什麼呢？像個乞丐。」然後他不由分說地把她拉了起來。

他力氣大，握著她的手臂往上提，就像提一隻鴨子，不管她願不願意，都得站起來。

棠雪被黎語冰提起來後，看到他穿著黑色半袖，手臂裸著，臂上肌肉結實突出。

四月北京的夜晚還是有些涼意的，棠雪問道：「你不冷嗎？」

「不冷。」黎語冰鬆開她，「說吧，怎麼了？」

棠雪剛要開口，這時，幾個妹子說說笑笑地走過，其中一個妹子看到黎語冰的臉時，驚呼一聲：

「啊！黎語冰？你是黎語冰本人嗎？啊啊啊啊啊！」

黎語冰一臉迷茫地看著那個妹子：「黎語冰是誰？我叫廖振羽。」

「呃……對不起對不起……」妹子和小姐妹們尷尬地走了，一邊走還一邊小聲說，「好帥哦！好像哦！不過黎語冰在霖大，怎麼可能出現在北京呢？我真是腦子壞掉了，哈哈哈……」

棠雪在旁邊哼了一聲，有點不屑，有點羨慕，又有點很不想承認的嫉妒。

黎語冰莞爾，輕輕推了一下她的肩膀：「走吧，說說你的事。」

兩個人在附近溜達著。棠雪一邊走，一邊跟黎語冰講了今天的突發事故。

黎語冰聽罷，說道：「比賽都有應急備案，褚教練選擇你，應該不是臨時起意，他們肯定提前考慮過各種可能性。」

「黎語冰，其實……我心裡挺沒底的。」棠雪終於說出了壓在心頭的這句話。她覺得好丟臉，可是說出來又感覺輕鬆了很多。

「棠雪，你還記得小時候嗎，我每年假期都會去加拿大訓練，也會參加當地的一些比賽。」

「當然記得，你總是能贏回來很多獎品。」棠雪說著，撇撇嘴，有點委屈。黎語冰哪是來安慰她的，根本是在炫耀。

黎語冰聽棠雪這樣說，低頭笑了笑道：「那是小學。小學畢業以後，情況完全不一樣了。」

「哦？」

北美的小孩學冰球，十二歲是一個分水嶺。十二歲以前不允許身體衝撞，冰場上的競爭以技巧為主。黎語冰的技巧學得很棒，跟外國的同齡人打球如魚得水，經常用技巧壓制對手，占住上風，贏多輸少。

這種順風順水的情況，在他十二歲那年終結了。

十二歲，冰球場上開始允許合理的身體碰撞。黎語冰發現，他所有的技巧、戰術，都被那些看似野蠻的衝撞克制住了，完全發揮不出來。他再也無法像以前那樣用技術去統治比賽，這片賽場，不再是他熟悉和理解的賽場。

棠雪聽到這裡，忍不住問：「那後來呢？」

「後來，我發現我一直對冰球有誤解。這項運動的核心不是技巧，而是勇氣，是看你有沒有膽量在四十五公里的時速中迎頭衝上去對抗敵人，同時也是對抗你內心深處的恐懼和怯懦，對抗你自己。從此之後我開始改變打球的方式，嘗試利用身體碰撞。這個過程有點艱難，因為我天生並不是一個勇敢的人，你也知道，」黎語冰說到這裡，聲音放低了一些，「我小時候有多軟弱。」

「黎語冰……」

黎語冰突然抬起食指，壓在她的嘴唇上，擋住她後面的話：「噓——」

棠雪感受著嘴唇上那帶著薄繭的指尖，心跳快了一些，眨著眼睛看著他。

「我已經告別了曾經那個軟弱的我，現在的黎語冰是勇敢和自信的黎語冰，現在，讓我……」他說著，抬手按在她的頭頂上，語氣嚴肅得很，眼裡卻帶著一點溫柔的笑意，「讓我，把黎語冰的勇氣傳給你。」

他給她傳功的樣子彷彿一個神棍，棠雪想笑，可是心房柔軟得不像話。

「從現在開始，你就是勇敢而無所畏懼的棠雪。記住，只要你足夠勇敢，全世界都會為你讓路。」

棠雪勾著嘴角道：「好哦。」

黎語冰放下手臂時，棠雪看到他肩膀上落著粉白色的花瓣，她一陣好奇，眼珠朝上轉了轉，發現他們此刻正站在一棵西府海棠下，路燈光裡的海棠花簇熱烈奔放，如煙如雲。

海棠更遠處是滑冰館的後門，兩個人相當於繞著滑冰館走了一圈。

黎語冰立在海棠的花影下看著棠雪：「再給你一個擁抱。」

「不……」

她的拒絕還沒說出口，他已經一把將她摟進懷裡。

棠雪愣了愣，反手環住他的後背。

她的心跳快得要命，臉埋在他的胸口，閉著眼睛感受著他溫暖寬闊的懷抱。有的時候，她也挺需要一個懷抱的。

「棠雪。」黎語冰在她耳邊喚她。

「嗯？」

「在我眼裡，你永遠是那個會發光的棠雪。」

棠雪心裡酸酸脹脹的，埋在他胸前低聲說道：「你這話講得相當客觀了。」

黎語冰笑了一下，說：「明天賽後，我在這裡等你。」

「好。」

晚上棠雪回到飯店，看到張閱微已經被人送回來了，她正靠在床上看手機，床邊立著根拐杖。

褚霞也不知道怎麼想的，非要把這對見面就吵架的冤家安排在一個房間。

棠雪心情挺好的，哼著跑調的小曲走進房間，一進門就問張閱微：「嘿，小微微，在看什麼呢？」

「關你什麼事？」

「喲喲喲，囂張得很，要不是你的腿受傷了，我就把你的腿打傷。」

「你在說什麼鬼？」張閱微見棠雪要走過來，連忙把手機頁面關掉，看到棠雪笑容詭異，她越想越氣，說道，「別以為滑第二棒是好事，你覺得自己能滑嗎？到時候扯了全隊的後腿，我看你還笑不笑得出來！」

「蛤？」棠雪一愣，反應過來張閱微是誤會了，搖搖頭解釋道，「我沒笑這個，我是……」

張閱微沒吭聲，但是盯著她，一臉洗耳恭聽的樣子。

棠雪說：「我問你，運動員最大的浪漫是什麼？」

「拿金牌？」

「錯！」棠雪笑嘻嘻地走到她床邊坐下。

張閱微嫌棄地往旁邊挪了挪。

棠雪說：「運動員最大的浪漫就是，拿了金牌，然後——」她說著，左手抬起來假裝裡面有塊金牌，右手把張閱微的肩膀一摟。張閱微嫌棄得要命，可是膝蓋受傷又拗不過她。棠雪盯著左手裡的「金牌」，說：「然後，告訴自己喜歡的人，看，這是朕為你打下的江山。」

張閱微沉默了一會，突然說：「那你加油吧。」

她竟然沒有罵棠雪，棠雪有點不適應，奇怪地看了她一眼：「你是不是吃錯藥了？」

張閱微神色黯了黯：「我就是覺得，你喜歡的人剛好也喜歡你，是一件很幸運的事。」

第二天的男女接力決賽是最後兩場比賽，都在下午。

棠校長沒上課，棠媽媽請了假，然後棠雪的爺爺奶奶外公外婆都來他們家了，六個人齊聚一堂，早早地坐在電視機前，調到北京體育頻道。

解說員簡單介紹了一下接下來的比賽，鏡頭在觀眾席上掃了一圈，在某幾個地方停了停。

黎語冰好巧不巧地就這麼進了鏡頭。

棠奶奶忍不住感嘆：「這個孩子長得真端正。」

棠校長重重地哼了一聲。

與此同時，體育台的導播看到鏡頭裡的大帥哥，連忙指揮攝影：「倒回去倒回去，多給他幾個特寫！這麼好看的人就該讓人多看幾眼。」

女子接力決賽，棠雪她們排第二道，第一道是璐山體大。換言之，璐山體大在半決賽中的成績比霖大要好，而半決賽的霖大還是有張閱微坐鎮的。

璐山體大的王牌選手是龐霜霜，去年也是她帶領璐山體大拿到了這個項目的金牌。龐霜霜今年五百公尺拿了銀牌，一千公尺拿了金牌，看樣子，女子接力她們也是志在必得了。

選手們做入場準備時，謝主任和褚霞一起站在教練席，他問褚霞：「為什麼是棠雪呢？你賣了半天關子，現在可以跟我說了吧？」

「當然了。謝主任，沒有張閱微，我們拿金牌很難很難，可以說幾乎不可能，銀牌和銅牌就要努力爭一爭。」

「嗯，我知道，你說過的。」

「我把她們幾個的成績加加減減算了一下，就看發揮了，努力保三爭二吧，這是我們的目標。」

「可這關棠雪什麼事？」

「我就是想看看她能到什麼程度……她是四個人裡頭唯一的變數。」

「哦？」

「棠雪的情況很特殊，天分好，訓練時間短，經驗不足，很多東西還沒能發揮出來，即便是這樣，她的進步也已經很大了。而且，她是一個天生的比賽型選手，她的比賽成績和訓練成績之間有個比較大的斷層。」

謝主任呆了呆：「那她……」他指了指棠雪的身影，「她以後會怎麼樣呢？」

褚霞笑了笑道：「我也想知道。」

說話間，選手準備就緒，裁判一聲槍響，比賽開始。

霖大的第一棒是劉芸。劉芸沒有棠雪高，但是長得很壯實，推人的力氣很大，適合做第一棒。相比之下，棠雪的身體條件也適合做第二棒——被推的那個。

棠雪滑在賽道內，視線追著劉芸，隨時準備交接。她感覺心跳快了些，連血液的流速彷彿也加快了，很興奮。

劉芸一圈下來排在第二，比第一隻差一點，棠雪滑到她面前被她重重一推，奮力滑了出去。

這個交接很漂亮，棠雪直接衝到了第一，之後四個隊友配合，前幾圈一直保持領滑。

形勢看起來不錯，其實不容樂觀。

看得出來，璐山體大雖然第三，但滑得更輕鬆，和前面的差距也不大，明顯是留了勁，打算找機會後來居上。

謝主任皺著眉問褚霞：「我們的戰術是不是有問題？」

「我們不是有問題，我們是沒辦法。」璐山體大敢這樣打，是因為他們有個龐霜霜，霖大不敢把寶押在後面，必須把壓力均攤給四個隊員，前期能早點建立優勢就早點建立優勢。

也幸好，她們四個隊員發揮得都不錯。

其中棠雪的壓力是最大的。

她在第二棒，對手也都是最優秀的，稍有鬆懈，三個隊友建立的優勢就會在她這裡消耗掉，所以她一刻也不敢掉以輕心。

四個人拚盡全力，漸漸地與對手拉開一些距離，唯一甩不掉的是璐山體大。

夠好了，褚霞看著冰面上棠雪的身影，告訴自己，四個小姑娘已經做得夠好了。

尤其棠雪，完全超乎她的預期。龐霜霜兩次嘗試反超棠雪都沒成功，可見棠雪的絕對速度比之前的比賽都有提升。巨大的壓力不僅沒有擊垮她，反而讓她更加興奮，狀態更火熱。

「真是個了不起的孩子啊！」褚霞感嘆道。

說話間，比賽進行到最後一輪，競爭開始白熱化，所有人都使出了全部力氣，一絲也沒有保留。棠雪交接給第三棒的趙瑞芳，之後是第四棒的李環，然後李環到劉芸，最後，劉芸又交接給棠雪。

最後兩圈了，四個隊的收棒選手都開始增速了。

目前場上的形勢整體來說分兩個梯隊，霖大和璐山體大在第一梯隊，另外兩個隊在後邊，和她們拉開了一些距離。

龐霜霜增速，半圈之後超越了棠雪，更可怕的是排名第三位的隊員速度也開始暴漲。

謝主任覺得棠雪可能是太累了，雖然能接受這個現實，可還是很遺憾，嘆了口氣：「唉——」接著他突然爆了句粗口。

棠雪又增速了。

似乎是看不得別人超越自己，幾乎就在龐霜霜的身影滑到她前面的同時，她瘋了一樣加速，和龐霜霜的距離咬在一個半身位內，沒再被甩下去。

「加油！衝刺！衝刺！！」謝主任拍著教練席的桌子吼道。

棠雪好像聽到了觀眾席有呼喊加油聲，可又好像什麼都沒聽到。

她好像已與外部的世界隔離開，沉浸在自己的世界裡，一切都在身後了，只有她，只剩下她，不遺餘力地向前衝。

衝、衝、衝。

她其實很累，身體裡彷彿有個巨大的齒輪在攪動，痛苦極了，但她同時又很興奮，心臟跳得那麼快，血液一波波地湧動，整個人都像被點燃了。

衝、衝、衝！

還剩小半圈，棠雪和龐霜霜的差距本來就不大，過彎的時候棠雪突然抓住機會，猛地滑到了內道直插而過！

轉過彎，兩人都不要命似的衝刺著。棠雪過人後領先一小截，龐霜霜拚盡全力彌補了這點差距，兩個人齊頭並進地滑完最後這段，幾乎同時過線。

連褚霞都分不清誰是第一。她提心吊膽地等著裁判宣佈成績時，聽到身旁的謝主任說：「她這麼厲害啊？」

「超常發揮了。」

「為什麼？」

「我要是知道為什麼，肯定想辦法讓所有隊員給我超常發揮。」

他們等了沒一會，裁判那邊宣佈成績，棠雪比龐霜霜早〇．〇一秒過線。

大概就是領先一個刀尖的距離。

謝主任和褚霞都鬆了口氣。

與此同時，觀眾席上，同樣有人大大地鬆了口氣。他戴著鴨舌帽和黑口罩，只露著一雙眼睛。圓潤的鹿眼，長而密的睫毛，目光溫潤明亮，此刻那雙眼睛追著休息區的某道身影，眼底閃過一絲溫暖的笑意。

棠雪累得像條狗一樣，話都說不出來，只會喘氣了。隊友們都來和她擁抱，張閱微拄著拐杖在一旁看著她，有些高興，又莫名地有點不爽，臭著張臉。

棠雪跟張閱微也抱了一個，張閱微沒有拒絕。

褚霞從教練席走過來對她們說：「冠軍採訪，記者等著你們呢。」

「哦對對對！」幾個姑娘一拍腦袋，差點忘了冠軍要接受採訪呢，主要是之前沒想過自己會得冠軍，所以腦子裡沒有採訪這個東西。

到了記者面前，一對上黑漆漆的攝影鏡頭，其他人都挺緊張的，記者問問題都先看一眼棠雪，等著棠雪說話。

棠雪臉皮厚放得開，答得很溜，特別會裝。

記者：「感覺今天發揮得怎麼樣？」

棠雪：「還行吧，把平常練習的發揮出來就好了。」

褚霞在一旁聽到，心裡默默吐槽道：太客氣了，你平常可滑不出這樣的成績。

記者：「我看你今天表現挺好的，最後兩圈超越很精彩，觀眾們也都看得很激動。」

棠雪：「其實我自己水準有限，是隊友們前期打開了優勢，接力比賽是四個人一起努力的成果。」

記者：「今年霖大比去年進步很大。」

棠雪：「是，學校領導有方，教練訓練科學，我們以後還會有更大的進步的。」

謝主任偷偷地問褚霞：「她這，誰教的？」

褚霞聳了聳肩：「誰知道呢……」

記者見棠雪答得有板有眼，還一副意猶未盡的表情，覺得挺好玩，又問道：「那你們現在得了金牌，最想感謝的人是誰呢？」

來了！就是這樣的時刻！棠校長坐在電視機前，聽到這個問題時，忍不住挺直了腰板。

來吧，感謝你爸爸我吧。

四個老人家都是羨慕嫉妒恨表面又裝作很不屑的樣子。

這時，電視上，棠雪濕潤靈動的大眼睛忽閃了一下，然後她對著鏡頭笑道：「我想感謝黎語冰！」

棠校長：「……」

渾蛋啊！

老人家們看向他的目光都充滿了同情以及幸災樂禍，然後他們在那討論黎語冰是誰。

棠雪似乎想起來自己有回饋贊助商的使命，連忙又補充道：「還有我的爸爸媽媽爺爺奶奶外公外婆。」

不，這種補丁完全不足以安慰棠校長碎成八瓣的心臟。

那一頭，記者聽到棠雪一口氣說了這麼長一段感謝名單，尷尬地抹了一下額角。棠雪說完了自己的詞，又推隊友們：「快點，感謝詞感謝詞！」

隊友們都紅著臉說了自己要感謝的人。

記者感覺這群小姑娘真有意思，採訪搞得像開party。

採訪結束後不久，棠雪她們換了衣服，上了領獎台。

從領獎台下來，棠雪便飛奔著要出去找黎語冰，半路上接到她爸的電話。

不用老爸開口，棠雪就知道他是興師問罪的，於是一迭聲地道歉：「爸爸對不起，這次小比賽我們就先讓黎語冰那傢伙得意一下，以後我拿了國際大獎再感謝您，說到做到！」

「棠雪，我有事要跟你說。」

「什麼事啊？」

「照理說，你跟誰談戀愛是你的自由，我和你媽沒權利限制，但是黎語冰他……我想，我必須先讓你清楚他是個什麼樣的人，你再考慮要不要和他在一起。」

黎語冰站在昨晚那棵海棠樹下，想著等一下要對棠雪說的話以及她可能的反應，他有點緊張，於是在海棠樹下踱著步，走來走去，一回頭，看到棠雪向他走來。

他朝她笑了笑。

棠雪卻沒有笑，走到近前，紅著眼眶看著他。

黎語冰的笑容散去，他心裡有了不好的預感。

「黎語冰，原來你那麼討厭我啊。」棠雪說。

黎語冰感覺彷彿有一盆涼水從頭上澆了下來。

棠雪晚飯都沒吃，推說不舒服，回到飯店就躺在床上發呆。褚霞以為她是身體透支累到了，於是幫她打包了一些吃的，兩個男隊員把張閱微送回來時，順便帶了打包的飯菜。

男隊員告別後，張閱微看到棠雪傻愣愣地躺在床上，竟然不聒噪了，有點奇怪：「喂，你不吃飯啊？」

「不吃。」棠雪悶悶地應了一聲。

「你怎麼了？」

「沒什麼，就是覺得自己做人挺失敗的。」

「……」

一句話把張閔微給震驚到了，她難以相信，有朝一日會從棠雪口中聽到這種話。張閔微捏了一下自己的手臂，有點疼，確實沒做夢。

她把拐杖放在床邊，看著朦朧的夜色，小聲說道：「其實有很多人羨慕你啊。」聲音太小，棠雪沒聽到，趴在那裡繼續憂傷。

棠雪想到很多以前的事，想起小學畢業時她和黎語冰信誓旦旦的約定，想到石沉大海的信件、打不通的電話，她真傻，怎麼會相信真的有如此輕易被隔絕的友誼呢？

哦，那根本不算什麼友誼，最多算單方面的友誼。

她又想到更小的時候。最早最早，她確實是討厭黎語冰的，與其說討厭，不如說嫉妒更貼切一點。他是全世界最聰明、最聽話、最優秀的小孩，無論做什麼都比別人好，老師家長都誇他。他們還是同桌，她總是被人和他放在一起比較，比較的結果可想而知。就連她想去個迪士尼，他都能成為最大的絆腳石。

她真的做了很多對不起他的事。

大概，從那個時候起，他對她的反感就已經深深種下了。

其實她後來不再討厭他了，甚至把他當好朋友了，但可能她真的做人有問題吧，也或者，不管好的壞的，都成為習慣了。一件事但凡成為習慣，沒有外力的破壞，就很難讓人有意識地去改變。

可是，事實就是事實，無從辯解。

棠雪越想越沮喪，拉過被子蒙起臉，在被窩裡縮成一團。

第二天，霖大速滑隊全員返校。

棠雪藉口照顧張閱微，一直和她在一起，沒有和黎語冰說話，甚至沒有看他一眼。登機的時候黎語冰想幫她拖行李，她把自己和張閱微的行李都攏在自己身前，推著朝前走。

黎語冰看著她沉默的背影，心口一陣陣抽痛。

怎麼會搞成現在這樣？

到底要我怎麼做？

張閱微拄著拐杖偷偷觀察黎語冰，問道：「你們怎麼了？」

「沒事。」黎語冰搖了搖頭。

回去的路上，棠雪一直沒和黎語冰講話，黎語冰快要被她逼瘋了。許多人都察覺到他們倆之間的關係出現了問題，又不敢問。

晚上速滑隊聚餐，黎語冰在棠雪去餐廳的半路上堵住了她。

棠雪正和隊友一起走，那幾個隊友本來是一副和棠雪好姐妹為了她兩肋插刀的熱絡模樣，一看到黎語冰來截她，呼啦啦都跑了，把棠雪留在原地。

挺好，她用一塊金牌立起來的威信，還不如黎語冰的一張臉管用。

「我們談談。」黎語冰說。

棠雪仰著頭看他，看著他的眉眼鼻子嘴巴，看著他鼻樑旁邊那粒小小的痣，那是她欺負他的罪證。

她盯著他看了一會，突然開口：「對不起。」

黎語冰怔了一下。

「對不起，」棠雪又重複了一遍，目光黯淡下來，低著頭說道，「我以前總是欺負你，還成了你的童年陰影。我對我做過的事情感到抱歉，我……我其實真的沒有想過傷害你。而且後來做的很多事情，都是因為習慣了。但是我也不能用年少無知來為自己開脫……我，我不知道自己在說什麼了……」棠雪無奈地抓了抓頭。

黎語冰很久以前是希望棠雪跟他道歉的，可是如今她真的道歉了，他又難過得要命。她低著頭，客客氣氣地跟他說對不起，讓他感覺到一種如有實質的距離感橫亙在他們之間。

「我不想聽對不起。」黎語冰脫口而出。

棠雪現在不知道怎麼面對他，低著頭想往前走，黎語冰突然一把抓住她的手腕：「不要說對不起，要說對不起也該我說。對不起，棠雪，是我騙了你。」

棠雪抬頭看他，他發現她的眼眶是紅的。

「黎語冰，我其實挺難受的。」她說。

黎語冰看著她眼睛裡蒙著的淚水，心裡像是卡著一根針，呼吸一下疼一下。他抓緊了她的手腕，輕聲說：「那你說，我該怎麼做，你才不會難受？」

棠雪低頭，手腕不停地掙扎，想要掙脫他：「你先放開我。」

「你先告訴我。」

「黎語冰，你別這樣，你不要逼我好不好?!」棠雪情急之下提高聲音。

路過的人被聲音驚到，都看著他們。

黎語冰只好放開她。

那之後，兩人連續兩天沒說話，夏夢歡感覺她家大王就像一棵缺水的小草，整天垂頭喪氣，沒精神。

嘖嘖，愛情啊！

第三天，棠雪接到蔣世佳的電話。

「嫂子，冰哥在酒吧喝多了發酒瘋，你能不能來管管他？這要是被警察弄進去留了案底，他可能要被學校開除。」

棠雪一聽坐不住了，連忙換衣服出門。

夏夢歡看她急急忙忙的樣子，問道：「大王你幹什麼去？」

「出去走走。」

「帶傘，外面下雨呢！」

「哦。」

蔣世佳放下手機時，黎語冰看著他，說：「我什麼時候發酒瘋了？」

「咦，冰哥你沒發酒瘋是吧？行，那我現在就打電話給嫂子，告訴她，冰哥他，沒、發、酒、瘋。」蔣世佳說著，伸手去摸桌上的手機。

黎語冰一把按住他。

蔣世佳冷颼颼一笑：「我一個單身狗，整天管別人談戀愛的事，我上輩子到底殘害了多少小生命，上天要這樣對我？」

他正說著，有個女孩走過來，打扮得時尚靚麗，長得還挺漂亮，身材也好，腰是腰腿是腿。姑娘走到他們面前，想請他們喝酒。

黎語冰悄悄對蔣世佳說：「你脫單的機會來了。」

結果蔣世佳把他的肩膀一摟：「妹子你知道嗎，我是他唯一的男人。」

姑娘識趣地走了。

黎語冰抖開蔣世佳的手：「不脫單了？」

「我喜歡單純的，就我們學校的女生就挺好的，這個……吃不消，吃不消，哈哈。」

棠雪一進酒吧，蔣世佳就看到她了，連忙提醒黎語冰：「嫂子來了，你快點發個酒瘋。」

「怎麼發？」

「不知道喝醉了是什麼樣子？唉，我說你們南方人都沒喝醉過嗎？」

「有的。」黎語冰幹不來裝瘋的事，乾脆往桌上一趴。

蔣世佳揚手，棠雪朝他走過去，看到了趴在桌上的黎語冰。

「剛鬧過，」蔣世佳解釋道，說著視線在周圍掃了一圈，「都不敢惹他。」

考慮到黎語冰的武力值，棠雪竟然有點信了。

她輕輕拍了拍黎語冰的肩膀，叫他：「黎語冰？黎語冰？」

黎語冰趴在桌上，側著臉，黑色的髮絲蓋在額前。他聽到棠雪的呼喚，緩緩地睜開眼睛，黑色的瞳仁乾淨瑩亮，目光尚未聚焦，帶了一點初醒時的懵懂迷茫。

他這樣子有點乖巧，棠雪竟然想摸摸他的頭。

「黎語冰。」棠雪又推了一下他的肩膀，意圖喚醒他的神志。

黎語冰從桌上直起腰，靠在椅子上，嗯了一聲，看著棠雪的臉。

「黎語冰，跟我回去。」

「嗯。」

棠雪去握他的手腕，黎語冰像個超級無敵乖寶寶，她讓他幹麻他就幹麻，她拉著他往外走，他就寸步不離地跟著。

走到門口，棠雪彎腰撿起自己的雨傘，撐開，走下台階。

黎語冰沒有被牽走，立在門口看著她的背影，有點委屈。

棠雪轉頭：「裝醉裝夠了嗎？」說完，她不再看他，轉身就走。

雨不太大，但是地上已經積了不少水，棠雪低頭挑選著落腳的地方，儘量不讓鞋子浸濕。正走著，她突然被人從身後環抱住，冷不防落進一個懷抱裡。

棠雪嚇了一跳：「喂！」

他牢牢地抱著她，從身後用下巴輕輕蹭她的頸側，帶著酒氣的火熱呼吸全噴灑進她的衣領裡。

然後他低聲說：「棠雪，你這個渾蛋。」

「黎語冰，你神經病，我怎麼渾蛋了？」

「你就是渾蛋。從小就是渾蛋，長大了更渾蛋。我怎麼會喜歡你這樣的渾蛋？」

猝不及防這樣被表白了，棠雪又氣又笑，心裡又酸酸甜甜得不像話，一時間都不知道該說什麼好了。

黎語冰還在控訴她：「你還想道歉，如果你真的想道歉，那你就把自己賠給我，這樣才算補償。」

「黎語冰你怎麼這麼無理取鬧呢……唉喲！」棠雪驚呼了一聲。

黎語冰咬了她的耳朵。他下嘴的力道很輕，但是那種堅硬的異物硌在敏感耳廓上的感覺讓她有點不適應。咬完了，他還用舌尖舔了舔。柔軟有力、火熱濕潤的舌尖掃過她耳朵上的肌膚，那感覺真是要命。

棠雪一陣臉紅心跳，偏開腦袋想躲，他低著頭追，追著舔她的耳朵。

「你別別別……」棠雪講話帶著顫音。

「你說，你是不是個渾蛋。」黎語冰說，帶著酒精的呼吸全噴到她的臉上。

「黎語冰！」

黎語冰終於縮回腦袋，不逗她了，但是手還沒放開，始終牢牢地抱著她。

「黎語冰，」棠雪緩緩地呼吸，找回了一些神志，問：「你是不是挺討厭我的啊？」

「我有的時候是會討厭你。」

棠雪聽到這裡，鼻尖一酸。

「但我更多時候，無法控制地喜歡你，喜歡你，特別喜歡你。嫉妒你身邊的男生，嫉妒喻言，嫉妒邊澄，你跟別的男生說話，我都會嫉妒。」黎語冰說著，又用下巴蹭她的頸窩，語氣竟然帶著一點淡淡的憂傷，「感覺自己像生病了。」

棠雪心裡酸酸脹脹的，抬手蹭了蹭鼻尖，說：「那你以後不准討厭我了，只准喜歡我。」

「那你做我女朋友。」

「好。」

棠雪心跳得很快，說完「好」，又不知道該怎麼面對他了，她掙開他的懷抱，舉著雨傘自顧自地往前走。

黎語冰寸步不離地跟在她身後，走了一會又繞到她身旁，接過她手裡的傘。他一手撐傘，一手抓住她的手，握緊。

棠雪低頭看著腳下，雨水積少成多，彙聚了一股股細流，緩緩地流過藍黑色的路面。

黎語冰看著她烏黑柔亮的髮頂，問：「害羞了？」

「你閉嘴。」

黎語冰便笑，低沉的笑聲帶著點迷離的醉意，瀰漫在潮濕的雨氣裡。

棠雪臉上爬升起一股燥熱，她覺得自己剛才真是腦子壞掉了，怎麼就答應了呢？

她想把手抽回來，黎語冰卻握得死緊。行吧，你力氣大你說了算。

他們就這麼走了一段距離，過了一會遇到了凹凸不平的路面，積水有點深，棠雪在水窪的邊緣尋找能下腳的地方時，黎語冰突然開口：「別忘了，你是有男朋友的人。」

「……」

黎語冰鬆開她的手，手臂繞過她的身體，單手將她抱得腳離開地面。然後他一手撐著傘，一手抱著她，走過水窪。

這個姿勢不太常規，棠雪感覺自己像個麻袋一樣被人夾在懷裡，僵著身體不敢動，側著臉看他。黎語冰有張豐神俊朗的側臉，耳朵長得輪廓鮮明，形狀端正，形如北斗……為什麼會有人連耳朵都長得這麼帥氣呢……

黎語冰走過水窪，把棠雪放下，低頭看了她一眼。

她正好也在看他，四目相對，雙方在彼此的眼睛裡都看到了星星。

黎語冰莞爾，手掌按在她頭頂上拍了拍。

兩人就這樣走回學校，一路上雨珠紛紛，行人匆匆，汽車打著雨刷駛過，濺起一片水花……明明是很無聊的一段路程，可是棠雪窮盡一生一直記得。

她永遠記得，他們決定在一起的這個晚上，手挽著手在雨幕裡行走。她心跳很亂，精神亢奮，整個人像是要飛起來。雨絲被風送進傘底，飄飄灑灑落在人的臉上，清涼酥潤，彷彿要為燥熱的臉龐降降溫。

她這輩子唯一的一次戀愛，就是以這樣一個平凡卻難忘的夜晚做開端的。

晚上，黎語冰回到寢室，嘴角一直牽著。

老鄧嘴裡叼著根香腸，香腸包裝只撕開一半，他盯著電腦螢幕，正在全神貫注地打遊戲。

黎語冰見他桌上放著兩罐未開的罐裝啤酒，便拿了一罐，打開喝了一口。

老鄧的視線短暫地離開螢幕，看了黎語冰一眼，見他笑瞇瞇的，眼神迷離又蕩漾，老鄧不解地道：「怎麼了你？」

黎語冰握著啤酒搖頭：「說了你也不懂，單身狗。」

「……」

士可殺不可辱，說實話，老鄧挺想把手裡的鍵盤扣在黎語冰臉上的，不過考慮一下兩人的體格差異，他冷靜地殺死了這個想法。

咚咚咚——有人敲門。

黎語冰揚聲說道：「請進。」

門開了一條縫，蔣世佳探進腦袋，看到黎語冰，於是走進房間說道：「冰哥你回來了，我就看看你怎麼樣了。」

黎語冰瞇著眼睛笑，剛要開口，老鄧突然問蔣世佳：「你有女朋友嗎？」

蔣世佳一愣：「啊?沒有，幹麻問這麼扎心的話？」

「你這個沒有女朋友的卑賤人類，不配和我們冰神講話。」

蔣世佳禁不住罵了一句，然後他看著黎語冰臉上的笑容，突然想到一個問題，於是問：「冰哥，你不會今天才和嫂子確定關係吧？」

黎語冰斂了斂笑容，有點尷尬，裝作什麼都沒聽到，仰脖喝了口酒。

蔣世佳樂了：「鬧半天，您老人家之前折騰來折騰去，都是放空心炮啊？我光叫嫂子都叫多久了，您對得起我嗎？」

老鄧捂著圓滾滾的肚子在那笑，「我去！等於你也是今天才脫單？黎語冰你可真能裝，你再跟我裝，我拍你的裸照傳到網路上！」

黎語冰指了指門口，默默地看著蔣世佳。

「用完就扔，負心漢。」蔣世佳譴責了這麼一句，也不敢真的惹怒冰哥，畢竟他還想著讓嫂子給介紹個閨蜜啥的，於是就乖乖地走了。

這晚黎語冰幾乎沒怎麼睡覺，到第二天早上起床時也不睏，精氣神十足地去找棠雪一起晨練。兩個人見面時，黎語冰想牽棠雪的手，棠雪卻避開他。

黎語冰心一緊，問道：「你後悔了？」

「黎語冰，」棠雪往左右瞟了瞟，「你現在的粉絲太多了，到處是他們的眼線，我們低調點，公共場合不要讓人看出來，懂嗎？」

黎語冰鬆了口氣，之後又有點鬱悶，無奈地點點頭。

女朋友能看不能碰，黎語冰憋屈得很。兩個人走在路上，他老是盯著她，棠雪無意間和他目光對上，總是會看到他直勾勾地看著她，那樣子好像要把她吞了。

棠雪上午第一堂課是高數。她和夏夢歡在逸夫樓上高數課，下課的時候遇到了在同層上課的廖振羽。廖振羽把她們拉到外面，找了個沒人的地方，說道：「老大，我聽說你和黎……」說到這裡，他突然一隻手擋在嘴巴旁邊，聲音壓得極低，「你和黎語冰在一起了？」

棠雪用指尖撓著脖子，轉過頭笑，點了點頭。

廖振羽看著老大因為不安而忽閃忽閃的大眼睛，因為害羞而在臉上浮起的一層淡淡紅暈，他突然好不適應。

「我、的、天、哪！」廖振羽誇張地瞪大眼睛，「老大你怎麼變成這樣子了？像個娘們似的！不，這不是真的！你快把那個威風凜凜的老大還給我！啊！怎麼會這樣？我們的大清真的亡了？老臣無能，老臣對不起先帝啊……」說著他便假裝用袖子擦眼淚。

棠雪：「……」

戲精！

她揮了一下手，對身邊的夏夢歡說：「太聒噪，拖出去砍了吧。」

「得令！」夏夢歡一點頭，笑嘻嘻地去拉廖振羽的手臂，「大王，我申請先奸後殺！」

廖振羽：「……」

棠雪：「夢妃開心就好。」

廖振羽臉爆紅，一臉蒙地被夏夢歡拖走了，走遠之後，臉色稍稍恢復，抱怨道：「你以後不要亂來了。」

夏夢歡解釋道：「大王要去訓練呢，沒時間跟我們玩。」

「我說的不是這個！」是先什麼後什麼的，女孩子說騷話說得這麼溜，可太要命了！

夏夢歡放開他：「你太囉嗦啦。」

廖振羽跟在她身邊，還想掰扯，糾結了一會，想到夏夢歡平常是什麼為人，他又扶著額放棄了。

晚上下了訓練，棠雪便跟著黎語冰去自習。跟黎語冰待久了，她身上也開始散發優秀青年的香味。這要是放以前，她肯定不敢想像自己有朝一日竟然會成為這樣的人——學業事業兼顧，德智體全面發展，嚇死人。

這是黎語冰帶給她的影響。棠雪有點好奇自己對黎語冰有沒有影響，於是問他：「黎語冰，你覺得自己跟我待久了有沒有變化？」

「我原先是個正經人。」黎語冰點到為止。他突然有點感慨，這才多久，他已經被棠雪帶成什麼樣了……

其實不光他，跟棠雪走得近的人，就沒幾個畫風正常的。

這人，毒氣不知有多大。

棠雪睖著眼睛看黎語冰，眼神還挺危險：「黎語冰，我能成為一個優秀青年，說明我骨子裡有優秀的基因；你覺著自己變得不正經了，說明你本來就不是什麼正經人。」

黎語冰看著她囂張的樣子，不僅不生氣，反而特別想把她按進懷裡揉一頓。

兩個人走進教學大樓，棠雪在一〇一門口看了一眼，覺得人不多，可以去。她正要走進去，黎語冰突然拉了她一把，把她拉進教室旁邊的樓梯間。

然後不等她反應，他直接把她抱了個滿懷。

樓梯間很黑，棠雪嚇了一跳，心臟怦怦怦的，緊張又刺激，她想推開他：「喂……」

黎語冰摟緊了她不放，在她耳邊嘆息：「一天了。」語氣有幾分委屈。

一天了，他都沒能碰她一下，想像中是親親抱抱舉高高，現實是一根手指頭都摸不到，這心理落差著實有點大。

棠雪安靜下來，趴在他懷裡，回抱住他。

黎語冰身上的氣息很好聞，乾乾淨淨的，陽光又清爽，他的懷抱又寬，手臂也長，棠雪感覺這樣窩在他懷裡還挺舒服的。

黎語冰抱著她，不安分，又用嘴唇碰她的耳朵，然後試探著往下移。

棠雪猛地推開他，轉身出了樓梯間。

之後兩人自習就很道貌岸然了，結束了自習，繼續道貌岸然，兩個人騎兩輛自行車回去。黎語冰的自行車離棠雪不遠，一直跟到她宿舍大樓下，她停車時，他就一腳撐在地面上，看著她的身影。

棠雪停好自行車時，突然喊黎語冰：「喂，黎語冰。」

「嗯？」

「差點忘了，」棠雪走過去，從書包裡掏出一個盒子給他，「喏，補給你的禮物。」

「什麼東西？」黎語冰接過盒子，低頭想要拆開。

「回去再拆。」

他撩眼看她，見她已轉過身，背著包噔噔跑走了。

黎語冰看著她的背影，笑了笑，眼神溫柔似水。

回到宿舍後，黎語冰拆開盒子，看到裡頭是棠雪這次大學生短道速滑錦標賽的金牌。

他心裡彷彿裹了濃濃一層蜂蜜，甜得都要化掉了。

他在那裡看著金牌笑，笑了好一會。老鄧在一旁看著，覺得怪嚇人的，於是拍了他的照片給室友們過目：「看看，看看，這就是談戀愛的下場！」

室友們狂點頭：「活該！」

「戀愛把人變成鬼，單身把鬼變成人！」

「說得對！」

其實我們也好想當鬼啊！

黎語冰欣賞完金牌，甜滋滋地發了則微博：「初次戀愛，請多指教。」

十分鐘之後，蔣世佳打電話來：「冰哥，你忘記換小帳了！」

第十六章

粉絲行為，偶像買單

才十分鐘，那則微博的留言區已經沸騰了，黎語冰點進去，看到熱評第一是：「原來你還是處男啊？」

黎語冰滿頭黑線地刪掉了微博。

微博雖然刪了，但他的粉絲們並沒有消停，早就把微博截圖搬到論壇，集中蓋起高樓：「黎語冰公佈戀情了，他的女朋友是誰？」

帖子裡的評論五花八門什麼都有：

「樓主不要造謠。」

「嗷嗚，不是造謠，我也看到了！」

「黎語冰是誰?你們都這麼激動幹什麼?我錯過了什麼？」

「樓上善用百度啊，看完回來寫八百字的心得報告。」

「我百度回來了，怎麼會有這麼帥的人!還是名校，還是運動健將，天，我宣佈我戀愛了!啊啊啊啊啊！」

「妹子醒醒，人家公佈戀情了。」

「看來，有件事情瞞不住你們了。是的沒錯，我，就是黎語冰的女朋友。」

「樓上睜開眼別睡了，該工作了。」

「黎語冰又把那則微博刪了，什麼情況？」

「可能是不小心發的吧，難道有小帳？」

「我有霖大的朋友，我問過了，她說可能是棠雪。」

「棠雪是誰？」

「我朋友說棠雪是一個神一樣的妹子。」

「蛤？」

後來粉絲們開始重點八卦棠雪。網路上搜「棠雪」，最先跳出來的是霖大速滑隊奪冠的新聞稿。新聞稿的配圖裡，棠雪剛比完賽還沒換下衣服，浸了汗水的瀏海一縷一縷的，沉黑如墨，貼在白皙的額頭上。她跟隊友們站在一起，對著鏡頭笑得一臉燦爛。

粉絲們對著這張圖品頭論足了一番。

「這個妹子真好看，而且氣質乾淨，比那些亂七八糟的網紅可強太多了。冰神你去和她談吧，我們准了。」

「不許不許，我的心還是痛的。」

「就知道，男人都是視覺動物，唉。」

「大姐，我冰神長那麼帥，找個漂亮的女朋友很過分？」

「只有我的關注點在冠軍嗎？大學生短道速滑錦標賽，據我所知，水準可不低哦。這個棠雪還挺厲害的。」

「接力比賽，搞不好是隊友帶飛呢。」

「有沒有辦法搞到影片？看一下影片就知道誰抱大腿了。」

很快，這幫無所不能的粉絲把影片也找到了。看完棠雪的比賽影片，她們又炸了。

「你們都要去看看這個影片，超熱血！說什麼抱大腿，妹子自己才是真大腿好嗎！哦對了，結尾有彩蛋！」

「不愧是我冰神看上的女人，太強了！」

「她最後那個得獎感言？？哈哈哈哈！」

「再見，我可能要彎了。不不不，我可是冰神的女人……」

「目前為止，只看到她對冰神獻殷勤，還沒看到冰神的回應。跟冰神表白過的又不只她一個，不盲目，坐等後續。」

「完整影片，大家看完整影片！賽前的觀眾席有驚喜！」

「冰神在觀眾席上，攝影師是個顏控吧？給了好幾個鏡頭。」

「我去，冰神的表情，他要是這樣看著我，我可能開心得死掉。」

「這是破案了？」

凌晨三點二十分，「黎語冰初戀懸疑案」基本告破，犯罪嫌疑人，哦不，初戀嫌疑人棠雪，此刻早已經進入夢鄉。

棠雪本人是第二天中午知道這件事的。她結束了訓練，一邊看手機訊息一邊往外走。夏夢歡傳了條連結給她，附言：「大王，你被八卦了，做好心理準備。」

棠雪好奇地點了進去。

這帖子是昨晚粉絲們破案的總結帖，帖子一開始就把黎語冰那條初戀微博亮出來了。

棠雪一看，氣得鼻子都歪了。黎語冰這個渾蛋！

她匆匆把帖子的後續掃了一眼，然後將手機一收，怒氣衝衝地就去找黎語冰。

黎語冰和隊友一起走出冰球訓練館時，遠遠地便看到棠雪走向他。隊友在他身邊，曖昧地推了一下他的肩膀：「你這小子，弟妹很黏人嘛。」

黎語冰心裡甜得冒泡，表面上卻矜持，只是輕輕嗯了一聲。

蔣世佳看到冰哥這樣，真的好想曝光他的少女風小帳。

棠雪風風火火走近，黎語冰一看她的臉色，暗叫不好。

「黎語冰，」棠雪咬牙，「你昨天是怎麼答應我的？欺上瞞下，陰奉陽違！」

黎語冰心虛得很，拉著她往外走：「出去說。」

「放開我，我今天要打爆你的狗頭。」

「聽我解釋，我不是故意的……」

兩人追追打打地跑了出去，黎語冰的隊友們站在原地，一臉八卦。

一個高大威猛皮膚黝黑的男生問蔣世佳：「我剛才沒聽錯吧？弟妹說冰神他，陽痿？」

蔣世佳翻了個白眼：「陽奉陰違！嫂子她只是說錯了一個成語……」

「哦哦，我就說嘛，怎麼可能。」

蔣世佳：＝＝

他感覺話題的走向有點詭異了……

棠雪和黎語冰一口氣跑到了體育館外的廣場上。黎語冰又不想被她追到，又不想甩下她，控制著速度，時不時回頭看她一眼，這樣子在棠雪眼裡就是赤裸裸的挑釁。

她捲起袖子：「黎語冰，我和你拚了！」說著她鼓足一口氣衝了上去。

黎語冰卻突然停住腳步，轉過身張開手臂。

咚——她一頭紮進了他的懷裡。

黎語冰從善如流地擁住她。

棠雪：「……」我是誰我在哪我要幹什麼來著？

不遠處以為冰哥倒楣有熱鬧可以看的蔣世佳：「……」不好意思，打擾了，告辭。

黎語冰手臂好長，他一手摟著棠雪的腰一手圈住她的後背，像籠子一樣困住她。棠雪動了動身體，聽到他在她耳邊說：「就是想讓全世界都知道我們在一起了，不行嗎？」

他的語氣還挺幽怨。

棠雪愣了一下。雖然氣他先斬後奏，不過她還是有點感動，於是說道：「那你怎麼不提前跟我說？偷偷摸摸發微博。」

「微博是不小心發的，已經刪了。」

「刪了有什麼用，都被人截圖了。」

黎語冰緊了緊手臂，小聲說：「對不起。」語氣那叫一個溫順。

棠雪是個吃軟不吃硬的人，黎語冰這麼乖巧地認錯，她也不知道怎麼發作了，掙了掙，說：「你先放開我，到處都是人。」

黎語冰戀戀不捨地放開手，低頭看著她。

棠雪有點不好意思，撇開臉，不自在地看著遠處，抬手，由前往後撥了一下頭髮。黑而密的短髮被她白皙的手指推起，又恢復原狀，髮絲柔亮，根根分明。

連頭髮絲都這麼可愛，黎語冰心想。

他趁她不注意，突然低頭，在她的頭髮上親了一下，怕她發作，不敢停留，嘴唇碰了一下髮絲立刻分開，點到為止，知足常樂。

額頭旁邊的髮絲比較薄，棠雪感覺到了他的親吻，心臟猛地跳了一下。為了掩飾自己的失態，她故意瞪了他一眼。

黎語冰看著她的眼睛，問：「為什麼不願意別人知道我們在一起？」

「黎語冰，我爸不同意我們在一起，你處處被人盯著，我們兩個的事要是傳到他老人家耳朵裡，唉，我也不知道他會怎麼樣。」

「岳……啊，我是說，你爸他，是不是很討厭我？」

棠雪想了想，搖頭道：「可能也不是討厭吧，他覺得你太聰明了，心眼太多，不放心我們在一起。」

黎語冰感覺挺委屈的。他本質上是一個正直的人，這麼多年來就幹過那麼一件壞事，還被岳父大人抓個正著，心裡苦。

雖然苦，還不敢抱怨，他悶悶地嘆了口氣，說：「我會證明給他看，我值得你託付終身。」

託付終身，這事大了。

棠雪心裡有點甜，但又感覺「託付終身」這種詞不適合用在她頭上——她可以掌握好自己的人生，不需要託付給別人。

要說託付呢，也是黎語冰把自己託付給她。

然後棠雪突然想到一件事——

「黎語冰，你爸媽討厭我嗎？」

黎語冰立刻搖頭：「怎麼可能，我媽很喜歡你。」

棠雪奇怪地道：「你媽媽不知道我小時候對你做過的那些事？」

黎語冰又搖頭。

「你沒跟她講過？」

黎語冰繼續搖頭。

「為什麼不講？」

為什麼？大概，作為一個男子漢，整天被女孩子欺負，他的自尊讓他拉不下臉去控訴。說起來，他媽媽知道的最嚴重的一次事件，是棠雪拿毛毛蟲逗他，把他嚇得跌進荊棘叢。但那次棠雪確實不知情，還有老師和同學做證，最後棠雪就落個無心之失，被棠校長罰了一頓，他媽媽倒沒怪罪她。

棠雪見黎語冰站在那裡發愣，她看著天空，嘆了口氣：「黎語冰，你應該講的。」

「如果我講了，我爸媽會讓我轉學，我們會早早地分開，我不會跟著你去滑冰，不會學冰球，更不會成為現在的我，我們也不會再有重逢的機會。或者，就算某一天相遇了，於雙方來說，也只是交集不多連名字都記不清楚的小學同學，雙方寒暄兩句，各奔東西。」

「黎語冰……」棠雪想像著那個可能性，想像著假如她的人生裡沒有黎語冰這個人……她突然特別難過，眼眶都紅了。

黎語冰看著她，笑了，說道：「棠雪，我曾經不只一次後悔錯過你中學的六年，但我現在又很慶幸，至少我擁有你小時候的六年。」

棠雪的心房柔軟得要命，她背過身去小聲說：「神經病，幹麻突然煽情？」

黎語冰揉了揉她的腦袋，感慨道：「有時候會覺得，命運的安排特別好。」

黎語冰對命運的感恩只持續到晚飯時間。

晚上他和棠雪一同在暢天園吃飯，棠雪無聊地上了一下微博。黎語冰自曝戀情了，她也想看一下他的粉絲們的反應。

登上微博，她發現自己的粉絲和訊息數暴漲，於是好奇地點開訊息一看，立馬生氣了。

網路是沒有祕密可言的，她去年的那些三角戀緋聞又被人拎出來展覽了，圖文並茂，說得有鼻子有眼。也難為有些人把那些圖片存到現在了。

眼下這些八卦，與其說有圖有真相，不如說是看圖編故事，怎麼聳人聽聞怎麼來。她和喻言開房被黎語冰捉姦這種謠言竟然有很多人都信了，群眾的眼睛是有多瞎啊？

是哦，還有喻言。這次八卦還吸引了另外一幫人的關注——三角戀緋聞的當事人之一是此刻正在北京的喻言，喻言也是有粉絲的……

這幫人，八卦完她那些過去還不解恨，還把她的微博 ID 給扒出來了。

這時，好多小粉絲正揪著她的 ID 審判呢。

脾氣溫和一點的，要求她解釋；脾氣暴躁的，直接開罵，什麼難聽罵什麼。

其實大部分圍觀群眾以看熱鬧為主，就算有想法，也能保持基本的克制，但林子大了難免有些鳥想不開，太極端，從數量上看，林子越大，極端鳥越多。

棠雪被這幫鳥罵得心煩氣躁，砰地一下把手機往桌上重重一摔。

黎語冰嚇了一跳，悄悄觀察她的臉色，小心翼翼地問：「你怎麼了？」

「冰神啊，」棠雪瞪著他，扯著嘴角陰惻惻一笑，「你的女朋友們，說我是婊子哦。」說著，她把手機遞了過去。

黎語冰接過手機只看了一眼，心裡一沉，糟了！

棠雪飯也不吃了，沉著臉跑了出去。

黎語冰抓起兩個人的包一同背在肩上，急急忙忙地追出去。

棠雪沉著臉大步往前走，很是生氣。她氣的不是被人罵——反正罵她的多了，都是妖怪不用在意——但是那些罵她的人，一個個都代入黎語冰正牌女友的身份，可去你大爺的吧！

黎語冰跟在她身邊，柔聲勸她：「別生氣了，是我錯了，我去發聲明澄清，讓她們不要騷擾你。」

棠雪現在不想說話，尤其不想理會黎語冰這個紅顏禍水。她的腳步越來越快，黎語冰無法，突然繞到她面前，一把將她整個人抱起來。

身體陡然騰空，棠雪驚叫：「喂！」

黎語冰一條手臂托著她的腿根，另一隻手按在她的後背上，把她抱得腳面離地至少三十公分。

又是這種類似抱女兒的姿勢，簡直不講道理，個子高了不起啊，臭不要臉！棠雪翻了個白眼：「你幹什麼？快放我下來！」

黎語冰仰著臉看她：「別生氣了，狗頭給你打。」說著他還乖順地往前低了一下腦袋，主動送上狗頭。

這哄人的方式還真是清新脫俗呢……

棠雪抖著小腿：「你你你你先放我下來。」

「你不生氣我才放你。」

「黎語冰！」

棠雪在他懷裡掙扎，像隻螃蟹一樣努力。黎語冰低著頭，視線正對著她的胸口。棠雪今天穿著件粉白灰的淺色條紋襯衫，這時掙扎扭動之間，釦子靜靜地脫開，黎語冰猝不及防看到了衣服底下的春色。白皙飽滿，漂亮可愛，像兩隻蹲在碗裡的小兔子。

他感覺身體發燙，心跳轟隆隆的，快要不能呼吸了。

於是他閉了閉眼睛，將她放下來。

棠雪腳踩在地面上，見黎語冰微微偏著臉，視線躲躲閃閃的，最重要的是——

「黎語冰，你怎麼流鼻血了？」

「沒事，」黎語冰鎮定地一邊翻書包找紙巾，一邊說，「你先把釦子扣上。」

棠雪一低頭，咳，趕緊扣好釦子。扣完了，她感覺臉微燙，有點心虛地質問他：「你為什麼流鼻血？」

黎語冰擦著鼻血，意味深長地看她：「你確定想聽？」

「閉嘴吧你。」

黎語冰低聲笑了笑，棠雪被他笑得心裡一陣燥熱，背著手轉身要走。

黎語冰一把抓住她的手腕，低聲喚她：「棠雪。」

棠雪側過臉，用眼角的餘光看他：「幹什麼呀，鼻血大帝？」

「不要生氣，你讓我做什麼都行。」

棠雪低頭想了一下，抬頭笑眯眯地看他：「做什麼都行？」

黎語冰心頭湧起一股不太好的預感。

黎語冰去洗漱間洗了一下，之後跟著棠雪來到老農學院那邊的小花園，那裡人少。

春意正濃，小花園不少樹開著花，紅白粉黃，開得熱烈，像一樹樹靜止的煙火。

黎語冰面對著夕陽站在一棵碧桃樹前，對著棠雪唱：「菊花殘，滿地傷，我的笑容已泛黃——」

棠雪舉著手機對著他拍：「注意表情，不要面癱，憂傷一點，是憂傷不是便祕，重來！」

「菊花殘，滿地傷，我的笑容已泛黃——」

「黎語冰你是想哭嗎？」

「我想死。」

棠雪拍了拍他的肩膀：「看開點。」

風吹過，幾片碧桃花瓣離開枝頭，悠悠地飄落下來，飛舞著掠過鏡頭。夕陽、鮮花、陽光帥氣的美少年，這畫面拍下來可以直接當明信片用了。

黎語冰望著棠雪，目光無奈且溫柔。

棠雪的小心臟撲通撲通狂跳，她好心動，好想撲過去。

她舔了舔嘴角，退後幾步和他拉開距離：「我警告你，不要勾引我哦。」

黎語冰不懷好意地笑：「這就算勾引了？還有更……」

「黎語冰，唱。」

黎語冰生無可戀地撫了撫額頭，又開口：「菊花殘，滿地傷……」

他唱了不知道多少遍，棠導演總算滿意了，把影片處理了一下，加了個美顏濾鏡，然後傳到微博上，配文：「粉絲行為，偶像買單。」

黎語冰卡著棠雪發微博的時間點去搶了一個沙發，嗯，狗腿的嘴臉可以撲出螢幕了。

作為狗血八卦當事人，棠雪的粉絲暴漲，其中主要是黎語冰那邊過來的粉絲。這段影片一發出去，立刻引來許多人圍觀。

自家男神一臉憂傷地演唱「菊花殘，滿地傷，我的笑容已泛黃」，畫面那麼美，歌詞那麼雷……粉絲們都崩潰了，不敢相信這是真的。
「這不是冰神，別騙我！把真的冰神還給我！」
「啊啊啊啊你這女人，到底對冰神用了什麼妖術？！」
「向大佬低頭。」
「現在相信冰神對你是真愛了。」
「求求你放過我冰神吧，他只是個孩子，雖然身高一八八，每頓吃十八碗飯。」
「想看更多。小姐姐，現在私訊罵你還來得及嗎？」
「小姐姐，我們都很喜歡你，希望你不要被少數腦殘粉影響到心情。比心心！」
發洩完，粉絲們發現，自家男神竟然還搶了沙發。呵！
「冰神你還在這裡搶沙發，心是有多大？」
「我知道，冰神一定是在暗示我們，事情發生的地點要素——沙發！」
「你們真齷齪，冰神就不能是得痔瘡嗎？冰神，看我主頁，我推薦一個醫生給你。」
「我就看還有誰要罵人，你們罵了她，轉頭還得冰神去哄，哈哈哈哈！」
「加微信看片，冰雪全套影片，無私分享。」
「別信那個賣片的，老子花一塊錢買了一份歷年冬奧會影片集錦。什麼冰雪全集！」
棠雪捧著手機看評論，一邊看一邊笑。
雖然還是有人罵她，不過她不管啦，直接封鎖，清淨。
黎語冰看到她笑，也笑了，心底像是有花開了一樣，靜悄悄的，乾淨而溫柔。他現在能理解那位烽火戲諸侯的君王了。周幽王之所以冒天下之大不韙，也許不是因為褒姒有多好看，只是因為，他愛她。

她一笑，真的可以抵全世界啊。

棠雪看了一會評論，一抬頭，見黎語冰正在看她。他的目光清澈溫柔，唇邊掛著淺笑，夕陽的餘暉落在他的臉上，在他的髮梢上鍍了一層橙紅色的光芒，細膩柔和，使他看起來溫順純良得很像條乖巧的黃金獵犬。

棠雪感覺心尖像是被一根手指戳了一下，隨後便顫啊顫，顫到呼吸為之停滯。她吞了一下口水，走到他面前，仰著頭看他，然後小聲叫他：「黎語冰。」

「嗯？」黎語冰低低地應了一聲，含笑看著她。

「嗯……」棠雪背著手，轉了轉眼珠，說，「聽話是有獎勵的哦。」

黎語冰好奇之下輕輕歪了一下頭，樣子更像黃金了。

棠雪目測了一下兩人的身高差，突然跳起來，親了一下黎語冰的嘴唇。只是蜻蜓點水地一碰，她完全來不及品味觸感，但她的心跳已經快到爆表，親完轉身就跑。

可是黎語冰的反應速度太快了，一把握住她的手腕，用力一扯——棠雪又滾回來了。

她的身體不受控制地被拉回來，不等她反應，他已經低頭迎上她。

吻落下來。

棠雪終於嚐到了她覬覦好久的黎語冰的果凍唇，柔軟Q彈，口感絕讚，比想像中的還要好一點。

棠雪心臟狂跳，感覺整個世界像炸開了煙火，幸福到暈眩。她大腦缺氧得厲害，手腳都不知道怎麼放了，緊緊地閉著眼睛，仰著頭僵立在原地。

黎語冰也沒比她好到哪裡去，他大腦裡幾乎是空白的，緊張到忘記呼吸，全世界彷彿都不存在了，只有嘴唇上的觸感是真實的。女孩子的嘴唇比男生的更嬌嫩，像新鮮的花瓣，柔軟滋潤，散發著淡淡的芬芳。

他們這樣僵硬地貼在一起，時間彷彿定格住，過了好一會，黎語冰才找回呼吸，喘息著動了動嘴唇，輕輕地摩挲她柔軟的唇瓣。他頭部擺動時，鼻尖隨之移動，與棠雪的鼻子碰到了一起。

兩個人的鼻樑都挺高的，以及……都沒有經驗。

棠雪被碰到鼻子時，本能地偏了一下頭，嘴唇分開。

親吻就這樣突然結束了，黎語冰悵然若失，意猶未盡地伸出舌尖舔了舔自己的唇端。

棠雪睜開眼睛，正好看到他粉色的舌尖，看起來柔軟濕潤，靈活有力……不知道為什麼她突然感覺好邪惡哦。

她偏開視線，抽回手。

夕陽的餘暉下，少女的臉龐通紅如火，比天邊的晚霞還要豔麗。

怎麼這麼可愛！

黎語冰的心裡像是住進了一朵棉花糖，軟軟的甜甜的，他抬手，想要撫摸棠雪的臉頰，指尖快要碰到她的肌膚時，他的手機突然響了。

他無奈地拿出手機，一看來電顯示，是他媽。

黎語冰接起電話，電話剛一接通，手機那頭就傳來一串爆笑。

「哈哈哈哈哈！」

黎語冰：「……」

有那麼一瞬間他懷疑他媽媽的手機丟了，被一個神經病撿走了。

「語冰啊，」黎媽媽笑夠了，終於開始像個正常人那樣說話，「我聽說，你談戀愛了？」

「嗯。」

「喲——」黎媽媽故意拉長尾音，然後又笑，「那，方不方便告訴媽媽，那個女孩子叫什麼呀？」

黎語冰捏了捏額頭，無奈地道：「您不是已經知道了？」

「哈哈哈哈哈！」

嗯，又開始了。

黎語冰：「媽，您知道得夠快的。」

「語冰你知道嗎，我加過你的三個粉絲群。」

其中有兩個都是因為她自稱黎語冰的媽媽被踢出去的，後來黎媽媽學了點「行話」，進粉絲群不說自己是黎語冰的媽媽，只說自己是「媽媽粉」，太太平平地混到了現在。她打字太慢跟不上小粉絲們的節奏，所以一般不聊天，只潛水，默默圍觀。

今天下班回到家，她又去粉絲群裡轉了一圈，發現大家都在討論黎語冰的戀情，她抱著試一試的心態問了一句黎語冰的女朋友是誰，結果都回答是棠雪。

棠雪？

是那個棠雪嗎？！

黎媽媽感覺人生處處充滿驚喜，在群裡回了一句：「謝謝，我現在就打電話給黎語冰*玫瑰*。」

結果群裡的小粉絲們咻咻咻地回：「不客氣，我們一起打電話給冰神！」

黎媽媽：「你們有他的電話號碼嗎？」

小粉絲們回了她一堆刪節號。

最後有個粉絲說：「大嬸，這個笑話好冷哦。」

黎媽媽急著打電話給兒子，就沒跟粉絲們深入探討，直接退出聊天視窗，呼叫黎語冰。

黎媽媽自曝完粉絲群的事，說了一句：「乖兒子，媽媽愛你。」

「我謝謝您了……」

「語冰，跟媽媽說實話，你的女朋友棠雪，是我認識的那個棠雪嗎？」

「嗯。」

「哈哈哈哈哈！」

「媽，」黎語冰一臉生無可戀，「您打斷了我們的初吻。」

「呃……對、對不起啊，你你你們繼續，回頭聊，回頭跟媽媽講講細節，你們先繼續……」

「她已經走了。」

黎媽媽感覺有點抱歉：「不要急，等一下媽媽發個大紅包給你，男孩子談戀愛總需要花錢的。」

「不用……」

「要的要的。不過，語冰啊，媽媽有一件事情真的好好奇。」黎媽媽說著，本來想等兒子問的，可又擔心兒子掛她的電話，於是自己直接說了出來，「我記得啊，某人好像從小就特別討厭棠雪？為了擺脫她還故意撒謊，嘖嘖嘖，弄得我都不好做人了，怎麼現在又……嗯？媽媽理解不了。」

黎語冰就知道他媽會把這件事提出來打他的臉。他當然不打算正面回應這個話題，只是淡淡地說道：「媽，我該上課了。」

「哦，那你先上課，下課記得打電話給媽媽。」

他記得……才有鬼。

晚上黎語冰回到寢室，放下東西就去洗澡。洗手間的花灑是他剛住進這間宿舍時自掏腰包換的空氣花灑，水流裡注入空氣，出來的水柔軟輕盈，彷彿帶著溫度的細密春雨，薄薄地在肌膚上流動。

這時，黎語冰赤身裸體地站在花灑下，任水流從頭流到腳。

他閉著眼睛在想棠雪，想他們今天的吻，想那春光乍泄的畫面，想碗裡活潑漂亮的「小兔子」……心裡滾燙，喉嚨發乾。

黎語冰睜開眼睛，感覺到身體的變化，有點羞恥，但更多的是渴望。他吞了一下口水，發覺口乾舌燥。

浴室裡起了一層薄薄的水氣，牆壁和鏡子都掛了霧。這樣也好，他不會看到鏡子裡的自己。

他閉上眼睛，抬起頭。浴室白色的燈光落在眼皮上，他的睫毛顫了顫，糾結了一會，他終於自暴自棄地握住那裡。

哐哐哐，浴室的門突然被敲響。

黎語冰嚇了一跳。

老鄧在外面喊道：「黎語冰，洗完了沒，你有電話！」

黎語冰關掉花灑，問道：「誰？」

「天琴灣一枝花！」

是他媽。

為了防止手機被騙子撿到，他的家人之間的備註都很奇特，「天琴灣一枝花」這個代號還是他媽媽自己取的。

哦對了，「天琴灣」是他家社區的名字。

黎語冰洗完澡出來時只穿著一條亞麻短褲，上身裸著。這人高大挺拔，寬肩窄腰，無論是胸肌、腹肌還是肱二頭肌，都漂亮得不像話，簡直是人間極品。

三個室友都用一種羨慕嫉妒恨的目光看著他。這樣的身材，哪個男人不想有！

老鄧說：「黎語冰，別怪哥們沒警告你，下次多穿點衣服，否則你會被打的。」說著，他捏了捏拳頭。

「哦？」黎語冰看了他一眼。

老鄧連忙把拳頭收回去，坐姿那叫一個乖巧。黎語冰那體格，一個打他八個問題不大。

然後老鄧還狗腿地指了指他桌上的手機：「一枝花的電話。」

黎語冰現在不想回電給「一枝花」。他拿起手機擺弄了一下，開始對著鏡頭自拍，重點是腹肌，各個角度都拍了一下。

「黎語冰你太臭美了。」室友忍不住說。

老鄧特別理解他：「這身材給我，我一天可以拍八百張，我們冰神已經夠低調了。」

黎語冰拍完，選了一張看起來不錯的，發了條朋友圈，配文：「晚安。」

朋友圈他設定了分組可見，分組的名稱是「女朋友」，只有棠雪一個人。

過了一會，棠雪也發了一則朋友圈。

棠雪：「賣黎語冰的腹肌照，五塊錢一張。」

黎語冰：「……」

黎語冰給棠雪發了個紅包，附語音訊息：「缺錢就說話，不要賣男朋友的照片。」語氣特別特別哀怨。

棠雪：「你在朋友圈秀身材，那麼多人看到，我賣張照片怎麼了？」

黎語冰聽到這條訊息，禁不住笑了。原來她是吃醋了啊。

這傻子。

他笑著，低聲回道：「只給你一個人看。」

這則訊息，棠雪不小心點了擴音，黎語冰低沉帶著一點誘哄的聲音在棠雪她們寢室響起，三個室友聽到後，齊刷刷地看向棠雪。

夏夢歡試探著問道：「大王，狗妃想給你看什麼呀？是我想的那種東西嗎？」

「不是……」棠雪感覺夏夢歡應該沒想什麼好東西。

趙芹奇怪地道：「狗妃是什麼？」

「就是黎語冰啊。」

趙芹有點崩潰：「冰神的粉絲知道你們背地裡喊他狗妃嗎？粉絲會殺人的吧……」

「唉呀不要擔心，在宿舍裡說說，黎語冰的粉絲又聽不到。」

葉柳鶯本來在看書，這時把書一扣，重重地拍了一下桌子。

「我需要一個男朋友。」她說。

「這個簡單，」棠雪豎起一根手指，「我聽蔣世佳說，冰球隊不少人還是單身，回頭我給你們搞個相親大會，兩塊錢一個男朋友，隨便挑隨便選。」

葉柳鶯問：「好奇怪啊，冰球隊不是男模隊嗎，為什麼那麼多單身？」

咦？棠雪感覺這個問題有點犀利，回答不上來，於是問黎語冰。

黎語冰也答不上來，轉頭去問蔣世佳。

蔣世佳一聽這個問題，特別來氣，劈哩啪啦地回道：「你有臉問？都怪你！小拳拳捶你胸口！打死你這個人渣！」

黎語冰：「說人話。」

蔣世佳：「冰哥你是真不知道還是裝不知道？您老人家是我們球隊的主演啊，多少妹子排著隊想泡你，就因為你，其他兄弟都沒有存在感了好嗎！兄弟好不容易看上一個妹子，想追，最後發展成幫著妹子約冰神。這種事情多來幾次，大家就都學乖了，等冰哥脫單了我們再找女朋友，不急，我們還年輕，我們等得起。」

黎語冰：「……」

以他臉皮的厚度，還做不到把這個解釋原話轉述，想了半天，好像無論怎麼說都是自戀，於是直接截圖給棠雪看。

棠雪看完也有點窘，沒好意思跟人說。

然後黎語冰傳訊息要她刪朋友圈。

棠雪：「不刪，我就看看會不會真有人跑我這裡來買照片，這叫釣魚執法。」

黎語冰心想：你可愛你說什麼都對。

跟棠雪聊這麼一會，黎語冰就有一種充了電的感覺。剛才洗完澡他的心情其實不太美妙，現在就莫名地蕩了起來，女朋友真是一個神奇的存在。

就在這時，「天琴灣一枝花」傳訊息給他了：「你這個臭小子，趕快給我回電話！」

黎語冰的電漏了一點。

他感覺媽媽這措辭有點嚴厲，不敢怠慢，趕緊回了電話。

「語冰，」黎媽媽喚了他一聲，語速不快，但語氣硬梆梆的，聽起來應該是生氣了，她說，「你怎麼能對女孩子做那種事呢？」

黎語冰一頭霧水：「我怎麼了？」

「你怎麼了？你們那些照片我都看到了。你在公開場合對棠雪那樣，你猥瑣不猥瑣？人家女孩子還要不要做人了？你以為年輕就可以胡作非為嗎？連這點控制力都沒有？我平常是怎麼教你的？啊？

我……」

「媽，」黎語冰深吸一口氣，打斷她，「是誤會。我當時沒料到有人偷拍。」他更沒料到對方有神一樣的剪刀手，明明什麼都沒做，卻搞得好像他什麼都做了……

「您想想，」黎語冰耐心解釋道，「我今天才初吻，還被您打斷了……」

我好不容易鼓起勇氣「自娛自樂」，也被打斷了。

簡直聞者傷心聽者落淚。

黎媽媽想了想，感覺兒子平常的表現確實很純情，不像圖片裡那麼大尺度，有些細節是騙不了人的，於是說：「語冰，對不起，媽媽太著急了。」

「沒事。」

「但你那樣做還是不對。也許這件事情對你來說沒有影響，可是對女孩子的傷害很大。我希望我的兒子是個有擔當、有責任感的人，同時我也希望他不要因為一時衝動，做出讓自己後悔的事。」

「嗯，我懂。」

黎媽媽說完這件事，又說：「哦對了，我跟你爸爸這週末去你的學校看看你。」

黎語冰愣了：「為什麼？」

「想兒子了不行嗎，哪來那麼多為什麼。」

「你們其實是想看棠雪吧？」

「嗯，方便的話，也可以看看棠雪。我好多年沒見她了呢，都不知道她現在什麼樣了。」

黎語冰有點猶豫：「我們剛在一起不久，你們會不會太快了？」

黎媽媽不樂意：「哦？你的意思是我這個媽媽要給你拖後腿啦？」

「我不……」

「語冰，別忘了你小時候有多矯情，那時都是我這個當媽的拚命幫你在棠雪面前拉好感度，你才沒有輸在起跑線上。」

「好，我跟她說一聲。」

黎媽媽掛斷電話時，一旁的黎爸爸將手裡的書合上放在床頭櫃上，替老婆拉了一下被子：「早點睡吧。」

「唉，」黎媽媽嘆了口氣，「臭小子，淨讓我們操心。」

「說句公道話，語冰比別人家的孩子省心多了。」黎爸爸為兒子辯解道。

黎媽媽突然又笑道：「緣分真神奇，他們都分開那麼多年了，最後還是走到一起了。真的像是有一根線綁著，走多遠都能牽回來，嗯，這就是月老的紅線啊。」

「你老說棠雪，可這麼多年過去了，她變化肯定挺大的。老婆你不要對她有太高的期待，萬一……」萬一你失望了呢？

「老公，我不知道現在的棠雪變成什麼樣了，但有一件事情我覺得挺難得的。」

「哦？」

黎媽媽拿著手機，找出棠雪的微博，點開那段影片給老公看。

黎爸爸看著自己兒子在那裡唱「菊花殘」，心理陰影有一片太平洋那麼大。

黎媽媽說：「棠雪這樣處理很好。」

黎爸爸一臉懷疑人生的樣子：「你確定？」

黎媽媽揮揮手道：「你不懂現在那些小孩的想法。」說著她把自己這幾天混粉絲群的經歷分享了一下，然後說，「小粉絲們很單純也很脆弱，容易被煽動，可她們又是語冰的粉絲，算是自己人。棠雪這樣回應，直接避免了語冰夾在中間難做人，同時語冰也借此表明了立場，最多是犧牲一下個人形象，這個不重要啦。而且棠雪這個處理方式很溫和，也很有幽默感，算是一次非常優秀的危機公關。」

「現在年輕人的世界真複雜。」

「好了，睡覺吧，明天我們去幫棠雪挑見面禮。」

「嗯。」

第二天棠雪上課的時候在路邊遇到幾隻流浪貓，她跟夏夢歡餵了牠們零食，拍了照片，然後她第一時間傳給了黎語冰。

棠雪：「可愛嗎？」

黎語冰：「還行，我見過更可愛的。」

棠雪：「有照片嗎，傳來看看。」

黎語冰傳了一張她的照片。

棠雪的小心臟噗通了幾下，呃，好想見他，想聽他說話。

她剛有這個想法，黎語冰的通話邀請就傳過來了。嗯，他們就是這麼有默契。

手機那頭黎語冰在笑：「我昨晚夢到你了。」他的聲音沙沙的，語速緩慢，頗有欲說還休的意味。

棠雪一樂：「好巧哦，我也夢到你了。」

「嗯？夢見我什麼？」

「黎語冰，我夢到你變成一隻穿山甲，我爸爸把你從菜市場買回了家。」

「然後呢？放生了？」

「然後煮了一鍋。」

「……」這神一樣的走向。

「我一邊吃一邊哭，可慘了。」棠雪想到那個慘勁，聲音都禁不住染了幾分悲傷。

黎語冰一陣無力：「那你為什麼還要吃……」

「我怎麼知道？夢裡控制不住嘛。」

黎語冰想了一下，總結：「你在夢裡吃我。」

「嗯，可以這麼理解。那你做的什麼夢？」

「和你差不多，我夢見的是吃你。」

棠雪一時沒反應過來，還在那裡感嘆：「還挺巧。」

黎語冰忍著笑，想到一事，說：「對了，我爸媽這週末過來。」

「來幹什麼？」

「看兒媳婦。」

在棠雪的印象裡，黎語冰的媽媽是一個漂亮又可親的阿姨，有時候會給她糖吃，所以一聽說黎語冰他爸媽要來，她一點也不緊張，反而有些期待。

夏夢歡特別佩服棠雪這一點，不管遇到什麼事，大王從來不怯場。

「大王，你就不擔心黎語冰的爸媽不喜歡你嗎？」

棠雪被問得愣了一下：「為什麼不喜歡我？」

「呃……」

夏夢歡終於發現棠雪的世界觀是如此與眾不同。正常人都會擔心自己不被喜歡，可是棠雪就覺得有眼光的人都會喜歡她，這自信……

「大王，要怎樣做才能像你一樣有自信呢？」夏夢歡虛心求教。

「多吹牛就行了。」棠雪傾囊相授。

棠雪問黎語冰自己見他爸媽時穿什麼比較適合，黎語冰把這則訊息仔細研究了一下，認為這可能是一種暗示。

於是第二天，棠雪收到了一個快遞，拆開一看，是條裙子。

粉色、歐根紗、泡泡袖……的裙子。

宿舍裡四個人圍著這條裙子一臉蒙，最後夏夢歡吞了吞口水問道：「這，這是給芭比娃娃穿的嗎？」

棠雪叉腰看著裙子，搖了搖頭道：「這就是鋼鐵直男的審美。」

她傳訊息把黎語冰嘲笑了一頓，結果黎語冰振振有詞地回：「我想看你穿。」

您就想想吧！

最後黎語冰在她的淫威之下，遺憾地把裙子退了。棠雪也不再問他，自己和夏夢歡去逛街，搭配了一套清新簡約的裝扮。

黎家爸媽的高鐵是上午十一點。棠雪和黎語冰去接站，兩個人守在出站口，火車到站後人流往外擁，棠雪一眼就看到人群裡的黎媽媽。

她笑著朝黎媽媽招手：「阿姨，這裡！」

「唉呀！」黎媽媽挺開心的，兒子還沒看到她呢，棠雪先看到了。

夫妻二人走到近前，棠雪大大方方地跟他們問好。

黎媽媽在網路上看過棠雪的照片，知道她長什麼樣了，可現在看到真人，還是有點晃神，感慨道：「我印象裡你還是個小孩呢，現在都這麼大了，快讓阿姨看看。嘖，真漂亮，女大十八變啊。」

棠雪笑嘻嘻地在原地轉了兩圈給阿姨參觀，然後說：「阿姨您一點都沒變呢。」

黎媽媽摸了下臉蛋，禁不住笑：「你這孩子，阿姨老啦。」

「跟我記憶裡的一模一樣，要不然我怎麼一眼就認出您呢？」

「對，你比語冰強多了，」黎媽媽說著，看了眼兒子，「你戴口罩幹什麼？」

棠雪解釋道：「阿姨，他現在是名人，在人多的地方容易被認出來。」

幾人一邊說話一邊往外走，去吃午飯。一頓飯下來，棠雪跟黎家爸媽就成了自己人，連平常不愛講話的黎爸爸都變得話多了點。

棠雪有個天賦。她在同齡人中間還是有不少負評的，但在長輩那裡就完全是零負評，不光是自家長輩，在外面遇到的也一樣，就連社區跳舞練劍的大爺大媽們都喜歡和她說話。

小姑娘長得漂亮又有精神，落落大方，機靈嘴甜，單純沒心計，說話也好玩……總之她在四十歲以上的人裡圈粉無數。

這時，黎爸黎媽也有點被圈粉了。

然後，棠雪也覺得跟黎語冰的爸媽挺聊得來的。

三個人聊得開心，黎語冰被晾在一旁，聽著他媽時不時的笑聲，他扶著額頭感嘆著自家女朋友的魔力，不，魔性。

吃過午飯，四人去了烏靈山公園。棠雪和黎語冰平常都忙得很，不太有機會出去玩，這也是第一次去烏靈山公園。

山花爛漫的時節，烏靈山漂亮極了，綠色的山體上錯落點綴著一蓬蓬花樹，灼灼怒放，燦若煙霞。

黎媽媽穿著高跟鞋，棠雪擔心她太累，所以大家在公園裡溜達了一會，也沒爬山，就直接去湖上划船了。

船是那種可以自己用腳蹬的小船，四個人，黎爸爸和黎語冰開船，棠雪和黎媽媽坐在後面幫他們加油。

暖風和煦，風景怡人。陽光照到湖面上，被波光粼粼的湖水分成一把把碎金。黎媽媽看著近處的湖水、遠處的行人以及再遠處的山色與天空，心情開闊舒適。

棠雪看到一條魚跳出水面，有點激動：「哈，好大的魚。」

「那應該是鯉魚。」黎爸爸說。

「咦，叔叔您看一眼就知道它的品種？離這麼遠。」

黎爸笑道：「嗯，我喜歡養魚。」說著，他簡單幫棠雪科普了一下這裡的水體，裡面都有什麼魚，然後又講自己家裡養的寶貝們。

黎媽媽打斷他：「不要說你的魚，好無聊。棠雪，我們來唱歌吧。」

「好呀！」棠雪點頭。

黎語冰忙制止她們：「別唱。」

黎媽媽奇怪地道：「為什麼？」

棠雪有點不好意思：「阿姨，我唱歌有一點點走音哦。」

一、點、點？

黎語冰的眉頭跳了跳，他心想：您可太謙虛了。

黎媽媽滿不在乎地揮了揮手：「唱歌就是為了自己開心嘛，又不是要去選秀，沒關係。嗯，我們唱什麼呢？唱《讓我們蕩起雙槳》吧。」

「好。」

兩個人開心地打著拍子，齊聲開唱。

「讓窩們黨起爽槳——」

「讓我們蕩起雙槳……」

「小川兒腿開籔郎——」

「小船兒推開波浪……」

「嗨面刀影著，沒麗的百塔——」

「嗨面刀影著，不是……」

「四周緩繞著，驢樹哄牆——」

「……」

棠雪還在自我陶醉地唱，黎媽媽徹底沒聲了，手足無措地望著棠雪。

黎語冰轉頭看了他媽一眼，輕輕聳了一下肩膀，滿臉寫著「自作孽不可活」。

黎媽媽瞪了他一眼，趁著棠雪唱完一段，連忙遞給她礦泉水：「來，喝口水潤潤嗓子。」

「謝謝阿姨！」

「不客氣……老公，老公！」

黎爸爸轉頭：「啊？」

「說說你養的那些魚。」

「好……」

第十七章
大型虐狗現場

這一天，黎媽媽整體來說玩得很開心，除了被棠雪的歌聲嚇到一下。

她因為開心，晚上吃飯的時候就喝了點酒。

四個人都喝了，黎語冰喝得最少，另外三人差不多，但黎爸爸酒量好，沒有醉，棠雪和黎媽媽都喝得暈呼呼的。

黎媽媽拉著棠雪的手說：「你知道嗎，你小時候我特別想把你偷回家。」

棠雪：「我叫你一聲媽你敢答應嗎？」

黎語冰低頭悶笑，盛了碗老鴨湯給棠雪：「別光喝酒，吃點東西。」

「狗妃，真好。」棠雪用小瓷勺攪動著鴨湯，笑道。

黎語冰瞇眼：「你叫我什麼？」

「狗妃。」

黎語冰氣得牙癢癢，也不知道該怎麼教訓她，一抬頭，就看到他爸爸在低頭笑。笑完了，他爸爸說：「現在的年輕人都這麼玩啊？」

真的，他爸是厚道人，很少這樣打趣他，今天，今天……一定是被某人帶歪了！

黎語冰咬了咬牙，在棠雪耳邊低聲說：「回去再收拾你。」

吃完飯，四個人打算回飯店。黎媽媽訂的是位於烏靈山半山腰的度假飯店，因為據說飯店不錯，所以定了三個房間，讓棠雪和黎語冰也享受一下。

四人剛走出飯店，棠雪突然伸手臂一勾黎媽媽的肩膀，就這麼勾著她，既吊兒郎當又霸氣側漏。

黎氏父子在旁看得虎軀一震。

棠雪：「我跟你講講短道速滑的技術要領，好好聽。」

黎媽媽點頭：「好的大哥！」

就這樣，棠雪在回去的車上講了一路的技術要領。到飯店辦完入住，因為三個房間不在同一個樓層，黎爸爸扶著老婆走出電梯時，黎媽媽回頭朝棠雪招手：「大哥再見！」

棠雪特有架勢地朝她揮了揮手：「去吧去吧。」

黎爸爸滿頭黑線，扶著老婆，回頭看到兒子和棠雪並肩站著，欲言又止。

黎語冰見他爸神色猶豫，便按著電梯門，問道：「爸，您還有事？」

「你照顧好棠雪，嗯，管好你自己。」黎爸爸說完這話，扶著老婆走了。

黎語冰聽出爸爸話裡的深意，一陣受傷，自言自語道：「我有那麼禽獸嗎……」

黎語冰把棠雪送進房間，讓她躺在床上，拉起被子想幫她蓋好。

棠雪甩掉鞋子，斜靠在床頭，抱著個枕頭笑嘻嘻地看著他，兩腮粉紅，眼神迷醉，朱唇輕啟，露出整齊潔白的牙齒。

黎語冰有點遺憾自己不是個禽獸了。

他彎腰幫她蓋被子，又拉過一個枕頭，命令她：「躺好。」

棠雪摟著他的脖子，突然翻身，將他壓在床上。

黎語冰的心臟像是蕩了個鞦韆，他躺在床上，兩手呈投降的姿勢鋪在床上，穩了穩心神，問她：「你想幹什麼？」

棠雪手肘撐在床單上，低頭，饒有興致地看著他：「你是來侍寢的嗎？」

她身體一半的重量壓在他身上，黎語冰感覺有點口乾舌燥，盯著她的眼睛問：「你還認識我嗎？」

「認識。」

「我是誰？」

「狗妃。」

黎語冰吐了口氣，翻著白眼說：「你個渾蛋唔……」

棠雪親了他。親了一下，她抬頭舔了舔嘴唇，感覺有點意猶未盡，於是低頭又親，像品嚐什麼美味一樣，伸出舌尖，一點點地舔，把他的嘴唇舔得一片濡濕。

黎語冰的怨氣煙消雲散。狗妃就狗妃吧，他現在只想爆炸，炸成一朵雲彩或是一片煙火。

他閉著眼睛迎接她的吻，張開嘴，伸出舌頭回應她，呼吸一片火熱，彷彿要將這個吻烤化掉，化成一片奶油，柔軟、絲滑、香甜。

棠雪吃著吃著感覺味道變了，想抬頭思考一下，可剛一有動作，黎語冰立刻一把扣住她的後腦，逼迫她繼續這個吻。

棠雪有點呼吸困難，腦子一片糨糊，本來就暈，加上呼吸不好缺氧了，於是更暈了，就……睡著了。

黎語冰親著親著感覺棠雪沒動靜了，放開她，然後感覺到了她均勻的呼吸。

他喘息著，咬著牙，從牙縫裡擠出幾個字：「你這個渾蛋。」

黎媽媽這一覺睡得有點沉，第二天早上醒來時，看到老公已經起床了，正在燒熱水。

「老公，幾點了？」

「剛七點，你可以再睡一會。」

「嗯，不睡了。」

燒好熱水，黎爸爸用礦泉水兌了兩杯溫水，夫妻兩人一人一杯喝著。

「昨晚睡得怎麼樣？」黎爸爸問。

「還挺好。」黎媽媽想了一下道，「不過，我天亮的時候好像做了一個夢。」

「哦？什麼夢？」

「我夢見我們去捕魚。」

「夢見魚是吉兆，挺好的。」

「不是，你聽我說完。我夢見我們去捕魚，棠雪和語冰都去了，然後……然後棠雪對著水面唱歌。」

「然後？」

「然後那些魚就都翻著肚皮漂在水面上，密密麻麻的，可多了可多了。」

這，唱歌都能炸魚了……黎爸爸默默地擦了擦額角：「看來昨天棠雪給你留下的心理陰影不小。」

「這孩子什麼都好，就是五音不全。不過人無完人嘛。」黎媽媽點點頭，接著又搖頭，「但我不會再跟她一起唱歌了，主要是她能把我帶走音。」

「往好處想，以後語冰犯了錯，就罰他聽棠雪唱歌，比什麼跪洗衣板之類的都管用。」

黎媽媽一聽樂了：「老公，壞哦。」

黎媽媽下午還有事，所以高鐵票訂的是中午，他們上午在飯店附近玩了一會就坐上了回湖城的高鐵。

火車上，黎媽媽百無聊賴地看了一下黎語冰粉絲群的動態，發現他們在討論一個微博小帳，ID名：小鳥飛飛飛。

那小帳發的微博內容都一樣：「黎語冰和棠雪今天分手了嗎？沒有。」

黎媽媽相當不滿，指著手機對老公說：「你說這些人怎麼這樣啊？別人談戀愛關他們什麼事呀？語冰就是個打球的，又不是什麼娛樂明星，他還不能有點戀愛自由了？我這親媽都沒反對呢，這些人都是哪裡來的，有什麼資格反對？再說了，棠雪那麼可愛！」

「都是小孩，你跟小孩計較什麼？」

「棠雪也是小孩，她還不一定有這幫人年紀大呢。」

「好了，老婆，不要生氣，這些人啊，你越理會，他們就越開心。只要棠雪跟語冰感情好就行了，管他們做什麼。」

話是這麼說沒錯，可黎媽媽還是不爽。想了想，她也搞了一個微博，ID名：槍打小鳥飛飛飛。

她先發了一則微博：「黎語冰和棠雪今天結婚了嗎？快了！」

嗯，以後她每天也這樣打卡，和對面那個打擂台。

黎媽媽給棠雪的見面禮是一條卡地亞的手鏈，細長的玫瑰金色的鏈條，鏈條中央有一朵粉玉髓雕刻的小蘭花，蘭花的花心處鑲嵌著一顆鑽石，漂亮是真漂亮，貴也是真貴。

棠雪戴著它，又開心，又感覺有點燙手。她看著手腕上開的粉色小蘭花，問黎語冰：「你說，阿姨給我這麼貴的東西，我們兩個要是分，唔——」

黎語冰吻了她。

棠雪眨了眨眼睛，一瞬間感覺輕飄飄的，像踩在棉花糖上，軟軟的，甜甜的。

黎語冰想到昨晚她對他做的事，懲罰性地咬了一下她的嘴唇。

棠雪吃痛，仰頭躲開他：「喂！」

黎語冰：「不許胡說。」

「我知道，我開玩笑呢。」

「玩笑也不許開。」

「好吧好吧，這男朋友真嚴格。」

黎語冰抓起她戴手鏈的那只手，拇指和食指夾著她的手掌捏了捏，說：「我媽表達喜歡的方式就是花錢，你習慣就好，不用太在意。」

「這個，」棠雪有點疑惑了，「阿姨不是說自己是賣藥的嗎？現在賣藥這麼賺錢啊？」

「醫藥公司的老闆，簡稱賣藥的。」

「……」棠雪有生之年竟然遇到了活的霸道總裁。

棠雪本來擔心她爸受刺激，一直拖著沒跟家裡講她跟黎語冰的事，現在，感受到黎語冰他爸媽的熱情之後，她有一點點內疚。

看來，她是時候給黎語冰一個名分了。

當然了，她還是不敢直接告訴爸爸，所以先打了個電話給媽媽。

棠媽媽聽說棠雪和黎語冰在一起了，倒是沒多驚訝，但有些責備，說道：「你怎麼不等結婚以後再告訴我呢？」

「媽，我這不是害怕嗎？」

「喲，這個世界上還有你怕的事啊？」棠媽媽一樂，接著又說，「你們才在一起幾天哪就見家長？他們家是要搶媳婦嗎？這麼著急。你好好觀察一下，我可告訴你，這種事情我見多了。」

棠雪一愣：「什麼事情？」

「一方家裡有遺傳病史，故意隱瞞，表現在外就是對受騙方熱情得過分，特別著急。」

棠雪感覺她媽媽真對得起醫生這個職業，思路可太別緻了。她點頭道：「行，我會好好觀察的。不過我們這也不算見家長啦，就是他爸媽過來找我們玩，一起吃個飯，氣氛沒有那麼嚴肅。而且我覺得跟他爸媽挺聊得來的。」

「你跟誰都聊得來。」

棠媽媽把棠雪交男朋友的事情跟老公說了，不僅跟老公說了，還跟家裡的「四大天王」都說了。

棠校長很不高興，「四大天王」很興奮，都想看看棠雪的男朋友長啥樣。

「『黎語冰』，這個名字怎麼這麼耳熟呢？」家庭聚會上，棠雪的外婆問。

「就是那個孩子嘛，」棠奶奶說，「雪雪得冠軍的時候第一個感謝的人。」

「啊！是他呀！」

棠校長的臉更黑了。

棠媽媽想到黎語冰的家長送給棠雪的禮物，悄聲問棠校長：「我們是不是得表示一下？」

「表示什麼？挖我家白菜我還給他餵飼料啊？想得真美，玻璃球都不給他！你也不許給！」

「說實話，我也感覺應該等他們感情穩定穩定再說，可現在棠雪收了人家的卡地亞，可不便宜呢，我們裝聾作啞也不適合。」

「這個簡單，讓她還回去。」

「哦，這樣適合？」

「怎麼不適合？」

「你這校長的位置是睡上去的嗎？」

「……」

最後的最後，棠媽媽轉了一筆錢給女兒，讓她給黎語冰的爸媽回點禮。

時間轉眼到了五月份。

五月中旬發生了一件普通人不太留意但是震動冰雪界的大事——

國際冰球聯合會通過投票確定，中國冰球隊獲得二〇二二年冬奧會的直通車票。這意味著中國男、女冰球隊不必從預選賽打起，直接鎖定席位。

這對中國冰球來說意義太重大了，尤其是從未參加過奧運會的男子冰球隊，可謂歷史性突破。

這天晚上，棠雪和黎語冰都沒訓練，兩個人在圖書館插著耳機看新聞，看到這個結果時，棠雪雞皮疙瘩都起來了，握了握黎語冰的手。

黎語冰反握住她，指尖穿過她的指縫，與她十指相扣。

「黎語冰。」

「嗯？」

「我們去喝酒吧。」

「好。」

這麼高興的日子，兩個人喝酒感覺不夠熱鬧，於是棠雪打電話叫了廖振羽、夏夢歡以及速滑隊的朋友們，黎語冰打電話叫了球隊的朋友們。

黎語冰喝得有點多。棠雪發現他一喝多就變成了黏人的小妖精，摟著人不放手，還貼過臉來，瞇著眼睛蹭她的臉蛋。

其他人就起哄。

第二天，吳經理找黎語冰談了一次話。

未來幾年內，中國冰球會進入一個高速發展的時期，國家重視、政策傾斜、民眾關注、市場擴張，國內冰球的整體實力會越來越強，優秀球員會越來越多，這項運動的商業價值也會越來越高。

這一切都是顯而易見的。

吳經理問黎語冰有沒有興趣成為一名職業球員，有沒有興趣代表自己的祖國，參加在這片國土上舉辦的奧運會。

其實，有最後這句話就夠了。

黎語冰把吳經理和他的談話轉述給棠雪，說完了，他一臉淡定地問棠雪：「你覺得怎麼樣？」

棠雪滿腔都是羨慕嫉妒恨，悲憤地指責他：「你這是炫耀，赤裸裸的炫耀。」

黎語冰幫她順了順毛，說：「我只是遇到事情先和女朋友商量一下。」

「就是炫耀！」

黎語冰嘗試安慰她：「只是參加職業隊的訓練，能不能進國家隊要看後續表現。」

「那也夠好了。」棠雪托著下巴沉思，也不知道想起什麼，突然嘆了口氣。

黎語冰仔細觀察著她的神色，輕聲問道：「你不開心？」

「沒有啦，我挺為你高興的。我就是覺得……我們兩個是一起滑冰的，你跑得越來越快了，我，我還在原地，也不知道什麼時候能進國家隊。我也想代表自己的國家在家門口參加冬奧會，一輩子就這麼一次機會呢。」棠雪越說越憂傷了。

黎語冰摸了摸她的頭：「還來得及。」

「而且你還有那麼多粉絲，我的粉絲都是室友和我爸媽。」

黎語冰柔聲道：「還有一個，你忘了。」

「哦？」

「我。」

棠雪心裡一甜，噗嗤笑了，指指他說道：「狗妃啊，你可越來越油嘴滑舌了。」

黎語冰笑：「那你罰我。」

「哦，怎麼罰呀？」

「讓你咬。」

棠雪也就沮喪了那麼一下，很快又好了，信心滿滿地去訓練。老天爺從不辜負樂觀的人，晚上她收到了一則好訊息。

一個ID名為「小逗兒」的妹子私訊她，希望幫她建立後援會。

野生的粉絲！

棠雪跟妹子聊了一會，得知自己現在竟然有那麼一幫真愛粉了，雖然大部分是從黎語冰那裡爬牆過來的，但不管怎麼說，現在這些都是她的人了。

棠雪對待這位粉絲很熱情，還說等她來霖城請她吃飯，可把妹子激動壞了，回去立刻弄了一個「棠雪粉絲後援會」的微博，然後粉絲群、貼吧之類的都搞了起來，弄得熱熱鬧鬧的。

結果第二天，妹子來找棠雪哭訴了。

小逗兒：「雪雪，對不起。」

棠雪：「怎麼了？」

小逗兒：「是我疏忽，因為太急著註冊，所以沒考慮周全，沒有加上『全球』兩個字。」

棠雪：「不要著急，你先說說怎麼回事。」

小逗兒：「是這樣，我們昨天不是註冊了『棠雪粉絲後援會』的微博嗎，然後今天發現有個類似的微博，名字是『棠雪全球粉絲後援會』，比我們多了『全球』兩個字，看起來好高級，粉絲數也比我們多多了。我們明明是官方的，卻變成野路子了。雪雪你要給我們做主啊＊大哭＊＊大哭＊。」

棠雪：「……」

小逗兒：「雪雪你知道這件事吧？」

棠雪：「我不知道啊，誰幹的？」

小逗兒：「就是你男朋友黎語冰啊！」

棠雪：「……」

棠雪查了一下自己的關注列表，發現黎語冰這傢伙果然把名字改成了「棠雪全球粉絲後援會」，不僅如此，他還頂著這個 ID 肆無忌憚地轉發了一則廣告商的微博，就在二十分鐘前。

這是什麼騷操作？就算她能忍，廣告商能忍嗎？

她不知道的是，廣告商特別能忍啊。

廣告商這則微博是一條活動曝光，黎語冰作為嘉賓受邀出席，小編發微博要@嘉賓，黎語冰改了名字她也沒辦法，就照著新 ID 抄送了。

結果一堆有頭有臉的名字裡擠了一個「棠雪全球粉絲後援會」，看起來特別喜感。其他嘉賓的粉絲搞不清楚這位棠雪是什麼來頭，連後援會都能出席活動了，於是好奇地點進微博評論區，發現更看不懂了。

「哈哈哈哈，冰神真會玩！」

「大型虐狗現場。」

「大家好，我是棠雪全球粉絲後援會的粉絲。」

「加微信看片，冰雪全集，無私分享。」

「只有我一臉矇嗎？棠雪是誰？冰神又是誰？」

「聽我一句勸，如果你是單身狗，你就不要好奇去搜棠雪冰神了，你會哭的。」

「冰神，可不可以把後援會的名字還給我們呀？」

這條微博有著非常可觀的轉發評論量，還一度上了即時熱搜，是廣告商目前發過的熱度最高的微博了，所以雖然冰神改名看起來怪怪的，但廣告商依舊希望他永遠不要改回來。

棠雪挺佩服黎語冰的，總有這麼多作怪的新花樣，智商高的人就是不一樣。她打了個電話給黎語冰，想把 ID 要回來，黎語冰說什麼都不給，還說覺得自己現在這個 ID 很棒，他改了之後心情都變好了，運氣也變好了。

我可去你大爺的吧！

棠雪無奈，找到小逗兒，先安撫了她一下。

小逗兒脾氣很好，反過來安慰她：「雪雪，沒關係啦，我們知道那是因為冰神喜歡你，我為你高興！雖然私心裡只希望你屬於我一個人*嘻嘻*。」

棠雪：「我想到一個辦法。」

小逗兒：「哦？」

棠雪：「在黎語冰讓出ID之前，你們可以先叫『棠雪宇宙粉絲後援會』，宇宙比全球高級多了。」

小逗兒：「這個，行嗎？」

棠雪：「怎麼不行？」

小逗兒：「好，那就聽雪雪的！」

從那以後，棠雪的粉絲們取名就奔著天馬行空的方向一去不返了。別人的後援會都是全國後援會、北京後援會、上海後援會之類，棠雪的是宇宙後援會、太陽系後援會、銀河系後援會、銀河系駐馬店[3]行星後援會……至於全球後援會，不好意思，那是最低級的。

六月份，黎語冰正式註冊為驍龍俱樂部的職業球員。不過他的生活並沒有太大變化，他照常學習，

---

3 中國河南省的一個城市。

照常在校隊訓練，只有週末的時候會去俱樂部訓練。

整體來說他比以前更忙了。

棠雪也更忙了。黎語冰越跑越遠，她不甘心落在後面，她要的愛情不是崇拜與仰望，而是並肩戰鬥的熱血。她以前想做冰上小霸王，現在她想和黎語冰做冰上神雕俠侶。

忙起來時，兩人在一起的時間就少得可憐了，而且大部分時候還是在公共場合，不能太過親密，有礙觀瞻。

兩人唯一可以親近的時間是晚上，沒有人也沒有光的地方。黎語冰喜歡抱著棠雪，兩人都不說話，在黑暗中安靜地享受彼此帶來的溫暖，汲取力量，這樣抱一會，好像一天的疲憊都沒了。

愛情，是可以補充能量的。

不過，兩個人第一次這樣做的那個晚上被蚊子叮了一身包，後來黎語冰就隨身帶著驅蚊花露水。

分別時，他會給她一個吻。

不管是以什麼開頭的吻，最後都會變成法式熱吻。

棠雪一生和黎語冰體驗過很多種吻，不過，她印象最深刻的，還是這年夏天每晚例行一次的親吻。

黑暗的角落，悶熱的空氣。

近處的蟲鳴，遠處的人聲。

火熱的呼吸，抵死的纏綿。

以及，空氣中浮動的淡淡的六神冰蓮香型驅蚊花露水的味道。

一大天重複，一次次疊加，記憶的烙印逐步加深，深到無法撼動。

暑假，黎語冰沒有回家，而是隨著俱樂部去俄羅斯訓練了，為九月份的比賽做準備。棠雪也沒在家待幾天，一開始跟著校隊在省速滑隊集訓，本來只是半個月，可棠雪感覺不錯，就厚著臉皮跟著省隊自費訓練。省隊的領導特喜歡她，破例讓她留下來訓練。

領導還老逗她：「要不要考慮來省隊？條件比你們校隊好多了。」

棠雪說：「謝謝領導，我們褚教練不放人啊。」

「我去跟褚教練說。」

「那我還得上課呢，我的科系可好了，費半天勁考上的。」

「你什麼科系呀？」

「獸醫，我以後滑不動了就開寵物店。等我開店了邀請您去剪綵，可要給我面子哦。」

「獸醫呀，我們家貓病了，你幫忙看看？」

「行，明天您把牠帶來我瞧瞧。牠怎麼了？」

「牠不理我。」

「這個簡單，您去海鮮市場溜達一圈，沾一身魚腥味回來，牠包準黏著你。」

「哈哈哈你這孩子！」

黎語冰在開學前兩天回到了霖城。

吳經理有搞事情的體質，本來想透露黎語冰的行程讓粉絲去接機，幸好他沒有太獨斷專行，提前跟黎語冰溝通了一下。

黎語冰把吳經理攔下了：「吳經理，我在俱樂部，其他人都是前輩，大家一起下飛機，一群女孩圍著我轉，您多少考慮一下其他人的感受。」

吳經理一想，確實是這麼個道理。他一心想經營黎語冰的粉絲群，學來了娛樂圈那一套，實際上這有點本末倒置了。黎語冰不是娛樂明星，也不是靠臉混的，而是個球員，成績才是根基。黎語冰剛進俱樂部，一場比賽都沒打呢，搞太招搖了也不適合。他就是迫切地想打造黎語冰，有點著急了。

吳經理慚愧於自己考慮不周，又感慨於黎語冰的冷靜老成，還有點疑惑，問道：「有那麼多妹子為你癲狂，你怎麼還能把持住呢？」

「經理，我不敢呢，」黎語冰的聲音染上了一絲笑意，「家裡有醋王。」

吳經理感覺黎語冰講話的語氣聽不出半點被醋王鎮壓的遺憾，反而有點甘之如飴呢。

所以黎語冰回霖城，沒有粉絲接機，只有女朋友接機。

棠雪這天穿了鋼鐵直男黎語冰特別喜歡的粉色泡泡袖紗裙，自己搭配了一雙杏色的小高跟，還化了妝，塗了口紅。

站在穿衣鏡前時，她真覺得自己太傻了。

雖然腦子壞掉了，但她還是要帶病上崗，把自己的男朋友接回家。

黎語冰拖著行李箱出站，一眼就看到了人群中的棠雪。

她的皮膚本來就白，穿著淺粉色的裙子，更襯得膚色細白如雪，泡泡袖公主裙是方領設計，露出精緻漂亮的鎖骨，領口往下，柔軟輕盈的面料包裹著她堅挺飽滿的曲線。

黎語冰呆了一呆。

棠雪在出站的人裡搜尋著，看到黎語冰時，她的眼睛亮了一下，朝他招手：「喂，不認識我了？渾蛋，你戴著口罩我都能認出你。」

黎語冰扶著行李箱朝她走過去。走出圍欄，他看到了她蓬鬆可愛的裙擺以及裙擺之下圓潤的膝蓋和白皙修長筆直的小腿。

黎語冰緩緩地走向她，一步、兩步、三步……他聽到了自己的心跳聲，怦、怦、怦，清晰而有力。

他走到她面前，低頭望著她。

棠雪仰臉看向他。他戴著口罩，她看不清楚他的表情，只看到他目光幽深，眼睛亮得過分。

氣氛有點奇怪，她笑了笑說：「喂，你是不是傻了？」

黎語冰把行李留給身後的人：「龐哥，幫我拿一下行李，謝謝。」

龐哥曖昧地看看他，又看看棠雪：「好嘞！」

然後黎語冰拉著棠雪的手，大步走開。

他步幅太大，棠雪被他拽著，幾乎是一路小跑。她跟在他身後，莫名其妙地道：「黎語冰，你是不是去了一趟俄羅斯把腦殼凍壞了？你還記得我是誰嗎？我是你失散多年的爸爸啊！」

「閉嘴。」

「喲喲喲，你用這種口氣和我說話，膽子好大。」

黎語冰一邊走一邊看指示牌，找到計時休息室的辦理台，辦了一個雙人間，收費一百八，一小時。

棠雪看著黎語冰淡定地刷手機付錢的側臉，黑色口罩遮住了他的臉，她只看到他垂眼時濃長的墨色睫毛，那一瞬間她感覺有點怕怕的，悄悄扯了扯他的衣角說：「你現在必須說出我的名字，否則我就報警。」

「棠雪。」黎語冰付完錢，拿著收費單，握著她的手腕走向休息室。

「我現在就要親到你。」他說。

棠雪老臉一紅，默默地跟上。

休息室很簡單，一張雙人床，一個淋浴間，其他就是儲物的小空間，整間休息室只有幾平方公尺，不過很乾淨。兩個人進去後，黎語冰關上門，鎖好，突然把棠雪推到門上。

棠雪嚇了一跳：「喂！唔——」

黎語冰扯下口罩，低頭堵住了她的嘴。

他吻得有點瘋狂，彷彿要把她吞掉。棠雪仰著臉迎接他，可是有點跟不上他狂風驟雨般的節奏，最後只是張著嘴被動地迎合。黎語冰伸著舌頭在她的口腔裡掃蕩，吸得她嘴唇發麻。

狹小的空間、潮濕激烈的親吻、淩亂滾燙的喘息，空氣都開始變了味道。棠雪只覺腦子裡亂糟糟的，心口又軟又燙。

黎語冰吻了許久，終於放她呼吸，然後他額頭抵著她的額頭，伸出舌尖舔她的唇端。粉紅的舌尖，蛇一樣靈活，探出來勾蹭她柔軟的唇瓣，一邊吻著，一邊壓低聲音問：「想我嗎。」

棠雪本能地感覺這樣好羞恥，偏頭躲了一下，「不、不怎麼想。」

黎語冰喉嚨裡滾過一聲輕笑，牙齒抵在她唇端，輕輕地咬了一下，「騙子。」

從休息室出來，一直走到收費台時，棠雪的臉上還微微發著燙。收銀員把單子遞給黎語冰，黎語冰低頭刷刷兩下簽完，存根隨手塞進棠雪的包裡，一抬頭，看她一眼，她正好也在看他。好難得的，她樣子有些呆。

黎語冰抬手在她腦袋瓜頂上撥了撥，「走了。」說著，手向下滑落，自然地握著她的手。

轉身時，棠雪聽到身邊黎語冰的笑聲，笑聲溫柔、帶著一點小小的得意。他說：「你今天穿得真好看。」

「哦，」棠雪感覺黎語冰的尾巴快翹上天了，這個時候她有必要來幫他糾正一下姿態，於是她抽回手，抱著手臂仰著臉，睇眼看他，「真好看啊？」

「嗯！」

「那我幫你也買一條，明天穿裙子來見我。」說完，像個霸道總裁一樣，轉身邁著闊步，昂頭挺胸地走。

黎語冰連忙追上去，「唉唉唉我錯了……」

九月十號晚上，「絲路杯」超級冰球聯賽（SHL）迎來揭幕之戰。

這個與許多小學作文比賽有著共同名字的冰球聯賽，實際上是國際級的高水準賽事之一，它的前身是俄羅斯超級冰球聯賽（VHL）。

VHL 在俄羅斯是僅次於大陸冰球聯賽（KHL）的賽事。

俄羅斯的冰球實力毋庸置疑，可惜的是他們的經濟狀況不太好，就連 KHL 都有不少俱樂部拖欠球員工資，VHL 只會更糟糕。

中國的情況和俄羅斯相反。中國的冰球實力有點薄弱，但是，錢超多……

兩邊一拍即合，決定共同運作 VHL，這才有了現在的 SHL。

今年 SHL 一共吸收了「一帶一路」國家的三十支球隊，常規賽採用雙循環賽制，從九月份打到明年二月份。

中國搞這麼一項賽事，頗有為小兒子置辦家業的既視感，目的之一是培養本土球員，劍指二〇二二年的冬奧會。為了多給本土球員出場機會，幾支參賽的中國球隊都被限制了外援比例——一支球隊的二十四名註冊球員裡，中國球員不得低於十名。

這麼搞也是不得已而為之。許多俱樂部為了經濟效益，會多多簽外籍球員，尤其是俄羅斯球員。不光中國俱樂部，國外也一樣，美國的冰球俱樂部是靠加拿大人撐起半邊天的。

今年絲路杯的揭幕之戰，是驍龍中國龍隊主場迎戰高加索戰車隊。這是絲路杯改名之後的第一次亮相，象徵意義比較大，有幾個政府領導坐在了驍龍冰球館的看台上，媒體記者對著領導劈哩啪啦一頓拍，嗯，這就是今晚的新聞素材了。

驍龍俱樂部的大老闆坐在領導身邊，表面上微笑著跟領導交談，其實心裡有點緊張。他已經暗示過領導：本土球員潛力無限。

潛力無限的潛台詞是，要走的路還很長，所以希望大家不要把輸贏看得太重……

可能是因為賽前預熱比較好，這時場館內觀眾爆滿。棠雪坐在VIP區，視野很好，身後有個妹子在搞直播，不停地講話。看到黎語冰首發上場時，妹子興奮地尖叫：「唉呀呀我男朋友出來了！」

棠雪默默地翻了個白眼。

在那妹子說話間，比賽開打。

冰球比賽節奏快，肢體衝突多，幾乎每一刻都在對抗。開賽後不久，現場氣氛就燃了起來，觀眾們不自覺地驚呼和吶喊，直播那位妹子一開始還在解釋現場情況，過了一會，她漸漸就看得入迷，忘了手機前的觀眾了。

直到場上停下來爭球，妹子才想起自己還開著直播，於是說：「我看比賽了啊不直播了，拜拜！」說完她把手機一收，然後抬頭恰好看到黎語冰帶球靈巧地躲過企圖撞上他的大漢，接著把球傳給隊友，她忍不住讚嘆：「哇！不愧是我老公！」

棠雪盯著黎語冰的身影，撇著嘴說了一句：「野男人。」

黎語冰那記傳球起了大作用，因為出其不意，速度又快，隊友接到球之後，在對方組織有效防禦前已經射門，小小的冰球順著防守空隙進門撞網。

呼——嘩——場館內騰起歡呼，聲浪有如實質。

領導看到人民群眾如此熱情高漲，點點頭表示挺高興，然後指著場上問俱樂部老闆：「那個球員是誰？」

場上球員跑得比馬都快，俱樂部老闆哪裡知道他指的是誰，只能靠猜的，說：「您說進球的那個嗎？他是龐偉，加拿大華裔，以前打過北美職業聯賽。」

國內冰球界正在積極接納海外華人球員，根據冰協規定，球員在中國打兩年比賽，就可以選擇歸化中國，拿到中國國籍，代表中國出戰。

領導點了點頭：「哦，那個呢？十九號球衣。」他似乎理解了俱樂部老闆的難處，精準地說出了球衣號碼。

老闆說道：「那是黎語冰。他……」老闆突然不知道怎麼定義黎語冰了，成長經歷單一，三個月前還在混校隊，跟職業球員比，他參加過的比賽都算小打小鬧，沒有歷史成績，老闆也不好吹太多牛，想了想，只是含混地道，「他球商挺高的。」

球商高的黎語冰在賽場上穿梭征戰時，剛好被棠校長瞧見了。

棠校長正在看電視，調到體育頻道，發現在播冰球比賽，就忍不住多看了幾眼。

棠媽媽走過來，看了一眼電視螢幕，正好攝影師給了一個近鏡頭，棠媽媽驚訝地道：「啊？那不是黎語冰嗎？」

棠校長回過神，有點尷尬，握著遙控器就要換台。

「別換，」棠媽媽坐在他身邊，搶過遙控器說，「看一會。」

「是你要看的。」

「嗯，你不想看可以閉上眼睛。」棠媽媽說。

棠校長沒有閉眼睛，悶不吭聲地在一邊專注地看比賽。

看了一會，棠媽媽說：「要我說，這孩子挺好的，你看解說員還誇他呢。」

她看不太懂球賽，反正解說員誇黎語冰好那就一定是好了。

棠校長哼了一聲答道：「這種人太聰明了，棠雪心眼實，跟他在一起，被他騙了還得幫人家數錢。」

「你這話邏輯有問題，智商跟人品是兩碼事。聰明人就一定壞嗎？笨蛋就一定老實嗎？沒有必然關係。你這邏輯水準，怎麼當校長的啊？」

「睡上去的。」棠校長賭氣道。

棠媽媽一樂，指了指門口：「你去照照鏡子，你怎麼有臉說這話？」

棠校長算是發現了，他跟他老婆鬥嘴，永遠吵不贏她。

女人就是有這麼可怕的天賦。

兩個人沒再鬥嘴，繼續看比賽。第一局比賽結束，驍龍中國龍隊二比一暫時領先。局間休息時，棠校長去接了個電話，棠媽媽洗水果。她在廚房切水果時，聽到老公在客廳揚聲招呼：「老婆，開始了啊！」

「來了來了！」棠媽媽放下刀端著水果回到客廳。

第二局比賽進行到三分鐘時，發生了一點意外。

高加索戰車隊帶球進攻，黎語冰跟隊友在球門前組織防守，對手見沒有機會，突然把球傳到大後方。後方接到球的隊員一記挑射，小小的冰球便像顆子彈一樣飛向球門方向。

冰球最終沒有進網，而是在半路就掉在地上，隨之，黎語冰突然倒地不起。

「怎麼了？」棠媽媽嚇了一跳，「怎麼回事？」

棠校長皺著眉，迷茫地道：「黎語冰好像受傷了，沒看清。」

解說員也是一頭霧水，導播調出比賽慢鏡頭，播了兩遍，解說員終於弄明白了：「應該是這個時候黎語冰正好轉身，然後被球打到後腦了，就是頭盔邊緣往下一點的位置，或者是脖子。這也太巧了！」

另一個解說員說道：「嗯，不知道黎語冰傷得怎麼樣。驍龍隊現在要換人了，黎語冰他，啊，黎語冰他站起來了，他自己走下場了。希望他沒有大礙。今天他的表現已經很好了，作為新秀，我覺得可以打滿分了。」

棠校長轉頭問棠媽媽：「你說，他應該沒事吧？」

「我不知道……」棠媽媽搖了搖頭，一下子想到很多可怕的病例，「那地方神經挺密集的。」

黎語冰倒地時，棠雪感覺自己的腦袋彷彿也挨了一下，嗡地一聲，滿腦子空白。

她失神地站起身，愣愣地看著冰面上的黎語冰，心裡揪疼。

整個世界彷彿都不存在了，她對時間也失去了感知，就那麼看著他，也不知過了多久，他終於站起來了。

謝天謝地。

那之後的比賽她也沒看了，視線一直追著他的身影。她看到他走到替補席坐下，隊醫幫他查看傷情，教練站在一旁看著，之後他們交談了一會，黎語冰一邊說話，一邊動了動脖子。

看起來好像問題不大，棠雪懸著的一顆心放回了肚子裡。

「你好，你好？」身後的妹子拍了拍棠雪的肩膀。

「啊？」棠雪迷茫地轉身。

「能請你坐下嗎？我看不到了。」妹子說。

「哦，對不起。」

棠雪坐下後，聽到妹子又說：「小姐姐，我感覺你有點眼熟。」

她沒理妹子，只盯著黎語冰。

黎語冰好像察覺到了，突然輕輕轉臉，面朝著她的方向，笑了笑，笑完了還把兩根手指搭在唇間，送出一記飛吻。

身後的妹子在尖叫，棠雪卻差點哭了。

黎語冰第二局一整局都在替補席上休息，看著隊友進進出出，一波一波地輪換。

冰球比賽體力消耗太大，所以換人很頻繁，換人沒有次數限制，也不會暫停，就是大家默默地進進出出。

換人換出眼花繚亂的效果，這就很考驗裁判的眼力了，因為不一定所有人都能規規矩矩，有可能打著打著比賽，會發現某隊多出來一個人，鬧鬼一樣。

所以冰球的比賽規則重點強調不許多人，多人依犯規處理。

第二局比賽，驍龍中國龍隊從二比一領先被追平成三以三，戰況不容樂觀。

黎語冰在替補席休息了一局，感覺身體沒什麼不適，於是第三局開局時，他申請上場。

教練是個俄羅斯人，爽快地答應了。大概在戰鬥民族眼裡，這點小傷不算什麼。

「黎語冰上場了，哦，看樣子他沒什麼事了，我們得先恭喜他。現在觀眾席都在為黎語冰喝彩，他確實值得這樣的喝彩。不知道這局驍龍隊能不能夠打破僵局，打開局面……」解說員嘴皮子很溜。

「看來沒事。」棠校長喃喃道。

棠媽媽微微皺了下眉：「他應該先去醫院拍個X光。」

不過，從後續的表現來看，黎語冰大概是不需要拍X光的。驍龍隊這一局一共打進兩粒進球，全部出自黎語冰之手，比分直接被他帶到五比三，直至結束。他以二進球一助攻的個人數據獲得了全場最佳球員。

場館內的氣氛燃到爆，比賽結束時，歡呼聲幾乎掀翻屋頂。

政府領導本來的行程只是看一會，露個臉意思意思就走，可比賽太精彩了，尤其最後一局，實在過癮，看著看著就全看完了，最後還跟著觀眾們一起鼓掌。

俱樂部老闆高興又慶幸。之前他還怕輸得難看，現在竟然贏了。了不得了不得，黎語冰真是天生的巨星啊。

之後俱樂部老闆邀請領導和球隊講一講話，領導欣然應允。

聽領導講完話，跟領導拍完照，黎語冰由隊醫領著去了醫院。雖然他自己覺得沒什麼不舒服，但至少要拍個X光大家才放心。

兩個人從冰球館後門走的，到門口時，黎語冰突然不肯走了：「我等個人。」

「等誰？」隊醫問完之後，看到一個小姑娘跑過來，立刻點頭道：「我在車上等你。」

「嗯。」

棠雪跑到黎語冰面前，看到他低頭望著她，眼裡有淺淺的笑意，她低下頭，又向前邁了一步，鑽進他懷裡，然後輕輕地摟住他。

這人平常是頭小老虎，這時一下成了小綿羊，讓黎語冰有點不適應，他回抱住她，揉了揉她的頭髮：「怎麼了？」

「嚇死我了。」棠雪小聲說。她剛才看比賽的時候，一半是緊張刺激，一半是提心吊膽，特別煎熬，現在抱住他，才有了些踏實感。

黎語冰知道，有個詞叫「關心則亂」。

他被她弄得胸腔內一片柔軟悸動，低頭吻了吻她的頭髮，柔聲說：「我沒事。」

棠雪的手向上爬，越過他的後背，她踮起腳勾著他的脖子，摸了摸他的後腦勺。

黎語冰被她柔軟溫熱的指尖摸得有些心癢。

「疼嗎？」棠雪問。

「親親就不疼了。」

棠雪哭笑不得：「這種時候你不要開玩笑！」

黎語冰一本正經：「沒開玩笑，以後我贏了比賽你都要親我。」

「那我贏比賽呢？」

「我也親你。」

「狗妃真是一個聰明的狗妃，會做生意。」棠雪說著，揪著他的衣領將他向下拉。

黎語冰順著她的力道微微彎腰，低下頭，笑望著她。

棠雪看著他櫻花色的嘴唇，吞了下口水。

就在這時，不遠處的汽車喇叭響了幾下。

隊醫有點看不下去了，不知道他們要甜膩到什麼時候，這時搖下車窗看著他們：「要不我們先去醫院？」

後來棠雪跟著黎語冰去了醫院，拍了X光，確定沒有異常，這才放心。

一戰成名！

這是第二天許多體育媒體對黎語冰的形容，棠雪看得眉毛直挑，心想：有這麼誇張嗎？

這些報導大篇幅地描寫了黎語冰意外受傷重返賽場、狂攬積分逆轉局面、戰績爆表全場最佳等奪人眼球的環節，而所有這些都建立在對手是強敵的前提之下，這就更加難能可貴了……說完重點，然後附上了黎語冰的帥照一張。

好吧，其實在很多不懂冰球的路人眼裡，帥照才是重點。

棠雪把報導截圖傳給她爸，附言：介紹一下，這是您的女婿。

棠校長假裝沒看到。

「黎語冰」這三個字一夜之間成了熱門詞彙，很多不明真相的群眾看到別人討論黎語冰，好奇地去搜，第一反應都是「天哪好帥」，然後才是其他。

有球迷擔心別人不懂，簡單明瞭地把昨天的比賽做了個總結，其中不乏溢美之詞，路人看完，紛紛驚呼「好逆天」。

連帶其他相關詞彙「冰球」、「絲路杯」都被帶熱了一把，許多人開始關注這項運動、這項賽事。黎語冰的微博粉絲暴漲。搞笑的是，他現在的帳號依舊是「棠雪全球粉絲後援會」，新粉絲又跑去研究棠雪是誰，然後被強塞了一把狗糧。

「長得帥，又這麼優秀，女朋友也漂亮，愛情美滿，這就是傳說中的人生勝利組吧？跟他對比，我這二十年活得簡直……」有人在論壇裡這樣感嘆。

結果論壇裡的老粉紛紛回復：

「要是我再告訴你他高考考了多少分呢？」

「要是我再告訴你他會拉大提琴呢？」

「要是我再告訴你他是個富二代呢？」

「等等樓上的，冰神是富二代？確定嗎？沒見過八卦啊。」

「相信我，能堅持打那麼多年冰球的人，一半以上的機率是富二代。」

「翻桌！棠雪是拯救了銀河系嗎？」

「什麼意思？我們雪雪也很優秀好嗎！大學是普招考上霖大的，再怎麼說也算學霸了吧？而且人長得那麼漂亮，性格也好，情商也高，也是全國冠軍，哪裡配不上冰神了？只能說優秀的人喜歡和優秀的人一起玩，想要找到好的另一半，不需要拯救銀河系，自己努力變好就夠了。」

「樓上的妹子強，別人都在吃狗糧，只有你在灌『雞湯』，受我一拜。」

棠雪一開始以為黎語冰的微博粉絲是俱樂部幫他買來裝門面的，後來發現自己的粉絲也漲了很多，甚至走在路上有人找她要簽名，她才不得不承認，黎語冰那些粉絲都是真的、活的。

這傢伙火了。

棠雪有點嫉妒，說不好是嫉妒誰。

晚上她傳訊息給他：「黎語冰，你知道現在你在外面有多少女朋友了嗎？」

黎語冰：「別人只是在腦子裡意淫我，而你可以身體力行地……」

棠雪：「我就看你能浪到什麼程度。」

黎語冰：「你過來，我浪給你看。」

第十八章
狗男友，豬腦袋

整個九月份，黎語冰的比賽表現很好，人氣急劇上升。

棠雪都有點看不下去了，感覺跟風的人實在太多，好多對冰球一無所知的人都來追星黎語冰了。有黃牛開始倒賣驍龍中國龍隊的比賽門票，這在常規賽實屬罕見。然後黎語冰上了一次雜誌封面，那期雜誌很快就售完了。

黎語冰走在路上會被圍追堵截，上課的教室會被駐點，出門必戴口罩，好不容易有個機會和棠雪約會，就跟地下黨接頭似的。

還是棠雪腦子靈光，買了兩副蜘蛛人的全臉頭套，一人一副戴著，這樣子大搖大擺地走在路上，簡直萬眾矚目，嚇退流浪狗、止小兒啼哭都不在話下。

不過，經過銀行門口的時候，保全會用一級戒備的眼神看著他們，搞得兩個人有點尷尬。

而且，兩人接吻的時候還得先摘頭套……

摘下頭套，棠雪看到黎語冰原本蓬鬆的頭髮被頭套壓扁，樣子傻裡傻氣的，一個沒忍住，笑出了聲。

「黎語冰，你現在像一個蘑菇精。」棠雪說。

黎語冰有些惱，低頭作勢要吻她，棠雪偏開頭，特嚴肅地說：「不，我不可以親一個蘑菇。」

黎語冰：「……」

他覺得這日子沒法過了。

他們兩個日子過得不容易，俱樂部那邊卻從上到下洋溢著幸福感。努力了那麼久，總算有了回報，他們終於培養出一個集競技價值與商業價值於一體的冰球大明星！

假以時日，黎語冰肯定能成為中國首屈一指的冰球巨星！

俱樂部上下，連掃地大媽都對他信心滿滿。

黎語冰有了專門的營運團隊，團隊酌情為他接了兩個商業合作，過了沒多久，黎語冰就收到兩筆薪水。

他把自己的提款卡給了棠雪：「以後你想買什麼就買什麼。」

棠雪問道：「那你自己呢？」

「你幫我買。」

「黎語冰，你挺會做生意啊，等你的提款卡沒錢了，我還得往裡面貼，對吧？」棠雪說著，用黎語冰的銀行帳號登錄手機銀行查了一下餘額。

看到餘額欄那一串數字後，她呆了一呆，手一鬆，手機掉在了地上。

黎語冰彎腰撿起手機，放回到她手裡。

「黎語冰，」棠雪抿了抿嘴，問道，「你這錢，是正當途徑得來的嗎？」
黎語冰敲了敲她的頭：「當然是。」
「也對，」棠雪點點頭道，「販毒錢哪能來這麼快呀。」
黎語冰哭笑不得，把她按在懷裡揉了揉腦袋，說：「以後我的錢都給你花。」
棠雪心裡柔軟甜蜜得冒泡泡，嘴上卻說：「嘖，真想多交幾個這樣的男朋友。」
黎語冰氣得直翻白眼，咬了咬牙，附在她耳邊低聲說：「你等著。」
「哦？」
「等我以後好好地教育你。」他的語氣有些意味深長。

棠雪經過堅持不懈厚顏無恥的軟磨硬泡，終於說服她媽媽接受黎語冰的登門拜訪。媽媽滿口答應的時候，棠雪有點不放心，問道：「那，我爸不反對吧？」
「他反對無效。我會讓他知道，這個家是誰做主。」
國慶期間，黎語冰擠出了一天半的假期，準備去岳父岳母家拜訪。去之前，他先回了趟自己家。
黎媽媽提前知道了情況，已經把禮物都準備好了，然後夫妻二人一起為黎語冰開了個小講座，重點傳授他怎麼討好未來的岳父岳母。
「少說話，話多了不穩重，更不許瞎扯。」
「也不能一句話不說，呆頭呆腦的像個傻子。」
「手腳勤快點，別真把自己當客人了。」

「也不能太過殷勤，顯得油滑。」

「長輩面前不許亂開玩笑。」

「當然也要適當保持幽默感。」

「最忌諱的是吹牛。」

「過於謙虛也會引人反感。」

「不要玩手機。」

「別忘了給我們發訊息。」

兩個人你一言我一語的，黎語冰感覺腦袋裡像住進去一隻小蜜蜂。

好不容易從爸媽那裡解脫，他帶著大包小包的禮物上路，啊不，出門了。

棠雪正在家裡看電視，她爸媽在廚房忙活，一邊做飯一邊聊天。不過她的注意力也沒在電視上，門鈴響的時候，她從沙發上跳了起來，蹦蹦躂躂地走到門口，看到呼叫器螢幕上黎語冰的臉，笑瞇瞇地喚他：「黎語冰？」

「嗯，棠雪。」黎語冰的表情有點嚴肅。

「你叫聲好聽的我才幫你開門。」

黎語冰笑了，緊繃的臉部線條變得柔和生動起來，他小聲說：「別鬧。」

棠雪按下解鎖鍵，轉頭跑進廚房：「二位，你們的女婿上來了啊！」

棠校長翻了個白眼。

黎語冰上來得很快。棠媽媽把棠校長拉出來迎接黎語冰時，棠校長全程冷漠臉。

雙方寒暄了一下，棠媽媽說：「黎語冰你先坐，阿姨爐子上燒著菜，我等一下過來陪你們……老公，」棠媽媽轉頭對棠校長說，「你去社區對面的綠色家園超市，買點鹽水鴨和豆干。」

「嗯。」棠校長點了下頭。

黎語冰說：「我跟棠雪去吧？」

「不用，你坐你坐。棠雪，拿吃的給黎語冰。」

棠雪把零食箱翻出來，又給黎語冰倒了杯水，笑嘻嘻地道：「冰哥請喝茶。」

黎語冰正襟危坐，抿著嘴角，笑得相當矜持。

棠雪看到她爸站在門口打轉，又翻鑰匙盒又掏衣服，問道：「爸，怎麼了？」

「找不到門禁卡。」

「你先拿我的吧。」

「嗯，你的在哪呢？」

「就那個包裡。」棠雪指了指進門的衣架，那裡掛著個鏈條包。

棠校長摘下包翻了翻，以為門禁卡放在夾層裡，伸手掏了掏，結果沒掏到門禁卡，只摸出一張白紙黑字的列印小票。

他隨意地掃了一眼那小票，突然愣住了。

小票上寫著：「機場計時收費室，雙人間。簽字人：黎語冰。」

黎語冰在腦子裡複習了一下怎麼討好棠雪她爸，接著就看到他的討好對象提著掃帚走了過來。

從棠校長殺氣騰騰的樣子看，他應該不是來掃地的，黎語冰心一跳，小心翼翼地起身。

棠校長舉著掃帚往他身上招呼：「我打死你這個小兔崽子，早就看出你不是好人！」

黎語冰一頭霧水，也不敢反抗。沙發與茶几之間空間有限，他避無可避，挨了兩下。

變故來得太突然，棠雪先是愣了一下，這才起來攔著她爸：「爸你幹什麼呀？你怎麼了？媽！媽！」

一聲中氣十足的嘶吼穿過廚房門與抽油煙機的悶響，撞進棠媽媽的耳朵裡。

棠媽媽嚇了一跳，趕緊跑出來，手裡還拿著個鍋鏟。一看到眼前的混亂，棠媽媽立刻上前勸架：「幹什麼幹什麼？放手！」

「你別攔著我，我今天要讓這小子付出代價！」

棠媽媽一把抱住失去理智的棠校長，轉頭給棠雪使了個眼色：「快走啊！」

棠雪趕緊拉著黎語冰跑了。

兩個人手拉著手，來不及換鞋，踩著拖鞋就驚慌失措地往外跑，一口氣跑出社區，然後又跑過兩條街。

當天，有人在論壇發帖：「我好像看到黎語冰了！穿著凡賽斯和塑膠拖鞋在街上狂奔！」

帖子裡一串嘲笑樓主腦子有洞的留言，編瞎話都不會編。

棠雪和黎語冰最後停在一條小巷裡。之後棠雪去路口藥店買了點藥水、OK 繃和口罩，出來時路過一間小賣鋪，進去買了個冰淇淋。
她現在需要甜食安慰。
回到巷子裡，棠雪捧著黎語冰的臉看了看，顴骨上破了一點皮，其他地方沒受傷。她有點心疼，自言自語道：「這要是毀了容，我上哪裡再找個這麼好看的？」
黎語冰笑出聲，垂著視線看她，眼神像月光般安靜溫柔。
棠雪問他：「疼嗎？」
黎語冰搖了搖頭。
棠雪說：「我也不知道我爸怎麼回事，看到你就像看到殺父仇人……不對，我爺爺活得好好的，哪來的殺父仇人……黎語冰你是不是瞪他了？」
「我哪敢……」
「太奇怪了，」棠雪搖搖頭，想了想又說，「難道我爸這次答應見你，就是為了擺個鴻門宴？」
據黎語冰所知的歷史，鴻門宴上並沒有見面就打人的。
搞不懂，只好先解決眼前問題，黎語冰彎腰低頭，讓棠雪幫他的臉擦藥水。只不過破一點皮，照理說用不著擦藥，但棠雪不希望黎語冰這張俊臉有任何閃失，所以必須謹慎對待。她不僅要擦，還得仔細、認真地擦，擦完了貼 OK 繃，磨磨蹭蹭的。
黎語冰突然一把將她抱起來，直起腰。
「喂……」棠雪一陣心跳加速，OK 繃差點貼到他的眼睛上。
「彎腰太久，累。」

棠雪由他抱著，幫他貼好OK繃。貼完OK繃，黎語冰依舊抱著她不放，他仰著臉看著她，緩緩地眨了下眼睛：「我可能需要一個吻。」

「別鬧，放我下來。」

黎語冰戀戀不捨地放下她。

棠雪站在地面上，他的手撤回去時，她突然笑道：「黎語冰，我覺得特別不可思議。」

「嗯？」

「我本來不喜歡個子太高的男生。」

「為什麼？」

「嗯，覺得沒有安全感。」

這下輪到黎語冰覺得不可思議了：「男朋友個子高才更有安全感吧？」

棠雪認真想了一下，搖頭道：「反正我不喜歡。」

黎語冰一陣鬱悶：「那你把我的腿打斷吧。」

「但是我現在喜歡了。」

棠雪這話說得很小聲，但黎語冰清清楚楚地聽到了，感覺心都要化開了，低頭盯著她，嘴角輕輕牽起來，緩慢悠長地哦了一聲。

棠雪偏開臉不看他，從他手裡接過塑膠袋，拿出冰淇淋拆開，裝作漫不經心的樣子，問：「吃嗎？」

「不了。」

「吃一口吧，吃甜食心情好。」

黎語冰心情挺好的，不過既然她這麼有誠意地邀請他，那他就給個面子吧。於是他點了點頭：「嗯。」

「我吃這一邊你吃那一邊。」

「好，我拿著。」

於是棠雪把冰淇淋交到他手裡。黎語冰握著冰淇淋，棠雪湊近舔了一口，冰涼清甜，入口即化，化開之後，口腔內彌漫起淡淡的奶香。

黎語冰吃冰淇淋一般是咬的，不過他喜歡看自己女朋友舔著吃，這個時候的她萌萌軟軟的，像隻小貓一樣可愛。

兩人這樣吃了幾口，棠雪再次舔冰淇淋時，黎語冰突然把冰淇淋拿開，低頭迎了上去。

棠雪沒能吃到冰淇淋，而是吃到了黎語冰的嘴唇。

然後她聽到黎語冰惡作劇般的笑聲，有點惱，仰頭想退開，黎語冰卻扣住她的後腦，加深了這個吻。

糖分開始在舌尖上跳舞。

這一吻結束時，黎語冰瞇著眼睛，看著棠雪被吻得嫣紅的嘴唇，說：「我知道你為什麼不喜歡個子高的男生。」

「哦？」

「你喜歡欺負人，個子高的，你怕欺負不過。」

棠雪有點心虛：「黎語冰，你這個想法可就太庸俗了。」

黎語冰也不爭辯，只是抬起食指點了點她嫣紅的唇瓣：「你以後不許欺負別人，我白給你欺負。」

「又說夢話，冰淇淋都快化了。」

於是兩個人繼續吃冰淇淋。

窄窄的巷子偏僻清冷，兩個人站在青苔斑駁的老磚牆前，你一口我一口地吃著冰淇淋。秋日的風涼颼颼的，吹過巷子，抬頭時，能看到巷口上方掛著一輪太陽，陽光往青磚鋪的地面上投下一片白亮，有點蕭瑟，又有點溫暖，還有點甜。

一個冰淇淋吃完，棠雪終於等來了她媽媽的電話。

接到電話，棠雪小聲抱怨：「媽，不是我說您啊，怎麼管教老公的？見人就發瘋，都快嚇死我了。」

「這次還真不怪你爸。」

「到底怎麼了？」

「你跟黎語冰開房這件事，等你回來我們再說，可你開完房把收據留著是想幹什麼？留著做紀念嗎？你比你爸還沒腦子。」

「不是……您等等，我沒跟黎語冰開房啊。」

「你敢做還不敢當啊？八月三十號，霖城機場計時休息室，雙人間，簽字人黎語冰。這計時休息室不是你跟黎語冰開的？那他還有別人？」

棠雪一聽到計時休息室，大腦空白了一下，緊接著說道：「這個，我可以解釋……」

「哦，怎麼解釋，你們兩個開了休息室只是聊聊天談談心？你確定什麼都沒做？」

這個……棠雪還真說不出口，畢竟，也不是什麼都沒做啦，他們有親親抱抱舉高高呢……

她一語塞，棠媽媽立刻了然，接著又抱怨：「我還是不能理解，一張破小票，你留著圖什麼呀？」

「我哪知道那裡面有小票啊。」棠雪也有點委屈，「從來沒見過。」

「哦，那是小票自己跑進去的？」

「不是……」棠雪望著天空，突然微微皺了下眉，轉了轉眼珠，看向黎語冰。

黎語冰抿了抿嘴，移開視線。

棠雪想起來了。這小票是黎語冰塞進去的，她當時沒在意，後來一直沒看到過，就忘了。

為什麼她沒看到？

肯定是黎語冰把小票塞到那些小空間、小夾層裡了，她用包包的習慣是從來不用夾層，嫌麻煩，有什麼東西都是直接往包包裡扔，只有生理用品會特地隔離開。

很不巧的是，她生理期的時候沒背過這個包，所以這張小票就這麼在她包包裡默默地潛伏了一個多月，直到遇見她爹。

棠雪匆匆跟媽媽說了幾句，掛斷電話，然後抱著手臂，面無表情地看著黎語冰。

「我以為你已經扔了。」黎語冰弱弱地說。

「一張廢紙而已，你為什麼塞我包包裡？」

「我也不知道……當時沒多想。」

棠雪回憶了一下，感覺黎語冰好像特喜歡往她包裡塞東西。她幫他裝過發票、飯卡、鑰匙、手機……你妹啊！別人的男朋友都是幫女朋友背包，就她的狗男友，路上撿個易開罐都要塞女朋友包裡。

她搞不懂，這種神經病怎麼會有女朋友呢？

棠雪用食指戳了戳黎語冰的太陽穴，說：「黎語冰，你知道這裡面是什麼嗎？」

黎語冰一臉乖巧：「豬腦袋。」

棠雪：「……」

他還能不能有點自尊心了？身為一個公眾人物承認自己窩囊得這麼快，我都沒法生氣了！

棠雪一口氣堵在胸口發作不出來，最後指了指他，說：「你就是個傻子。」

黎語冰一陣沉默，過一會，小聲辯解道：「我只有和你在一起時才會變傻。」

棠媽媽掛掉了女兒的電話，從陽台上走回來，看著沙發上的棠校長，這樣看了一會，突然噗嗤笑了。

棠校長瞪眼：「你還笑得出來？」

「那我怎麼辦，哭有用嗎？」棠媽媽走過來坐在老公身邊，「事情都已經發生了。」

「我說你怎麼看這麼開啊？」

棠媽媽嘆了口氣道：「你知道我們醫院裡有多少小孩，五六歲七八歲，得了病治不好，爸媽眼睜睜地看著他們就這麼走了嗎？五六年七八年，就是他們的一輩子了。」

「你能不能想點好事？」

「我想得挺好的……所以我經常想啊，活著就挺好了，要是還能健康平安，那都算福澤深厚。」

棠校長忍不住吐槽：「你這覺悟，能去廟裡當住持了。」

他心情不好，棠媽媽就沒和他鬥嘴，只是說道：「事已至此，你反應這麼大，只會把棠雪往外推。她什麼脾氣你這當爸的還不清楚嗎？等她回來你跟她好好談吧……不要吵架。」

棠雪回家之前和黎語冰去了趟商場，買了兩只帝舵腕錶，同樣的款式，一只男款一只女款。刷卡的時候，棠雪用提款卡的邊緣輕叩黎語冰的胸口：「黎語冰，疼不疼啊？」

「嗯？」黎語冰歪了一下頭。

棠雪：「心疼不疼？四萬多塊錢哦。」

「不疼。」黎語冰搖了搖頭。

「你這卡裡的錢其實我沒花過，都幫你買理財了……但這次你要為你的愚蠢付出代價。」

黎語冰說：「要不，買勞力士吧？」

「別，買勞力士該輪到我心疼了。」

黎語冰牽著嘴角看她：「我跟你回去負荊請罪。」

「說你傻，你這傻氣能迎風飄十里……好端端的幹麻送上門去找打？」

付完款，領完貨，黎語冰又說：「我也想和你戴情侶錶。」

棠雪曾經被廖振羽吐槽過沒有少女心，現在她可以正面回應這個問題了：那又怎樣？我男朋友有啊。

棠雪認為她這爪子配不上三位數以上的手錶，於是上到五樓，找了家偏僻的平價飾品店，花兩百六十八塊人民幣買了一對特價情侶石英錶。

雖然便宜，但兩個人戴上去也是美滋滋的，牽著手，對著情侶錶拍了半天。

棠雪拿著手錶回去，一進門，看到爸媽都在，不等爸媽開口，先發制人道：「噹噹噹噹！看我買什麼給你們啦！」

棠校長哼了一聲，沒說話。

棠媽媽好奇地問道：「什麼東西呀？」

「來，試試，看適不適合。」棠雪極盡狗腿之能事，把腕錶掏出來，親自幫爸媽戴上，然後把兩個人的手腕拉在一起，點評道，「真、速、配。喜歡嗎？」

這錶是挺好看，不過棠媽媽的關注點在別處，問：「你哪來的錢？」

「我刷黎語冰的卡。」

棠校長一聽，立刻把錶摘下來扔進她懷裡：「胡鬧！你這意思是要我們賣女兒啊？！」

「啊？」棠雪一愣，接著搖頭，「爸您想什麼呢？黎語冰的銀行卡在我手裡，我想怎麼刷就怎麼刷。」

棠媽媽問：「你拿人家黎語冰的提款卡幹什麼？」

「他自願給我的，又不是我強迫的。」

「那他自己用什麼？」
「他找我報銷啊。」
棠媽媽感覺頭有點大：「你們現在怎麼，怎麼像是都結婚了……」
棠校長敲了敲茶几：「你別以為這樣能模糊重點。你先說說你幹的好事。」
「爸，我都二十歲了。」
「那是虛歲。」
「行行行，十九歲。我都十九歲了，這要是在古代，都該生第二胎了，放現在也算成年人了。成年人做點成年人的事有什麼呀，你們又不是沒談過戀愛。」
棠校長瞪眼：「我們十九歲的時候可沒像你們那樣。」
「那是因為年代不一樣啊爸爸，你們十九歲的時候還流行抄歌詞呢，我們也沒笑話你們吧？大家都寬容一點。」
「胡說八道！抄歌詞能和開房一樣？」
「爸，我的意思是，我們這代人的觀念挺開放的，希望您能理解。我跟黎語冰開房是我自願的，又不是被脅迫，我知道我在做什麼。」
「我是擔心你……」
「我知道我知道，」棠雪抱著棠校長的手臂，頭枕在他肩上，「我知道你們是關心我。不過你們放心，黎語冰可聽話了，我指東他不敢往西走，提款卡也給我了，經濟命脈都握在我手裡呢。你們不知道吧，他現在錢賺得可多了。」

棠校長：「你們現在年紀還小，以後的不確定性太大。現在感情好，哪天不好了呢？」

「每個人最後都會死，可大家不還是活得挺開心嘛，享受過程才是最重要的。就算哪天我們真的分手了，至少留下了美好的回憶呀。再說了，感情是需要經營的嘛。像您和我媽媽，你們的感情這麼好，可不是天上掉下來的，是兩個人一起努力的結果……對吧媽媽？」

棠媽媽要笑不笑地看著她：「你今天口才不錯。」

棠校長本來神色有些緩和，聽到這話，沒好氣地道：「這話不會是黎語冰教你的吧？」

「是我跟他一起討論的，這也代表了我的想法。還有，下面我要說的，沒有任何人教。」棠雪正了正神色道，「我的貞潔觀跟你們，也許跟其他很多人都不太一樣。我並不覺得保護貞潔對女孩子來講是多麼重要的事情，那是男人看重的。對女孩來講，最重要的事情其實和男孩一樣，都是掌控好自己的人生。這一點，我有信心做到。」

這天棠雪跟她爸媽聊了很多。

棠校長感覺他閨女彷彿一夜之間長大了，不再是那個懵懂無知的小女孩了。

他有點欣慰，也有點失落。

至於那兩只錶，棠媽媽表示堅決不收。

錶退不了，棠雪不想浪費，只好帶回去給她和黎語冰一人一只。

黎語冰返校後的第一場比賽是去國外打的客場。體育頻道直播了他這場比賽，棠校長夫婦在家裡全程看完。黎語冰本場比賽表現沒什麼亮眼的地方，驍龍中國龍隊最後二比五輸掉了比賽。

「你看看，你把人孩子嚇到了。」棠媽媽指著電視螢幕說。

棠校長自我開脫：「他要是真那麼不禁嚇，還當什麼運動員。打比賽嘛，狀態起起伏伏有輸有贏都很正常。」

話是這麼說沒錯，可那之後連著四五場比賽，黎語冰的表現都不太好。用解說員的話說就是：「如果九月份的黎語冰可以打一百二十分，那麼十月份的黎語冰只值七十分。」

解說員講話還算厚道的。

某知名體育評論員在自己的社交媒體上寫道：「最近幾輪比賽，我依然願意為黎語冰打一百二十分，其中一百一十八分給他的臉，另外兩分給他的粉色球杆。」

總之怎麼難聽對方怎麼說。

黎語冰狀態低迷，棠校長是有點心虛的。

有一次棠校長開會前在會議室聽幾個同事討論最近的冰球比賽。其實許多人原本對冰球根本不了解，之所以看比賽，還是因為黎語冰的爆火，大家是先關注到這個人，然後才關注冰球，之後發現這項運動還挺刺激，這才繼續追比賽。

這些人不一定看得懂比賽細節，但至少能看懂比賽資料。

資料顯示，黎語冰打得很懶散，能力配不上名氣。

大家坐在一起歡樂地吐槽著黎語冰，絲毫沒有注意到校長大人的表情不太愉快。

過了一會，棠校長忍無可忍，打斷他們：「你們是不是忘了，黎語冰是個新秀球員，這才是他職業生涯的第二個月。而且他今年只有十九歲，沒必要對一個孩子那麼苛刻吧？」

校長大人發話，其他人立刻閉嘴，心想：原來校長是黎語冰的球迷？

趙主任會來事，立刻說道：「對對，黎語冰是我們學校出來的，他可是我看著長大的，又聰明又沉穩……棠校長，不如我們請黎語冰回校做個演講吧？」

棠校長哼了一聲：「請他幹什麼？！」

趙主任呆了一呆，心想：您老人家到底是喜歡黎語冰還是討厭黎語冰啊？

真是一個謎一樣的男子呢。

傍晚放學，棠校長開車去把自家的「四大天王」還有他老婆一起接了，去了餐廳。今天是他們例行家庭聚會的日子。

席間幾人聊著聊著說到黎語冰，棠媽媽不小心透露了老公把黎語冰打出家門的事情。

棠雪她外公聽罷問道：「你幹麻打人啊？」

「他做錯了事我才打的。」

棠雪她爺爺不認同地搖頭：「做錯事也不能打人。你小時候還偷人家西瓜呢，我打過你嗎？」

「我……」

棠外公按了按親家公的手臂：「唉呀，小時候的事情就不要提啦。」

棠校長點頭，感激地看著岳父大人。

棠外公：「你第一次上我們家去，要你殺雞結果你被雞追著跑，我不也沒打你嗎？」

棠校長：「……」

他感動得太早了。

「別吵了，說那些又沒用。」棠雪她外婆說，「黎語冰可能是被你嚇丟了魂，找個人給他招招魂就好了。」

棠媽媽制止道：「那是封建迷信。」

「招一招又沒壞處，萬一管用呢？」

黎語冰最近狀態不好，棠雪把他約出來想好好放鬆一下，結果兩個人剛走出學校大門，棠雪就接到一個莫名其妙的電話。

「棠雪，我是你爺爺的朋友……我不是騙子，你爺爺是叫棠鳳池吧？是就沒錯。你小時候我還抱過你呢……是有事情，我在你們學校呢……這個地方叫，兔、夫、樓……我在這裡等你，快來啊。」

棠雪掛了電話，一臉莫名地看向黎語冰：「我們學校有兔夫樓嗎？」

「沒有兔夫樓，只有逸夫樓。」

好嘛，這來的人還是個文盲。

兩個人只好往回走。路上棠雪打了個電話給她爺爺，得知來的那位確實不是騙子，是爺爺的朋友，以前是個廚子，現在退休了，養了三隻貓、兩條狗，偶爾幫人招魂。

棠雪聽罷直扶額，這都什麼年代了，怎麼還搞這個？

來的人是爺爺的朋友，棠雪也不好冷落人家，她跟黎語冰折返回校，請那位爺爺吃了頓飯，之後好說歹說想勸這位回去。老頭死活不走，說收了棠爺爺的酬金，必須給黎語冰招完魂再走，並且呢招魂還不是隨便在哪裡都能做，必須躺在安靜的環境裡。

無奈之下，棠雪和黎語冰去飯店開了個房間，黎語冰躺在床上，神棍爺爺在旁邊幫他作法，方式像是某種精神安撫活動。

作完法，他終於心滿意足地走了。

棠雪看著床上的黎語冰。他閉著眼睛，呼吸緩慢，神態安靜得有些脆弱。她心底一片柔軟，輕手輕腳地走近，脫了鞋鑽進被子裡抱住他。

黎語冰突然動了，側過身體，面對著她躺著，一手摟在她腰上，然後睜開眼睛，看著她，清亮的黑色瞳仁，目光溫柔到令人悸動。

棠雪朝他眨了眨眼睛。

黎語冰的手向上滑，落在她的耳畔，輕輕地為她攏了攏髮絲，然後手停在她的臉側，指尖緩慢地勾勒著她柔和的臉部線條。

棠雪捧著他的臉，望著他。

黎語冰手掌扣在她手背上，瞇著眼睛看她。

兩人這樣安靜地對視了幾秒鐘，棠雪突然開口：「最近是不是挺累的？」

黎語冰搖頭：「不累。」

「那為什麼你最近比賽狀態不太好？我感覺那不是你的真實水準。」

黎語冰認真想了想，輕聲喚她：「棠雪。」

「嗯？」

「我覺得，我的反應好像變慢了。」

冰球是項節奏奇快的運動，場上形勢瞬息萬變，有時候觀眾的目光連球都追不上，經常是看著看著不知道球跑去了哪裡。反應變慢這種事情，黎語冰自己都不太確定，棠雪坐在觀眾席上，並沒有直觀感受，她和其他人一樣，只覺得黎語冰狀態不好、節奏不好。

當然，她和其他人不一樣的是，別人只在乎他打得好不好，只有她擔心他累不累。

「你可能是壓力太大了。」棠雪說。

其實棠雪挺能理解黎語冰的壓力。外界對他的期待太高了，從媒體到球迷都把他誇上天，甚至有人稱他是「中國冰球的救世主」，這一看就是捧殺的言論，竟然得到了很多盲目跟風者的贊同。

「嗯，我不知道。」黎語冰答得有點心不在焉。棠雪騎在他腰上，健康有彈力的臀部肌肉緊緊地壓著他的小腹，這讓他很難不把注意力放在那裡。

棠雪說：「要不，你休息一下吧？」

「你抱著我。」

「我說的不是現在……」棠雪有點窘，不過還是從他身上下來，鑽進他懷裡枕著他的手臂，一手摟著他，說，「我是說，你俱樂部那邊先休息一陣子，調整一下狀態，你這樣馬不停蹄地打比賽也太辛苦了。」

「我不能休息。」

「為什麼？」

為什麼？這個原因可就有點複雜了。

他現在受到的關注太多了，有些觀眾是因為他才買的票，有些贊助商必須他出場夠一定時間才掏贊助費。他現在的一舉一動牽扯到太多利益，他已經不能夠隨心所欲了。

當然，這也無可厚非，競技體育很難是純粹的競技活動，必須透過各種形式與金錢互動起來，才能獲得足夠的生命力。速滑隊窮得響叮噹，褚教練還天天計算業績和獎金，謝主任還天天想著用運動員的獎牌搭升遷的梯子呢，更不用說冰球這塊大蛋糕了。

想要純粹不摻雜任何商業利益的競技，大概只能去公園和大爺大媽們打打乒乓球了，還有可能被深藏不露的大爺大媽虐到哭。

黎語冰簡單解釋了一下。他說得輕描淡寫，棠雪聽著卻一陣心疼，收緊手臂抱了抱他，問道：「我們把錢還給贊助商行嗎？反正也沒怎麼花。還了錢，讓你少上一兩場，喘口氣。」

「不能這樣算，」黎語冰哭笑不得，揉了揉她的腦袋，「我沒事。」

其實，並不是所有人都能接受黎語冰頻繁上場。很多球迷和觀眾就認為，要麼就別上場，要上場就好好打，黎語冰打得不好還占著位置劃水，理直氣壯地拖隊友後腿，隊霸無疑。

有人猜測他的後台有多大，有人腦補他在隊裡飛揚跋扈仗勢欺人，一時間眾說紛紜謠言四起，路人對黎語冰的觀感差了很多，連黎語冰自己的粉絲都感到疑惑，有不少人直接脫粉了，剩下一些忠實粉絲本著對黎語冰的信任，跑斷了腿去闢謠解釋，但沒什麼用。

漸漸地，隨著比賽表現持續不佳，黎語冰招致的罵聲越來越多。曾經，那些媒體和公眾把他捧上天，說他是「不可多得的天才」、「節奏大師」、「中國冰球的救世主」，現在他們話鋒一轉，說他「曇花一現」、「隊霸惡棍」、「中國冰球界的一顆老鼠屎」。

黎語冰默默地把「棠雪全球粉絲後援會」的ID改掉了。

棠雪氣不過，有一次在網路上公開和那些罵人的傢伙辯論。

網友：「黎語冰能不能滾出冰球圈？」

棠雪：「運動員狀態有起伏很正常，能不能給他一點時間調整？上場與否聽教練的，你比教練懂？」

網友：「狀態不好嗎？我看他參加活動的時候狀態很好嘛，他應該當個演員。」

棠雪：「商業活動是俱樂部安排的。」

網友：「撈錢的時候那麼積極，打比賽的時候是菜雞。」

棠雪：「你講話能不能乾淨一點？」

網友：「哦喲喲，狗急跳牆啦？」

網友：「你男朋友比賽打成軟腳蝦，肯定是因為你在床上榨乾他了吧？」

網友：「不要為難黎語冰了，來找我呀，肯定滿足你。」

棠雪臉色鐵青地封鎖了一群人，然後拉著夏夢歡一頓傾訴。

夏夢歡有點奇怪：「大王你平常不是都不在乎那些亂七八糟的網路評論的嗎？」

棠雪是不在乎，可她在乎黎語冰。黎語冰被罵成那樣，她心裡憋得難受。

「大王不要生氣了，我跟你說，現在網路上酸民特別多，嘴特別髒，你氣不過來。有些人隔著網路，都不知道是人是狗呢。」

「不要這麼說，狗狗那麼可愛。」

晚上棠雪去校園花店買玫瑰。因為花店快打烊了，玫瑰都打折出售，她一口氣買了超大的一捧，捧著玫瑰花站在黎語冰的宿舍大樓下。進出宿舍大樓的宅男看到她時都兩眼發光，然後想到這人是誰的女朋友，又都默默地擦掉嘴邊的口水。

黎語冰快十一點了才回來。他去國外打比賽，這時風塵僕僕的，拖著個大旅行箱，一回來就發現女朋友捧著花等自己，沒有什麼比這更令人心動的了。

他一身的疲憊都煙消雲散，眼睛帶笑地走向她，腳步輕快。

棠雪的臉蛋被玫瑰映得紅撲撲的，可愛又可口。

黎語冰真想抱抱她，可惜隔著一大捧玫瑰花。

她把玫瑰花遞到他面前：「哪，給你的。」

黎語冰一手拿著花，一手將她拉進懷裡抱著。

棠雪感覺這樣太高調了，想拒絕，他收緊手臂：「別動。」

於是她沒再掙扎，回抱住他。

黎語冰低著頭，臉埋在她的頸側，深深地吸了口氣。

棠雪將臉靠在他胸前，問他：「累不累？」
「看到你就不累了。」
棠雪笑了笑：「黎語冰。」
「嗯？」
「要是有人罵你，你不要放在心上，那些都是妖怪。」
黎語冰便輕聲笑道：「好。」
「還有，下週二你北京的比賽，我要去現場幫你加油。」
「不上課了？」
「不上了。」
黎語冰心裡一暖，咬了一下她的耳朵：「真想把你裝在口袋裡，想你的時候就掏出來看看。」
拿著玫瑰回到寢室的黎語冰受到了室友們的注目禮。他解釋道：「女朋友送的。」
「我們知道！」室友們表示並不想聽。
黎語冰安頓好玫瑰，老鄧圍著嬌豔欲滴的花朵轉了幾圈，閉著眼睛享受般呼吸，聞著濃郁的香氣，誇張地感嘆：「嗯……我感覺自己現在是個仙女。」
「你是仙女養的豬吧？」寢室老大看著老鄧的身軀，嘲笑道。
「胡說，仙女養豬幹什麼？」
「仙女喜歡吃豬腳不行嗎？」

「……」

室友們在那裡嘰嘰喳喳地聊天，黎語冰在一旁安靜地整理行李。過了一會，老鄧湊過來說：「嘿，黎語冰，你知不知道，你老婆跟人吵架了？」

「你老婆」三個字讓黎語冰笑了一下，聽到說吵架，他又皺了一下眉，抬頭看老鄧：「怎麼回事？」

「在微博上跟人吵架，衝冠一怒為冰神呢，你有個這樣的老婆賺到了啊。」老鄧說著，拍了拍他的肩膀，「以後棠雪有朋友可以介紹給我認識。」

黎語冰看著老鄧那一身肥肉。嗯，他是不會把棠雪的朋友推進火坑的。

他拿手機上網，進了棠雪的微博主頁，翻看她和網友的聊天紀錄。

越看，黎語冰的臉色越難看。

看完了，黎語冰沉著臉退出微博，瞇著眼睛想了一會，撥了他老媽的電話。

「媽，您媳婦被人欺負了。」

黎媽媽最近忙，沒去兒子的粉絲群，也沒上網，並不知道網路上鬧的那些風風雨雨，現在一聽到黎語冰的解釋，立刻冷笑：「欺負我兒子和媳婦，當我是死的？網路暴力是吧？我讓他們見識一下什麼叫暴力！」

黎語冰眉頭一跳：「打人犯法……」

「你放心，絕對合理合法。」

第二天，黎媽媽到公司，從自己的祕書辦公室抽調人手，簡單說了一下情況，然後敲了敲桌子：「我要這幫渾蛋跟我媳婦道歉。」

「那您兒子那邊？」

「我兒子那邊，」黎媽媽想了一下，「先跟球隊溝通一下，我這當媽的願意花錢幫兒子請律師團隊，把那些造謠的人一個個告上法院，告到他們傾家蕩產。我要讓他們知道造謠的代價，教教他們法律。」

祕書聽得直擦汗：「好，我們馬上去辦。」

兩個祕書分頭行動，一個去跟球隊接洽，另一個去找了個駭客偵探團，一天之內把人身攻擊棠雪的那十來個網友都肉搜出來了。現在網路訊息這麼發達，人們上網留下的痕跡越來越多，公開的加密的，很容易就暴露自己現實中的情況。

拿到這幾個人的詳細資訊，祕書找了自己聲音粗啞的小舅子，一個個打電話進行人身威脅。人在網路上罵人罵得正高興呢，突然有人打電話過來，告訴他：你是哪裡人，家住什麼社區，你的工作是什麼學校是什麼，老子要帶著刀去找你玩了……

太恐怖了好嗎！

那些人都感覺自己被一股神祕力量盯上了，嚇得魂飛魄散，立刻服軟。

越是在網路上上躥下跳戾氣衝天的人，在現實裡越是怕得要命。

他們一個個恨不得跪在地上打電話，大哥叫他們幹啥就幹啥。

晚上睡覺前，棠雪插著耳機跟黎語冰通電話，有一搭沒一搭地閒扯著。黎語冰新聽來一個笑話，這時講給棠雪聽，棠雪被逗得腹肌疼，卻故意繃著臉假裝困惑：「哪裡好笑了？黎語冰你笑點怎麼這麼低啊？」

黎語冰也有點懷疑自我了：「啊？」

棠雪終於忍不住了，捶著枕頭笑：「唉，我說你是不是傻子啊？」

黎語冰只是笑，也不說話。低沉的笑聲輕輕地撓著她的耳膜，鬧得她笑著笑著，臉龐竟有些熱了。

過了一會，黎語冰問她：「今天沒上微博？」

「上那幹麻？上面都是妖怪。」

「上去看看。」

「不去！」

「去看看。」

棠雪登上微博，發現有好多人發道歉信給她，@了她，粉絲也一起@，搞得很熱鬧。她點進去，道歉信文筆層次不一，但內容大同小異，都是為自己昨天不禮貌的言論道歉，希望能得到她的諒解。

有些人因為被她封鎖了，用本帳發完了還註冊小帳重新發一遍，生怕她看不到一樣，瘋狂地@她。

最神奇的是，所有道歉信都是晚上八點到八點零五分之間發的。

這些道歉信被眾人發現之後，許多人都在好奇一個問題：這些人到底經歷了什麼？

棠雪也想知道他們經歷了什麼，但那些人似乎很避諱這種問題，一個都不回應，只一味地求棠雪諒解。

「黎語冰，是不是你幹的？」棠雪問。
黎語冰不答反問：「還氣嗎？」
「氣什麼，犯不著……你到底對他們做了什麼？」
「不是我，是我媽，把他們都肉搜了，以暴制暴。」
「阿姨可真……真強，」棠雪聽著有點神往了，然後又問，「她怎麼肉搜的？」
「花錢請人。」
棠雪真誠地感嘆：「有錢真好。」
「我媽跟你說過她的名言嗎？」
「什麼？」
「錢不能解決所有問題，但可以解決百分之九十九的問題。」
棠雪一陣拜服：「我要給她跪下了。」
黎語冰低笑道：「等敬婆婆茶的時候再跪。」
網路酸民集體道歉事件產生了非常強的震懾效果。那些人連自己經歷過什麼都不敢透露，資訊量越少，讓人想像的空間就越大。棠雪被傳成來歷神祕、背景強大的少女，越傳越邪乎，搞得大家都怕怕的，也不敢罵她了。畢竟上網罵人圖的是發洩，又不是為了給自己惹麻煩，何必呢，算了，他們還是去罵別人吧。
星期一，黎語冰隨球隊飛北京，為明天的比賽做準備，而棠雪在學校迎來一個不速之客——喻言他媽。

這位阿姨給她留下的印象太深刻了。

梁女士這回又跑去訓練館找她了，一樣的配方，一樣的味道，但是這次，梁女士看樣子憔悴了不少，臉都瘦了。她本來面相就有點刻薄，現在臉上肉少了，顴骨突出，顯得更不好了。

棠雪有點猜不透梁女士又來幹什麼，不動聲色地看著她：「阿姨好。」

「棠雪，我來是想跟你道個歉。上次的事情……對不起，阿姨話說得太重了……」梁女士講這話時表情有點彆扭，臉部肌肉動了動，好像是很刻意地想扯出一點笑容，又極不熟練，所以看起來特別難受。

棠雪看著都替她著急：「都過去那麼久的事了，算了都忘了吧……不過阿姨，您是不是從來沒跟喻言道過歉啊？」

梁女士愣了一下：「啊？」

「您一看就是不會向孩子道歉的。」

梁女士被她這樣說，竟然沒生氣，而是說道：「棠雪，阿姨今天來，是想拜託你一件事。」

「什麼事啊？」

「你能不能……」梁女士突然紅了眼眶，「能不能去看看喻言？」

棠雪怔了一下：「喻言他，他怎麼了？」

「我發現他在吃這個。」梁女士說著，從包裡掏出一個小藥盒遞給棠雪。

第十九章
黎語冰，我愛你啊

「這是什麼？鹽酸帕羅西汀片？」棠雪把藥盒上的字唸出來，接著翻過藥盒看使用說明，看到適用症時，呆住了。

「就當阿姨求你了，去看看喻言吧，」梁女士那樣子，彷彿抓著某根救命稻草，「他那麼喜歡你。」

棠雪無法相信喻言會得憂鬱症。她記憶裡的他還是那個單純乾淨的少年，雖然不愛說話，但很愛笑，笑的時候臉上會有可愛的酒窩；在冰上時像蝴蝶舒展翅膀，健康優雅又漂亮。

這樣的人，怎麼會得憂鬱症呢？

棠雪一時無法接受，又有些懷疑，於是說道：「我去看望他可以，不過我又不是心理醫生。」

星期二的比賽，黎語冰他們要對戰的是一支北京老牌冰球俱樂部，名字叫「雪鷹」，據說背後有大「土豪」的支援，不一定是中國水準最高的俱樂部，但一定是最有錢的。

雪鷹隊在本地很有群眾基礎，當天晚上比賽場館爆滿，雪鷹隊處於劣勢時，本地球迷就會高喊黎語冰的名字。

別誤會，他們並不是黎語冰的粉絲，只是很希望這位「驍龍之恥」多多出場，帶崩隊伍節奏，幫對手逆轉局面而已。

這幾乎算是一種羞辱了。

棠雪在觀眾席聽著都難過無比，更不要提場上的黎語冰了。

這場比賽打了兩個多小時，驍龍隊一直被精神攻擊，最後還是頂住壓力贏了。

晚上黎語冰回來時都十點多了，跑去棠雪的飯店找她，兩個人的飯店就隔著一條街。

他們手牽著手，在外面溜達了一會。棠雪本來想跟他說喻言的事情，看到他一臉疲憊，她又改了主意，只是抱了抱他。

黎語冰還有力氣開玩笑：「你是打算獎勵我嗎？」

棠雪想到今晚比賽的那些羞辱，挺為黎語冰憋屈的，可是又毫無辦法。她想讓他不要介意那些亂七八糟的事，想了想，感覺現在最好的處理辦法就是不要提。她只是趴在他懷裡，用腦門蹭了蹭他的胸口，說：「黎語冰，你要加油。」

黎語冰不知道想到什麼，揉著她的腦袋，無聲地嘆了口氣。

晚上棠雪回到飯店，翻到通訊錄裡的喻言，點開時才發現，他們最近的一次聊天紀錄還是春節期間傳的拜年訊息。

這麼久過去了，她對他的了解幾乎全來自新聞，也不知他過得怎麼樣了。

棠雪傳了則訊息給他：「在嗎？」

訊息狀態列顯示對方正在輸入訊息，這樣持續了好一會，對方傳來一個簡單的「嗯」字。

棠雪：「我在北京，明天有空嗎？見個面？」

喻言：「好。」

黎語冰本來和棠雪約好了，上午她和他的球隊趕同一班飛機，但是早上棠雪傳了則語音訊息給他。

棠雪：「黎語冰，我有事，昨晚先回去了，怕你擔心就沒和你說。」

黎語冰感覺有點不對勁，吃早飯的時候就一直發呆。龐哥偷偷把他手裡剝好的雞蛋搶走了，塞給他一團紙巾，他拿著紙巾就往嘴裡送，龐哥嚇了一跳，連忙攔住他，拿送紙巾，把雞蛋還給他。

黎語冰回過神，拿起手機，又把棠雪那則訊息聽了一遍。

他知道是哪裡不對了。棠雪是個直腸子，有事都會直接告訴他是什麼事，而不是含混的一句「我有事」，這不符合她的性格。

另外，昨晚回霖城，今早傳訊息，那麼她應該已經在霖城了，按照講話的習慣，她應該說「回來了」而不是「回去了」。

黎語冰瞇了瞇眼睛，想了想，還是直接撥了棠雪的電話：「喂，你在哪裡？」

棠雪頓了一下，這才答道：「還能在哪裡，當然是學校。」

她講話的背景裡帶著呼呼的聲音，那應該是風。黎語冰聽到風聲時，微微皺了一下眉。

北京這幾天正好在刮大風。

黎語冰：「嗯，好好上課。聽蔣世佳說今天下雨了，你帶傘沒？」

「帶了帶了，黎語冰你當我是傻子嗎？我要上課了，不理你了。」

「哦。」

黎語冰掛斷電話，查看了一下霖城的天氣——晴，沒風。

他感覺心臟慢慢地沉了下去，有點不甘心，又傳訊息問蔣世佳：「今天霖城下雨了嗎？」

蔣世佳：「沒有啊，太陽都出來了。」

黎語冰：「嗯。」

棠雪和喻言約的地方是離國家隊訓練場館不遠的一間咖啡廳。喻言的樣子與去年沒什麼變化，連髮型都沒變，酒窩也還在，笑的時候眼睛也還是明亮純淨的，只不過目光變得沉穩了，看來這一年他成長了許多。

棠雪心裡突然生出一種老母親般的唏噓：「喻言長大了。」

喻言低頭笑了笑，問她：「你來北京做什麼？」

「我看比賽。」

喻言沒問是誰的比賽，只是說：「你跟黎語冰還好嗎？」

「挺好的。你有沒有交女朋友？」

喻言搖了搖頭，垂著眼睛不敢和她對視。他怕她看出他的難過——他喜歡的人在輕描淡寫地問他有沒有交女朋友。

過了一會，喻言緩緩地吐了口氣，問她：「你來找我，黎語冰知道嗎？」

「他最近心情不好，等回去我會找機會和他說的。」棠雪拄著下巴，默默地打量著喻言。這人面色紅潤，氣色上佳，精神面貌也不錯。本來棠雪就不太信他會得病，現在看到真人，更不信了。她這樣盯著他看了一會，突然笑了。

喻言無法控制地臉紅了一下，小聲問道：「怎麼了？」

「喻言，一年不見，你有出息了啊，都能裝憂鬱症騙人了。」

喻言有些意外：「我媽去找你了？」

「嗯，畢竟是親兒子，平常她再怎麼兇你，該擔心還是擔心。」

「你說，我這樣做，會不會有點過分？」喻言開始感到內疚了。

棠雪想了想，擺擺手道：「要是別人這麼做，肯定是過分，不過呢，根據我跟你媽媽的接觸，我特別能理解你。你這算兵行險招、以毒攻毒。放輕鬆，不要有道德壓力，你要是不想想辦法，搞不好真會得憂鬱症。」

喻言搖頭道：「我不會得憂鬱症的。」

「哦？這麼肯定？」

他望著她的眼睛，笑了笑，笑容純淨溫柔，讓棠雪一瞬間想到初見他時的樣子。

「因為，我心裡住著陽光。」他說。

那之後，棠雪和喻言敘了敘舊，各自說了些近況。喻言多希望時間可以慢一點，再慢一點，最好停留在此刻。秋天的上午，安靜的咖啡廳，明亮的玻璃窗外是藍天碧瓦和金黃色的銀杏樹。

有她在，連秋天都變得更可愛了。

但她終於還是要走了。

喻言說：「我送你去車站。」

「不用，你回去訓練。」

但喻言堅持要送她，棠雪攔不住，只好隨他去了。

兩個人打了個車回到棠雪住的飯店。一進大廳，棠雪本來想和喻言說讓他在大廳等她，她上去取行李，可是她偏頭時，一眼看到大堂沙發上坐著個人。

那人戴著鴨舌帽和口罩，微微低著頭，看不到臉。

可是不需要看到臉，只要他在那裡，她就能認出他。

棠雪愣在當場，喃喃說道：「黎語冰？」

喻言奇怪地道：「他不是已經走了嗎？」

沙發上的人站起身，緩緩地摘下口罩，面無表情地看著他們。

棠雪迎上黎語冰沉黑的眸子，心一跳，感覺他可能誤會了。她剛要說話，黎語冰先開口了。

「如果你不愛我，你可以告訴我。」

說這話時，黎語冰真的體會到心如刀割的感覺了，那形容一點沒錯，就彷彿真的有一把刀在人的心上一下一下地割著，專挑最軟的地方下手。

他覺得心口疼得厲害，不想看到他們，也不知道要去哪裡，但現在只想走，遠遠地離開。

他以為自己可以走得決絕，但決絕撐了不過三步，三步之後，他的視線裡不再有她時，他開始有些慌張了。

他有可能要失去她了。

這個意識讓他感到痛苦，想回頭，又回不了頭；想走下去，又痛苦得要命。

求你……心底裡有個聲音，病急亂投醫似地在呼喊。

求你了……

然後，他突然被人從身後抱住。少女的手臂緊緊地纏在他身上，臉蛋貼著他的後背。

「黎語冰，我愛你啊。」

一秒鐘，他從地獄到天堂也不過如此了。

黎語冰轉身，發現棠雪竟然在掉眼淚，他一陣心疼，把她拉進懷裡摟著，一手輕輕地揉她的頭：

「沒、沒事……」

喻言走到他們面前，說：「你們是不是忘記了，全國人民都認識你們？」

黎語冰抬頭，發現幾個大廳前台和兩個客人這時齊刷刷舉著手機正拍他們呢。

棠雪也有點尷尬，擦了擦眼淚說：「上、上去說吧。」

黎語冰牽著她的手往電梯的方向走去，路過那幾位身邊時，說道：「不要傳到網路上，也不要傳給朋友，拜託了。」

那幾人想不到黎語冰會這麼禮貌地和他們講話，跟網路上傳說的一點都不一樣。長得好看的人無論有了什麼優點，加分都是雙倍的，所以大家一起點頭：「嗯嗯嗯！」

喻言看著他們離去的背影，低頭笑了笑，等他們徹底消失在轉角處，他掏出手機傳了則訊息給她：

「我回去了。」

棠雪把黎語冰帶到自己的房間，黎語冰坐在椅子上，棠雪沒有坐，而是站在他面前，低著頭，像個犯錯誤的小學生一樣。

她沒再哭了，但淚水未乾，細密的長睫毛上掛著淚珠，細碎晶瑩，有如碎鑽。

看來她也被嚇得不輕。

黎語冰有點好笑，有點感動，心裡既澀又甜，他拉著她的手，拽了拽，把她拽到自己腿上坐著。

棠雪坐在他的腿上，難得乖巧，身體一歪靠進他懷裡，側著臉，太陽穴抵著他的額角，反手摟著他，然後原原本本地把事情跟他說清楚了。

黎語冰摟著她，有一搭沒一搭地撫著她的後背，動作緩慢輕柔，安撫意味十足。聽罷她的招供，他微微仰頭，看著她的眼睛，輕聲問道：「為什麼之前不和我說？」

「我看你心情不好嘛。」棠雪見黎語冰要說話，抬手捂了一下他的嘴唇，「我承認，我不該撒謊，不過我可不是為了喻言騙你，是為了你才撒謊的。」

黎語冰扣著她的手，說：「我不喜歡欺騙。以後不管什麼事，我們都要坦白，好嗎？」

棠雪點了點頭：「嗯……可是黎語冰，我也有一件事，挺難過的。」

「嗯？」

「你為什麼覺得我不愛你呢？你對我就一點信任都沒有嗎？」

黎語冰沒有回答，低著頭，沉默了好一會，這才開口：「最近，有很多人說過，對黎語冰感到失望。」

棠雪聽到這裡，心口一陣刺痛，緊了緊手臂：「黎語冰……」

「但是，」黎語冰打斷她道，「其實黎語冰本人，只害怕一個人對他失望。」

棠雪眼眶一紅，又感動又心疼，捧著他的臉，低頭親吻他。

黎語冰仰著臉，溫柔地回應她。

……

表面再堅強的人，也會脆弱和不安，尤其當面對自己喜歡的人時，不安會被放大，越在意越惶恐，越重要越害怕失去。

棠雪想要告訴他，她永遠不會對他失望。

光棍節這天，棠雪打電話給黎語冰：「我們也過節吧。」

「怎麼過？」

「今晚有空嗎？」

「有。」黎語冰說著，笑了一聲，笑聲有點意味深長。

棠雪無視掉黎語冰對自身強力推薦的盲目自信，直接說出正確答案：「我們去白沙街逛街。」

黎語冰現在不喜歡去人多的地方，問道：「逛街做什麼？」

「玩唄，逛街還需要理由嗎？」

「我們去看電影吧。」

「不，我就想逛街。」

行，你是老大你說了算，逛街就逛街。

兩個人相約晚上七點在白沙街路口見。黎語冰從俱樂部出發，早到了一會，雙手交叉等著她。他打扮得嚴嚴實實，戴著帽子口罩，站在街邊，百無聊賴地看著路過的行人。白沙街是一條臨河的老街，街上緊密排列著許多小門店、小吃攤，河對面是大悅城，目前霖城人流量最大的商圈。大悅城高樓聳立，燈火輝煌，與充滿市井煙火氣的白沙街分據河的兩邊，相映成趣。

七點鐘整，棠雪還沒到，黎語冰走到街角一家賣兔頭的門店，想買幾個兔頭——棠雪愛吃。

他點了兩個麻辣兔頭、兩個五香兔頭，店員幫他裝兔頭時，也不知道發現了什麼，突然停下動作，看著街對面發呆。

與此同時，街上不少人都在驚呼，一片譁然。

黎語冰好奇地轉頭看了一眼，愣住了。

街對面，不，確切地說是河對岸，大悅城最高那座大樓上，巨幅 LED 螢幕的廣告更新了——

黎語冰：

你永遠是我的蓋世英雄。

棠雪

黎語冰戴著口罩，沒人能看到他此刻的表情。他扭著臉，一動不動地看著那幅 LED 螢幕，清澈黑亮的眸子映著對岸的燈光，璀璨如星辰。
「先生?先生？」店員小哥突然喚他。
「嗯？」黎語冰遲緩地轉了一下頭，看著店員。
店員把袋子遞給他：「您的兔頭。」
黎語冰失神地接過兔頭，轉過身，面朝著廣告螢幕走去，彷彿要離它更近一些。
店員急了：「先生您還沒給錢呢！」
「對不起。」黎語冰忙折回去付錢。
付完錢，他提著兔頭跑到河邊，站在欄杆後看著那幾個字，心口是滾燙的，因過於激動而微微顫抖，感動得彷彿快要化掉了；整個世界彷彿下起了糖霜，他連呼吸都是甜的。黎語冰相信，如果現在抽他一管血，他的血肯定也是甜的。
他現在瘋了一樣想看到她，想抱抱她，想親吻她，可是又害怕在此刻見到她，怕自己會落淚……
LED告白也吸引了不少路人駐足，在河邊看得津津有味。黎語冰旁邊站著的是一對情侶，男的對女的說：「黎語冰一定是上輩子拯救了銀河系。」語氣不無羨慕。
黎語冰有些感慨：「對啊。」
那對情侶莫名其妙地看了他一眼。這人真怪，一定是單身太久太寂寞了才搭陌生人的話。
情侶手牽手匆匆忙忙地走了，黎語冰站在岸邊，打電話給棠雪。
「黎語冰，你人呢？」
「你在哪裡？」

「我就在我們約好的地方。我說，你不會現在還沒到吧？你敢說『是』，你說『是』我打斷你的狗腿，我……」

說著說著，棠雪不經意地轉身，突然就撞進一個懷抱。

棠雪沒看到來人的臉，但他的氣息，她是熟悉的。

大庭廣眾之下摟摟抱抱的，棠雪有點不好意思：「黎語冰，我們也要考慮一下這條街上的光棍們的感受，好不容易出來過個節……」

「棠雪，」黎語冰打斷她，用下巴輕輕蹭著她的頸側，「我覺得，我的命挺好的。」

「是挺好的，你媽媽是霸道總裁。」

「不是指這個。」

棠雪勾了勾嘴角，側著臉趴在他懷裡，望著對岸的廣告打電話，說：「黎語冰，你知道嗎，這可是整個霖城最貴的一塊看板，今天過節，貴上加貴。」

「我知道，謝謝你。」

「不是，我的意思是……」棠雪突然有那麼一點心虛，感覺自己可能是傳說中的敗家女，「我只是想告訴你，你的提款卡裡，只有六塊五毛錢了。」

「我愛你。」

「……」猝不及防被表白，搞得棠雪後面的詞都忘了，腦子裡一片空白，她呆了半晌，默默地把紅透了的臉埋在他胸前。

那之後兩人牽著手在白沙街逛了一會，買了點小玩意：情侶T恤、情侶尾戒，還有情侶眼鏡框。情侶尾戒黎語冰戴上了，眼鏡框太誇張他拒絕。棠雪摘下口罩，戴上眼鏡框，感覺呼吸順暢了許多。

玩累了，他們找了一家小餐館吃飯。小餐館一共三樓，最頂樓是一座小露台，只有兩張桌子，兩桌之間用屏風隔著。

黎語冰面向露台外面坐下，摘下口罩，和棠雪一同吃東西。

吃著吃著，棠雪的手機螢幕顯示有微信群訊息，她點開一看，是「棠雪粉絲一群」的。這個群的主要成員是她的室友們和廖振羽。

夏夢歡傳了一段影片。

棠雪點開影片，見是路人視角拍到的今晚的廣告螢幕。影片的背景音是幾個女孩子的驚呼聲，黎語冰被聲音吸引，也探過頭來看。

看完影片，趁棠雪不注意，他飛快地親了一下她的臉蛋，然後也不看她，只是垂著眉眼，牽著嘴角笑。

等棠雪退出影片回到聊天介面，他笑不出來了。

夏夢歡：「大王別要狗妃了，娶我，娶我啊！我才是您最寵愛的妃子，我還懷著您的孩子呢！娶我！！」

夏夢歡還發了一個紅包。

夏夢歡：「這是臣妾的私房錢，大王儘管拿去！十分鐘之內我要看到您廢掉狗妃的詔書！」

黎語冰扶額，這個夏夢歡就愛給自己加戲。他吐槽道：「你的這個室友，不太正常。」

棠雪說：「夢妃那麼可愛，不許你說她。」

不，黎語冰不甘心，指著她的手機螢幕說：「拉我進群。」

棠雪莫名道：「你幹麻？」

「我也是你的粉絲，我要進群。」黎語冰把手機掏出來往桌面上一按，彷彿逼宮一樣催促她，「快點。」

棠雪只好把他拉進群。他的微信名就是自己的本名，剛一進群，其他人認出來，立刻冒泡，而且一副狗腿樣。

趙芹：「冰神好。給大佬鞠躬。」

葉柳鶯：「冰神好。給大佬鞠躬。」

唯有廖振羽，講話語氣像是老叔叔對待大侄子那樣。

廖振羽：「小冰，來啦。」

夏夢歡：「大王，你變了。」

黎語冰：「本宮不死，爾等終究是妃。」

棠雪眼前一黑。還說別人不正常，您也未見得有多正常好嗎！

黎語冰一句話，引來聊天群死一般沉寂。這樣寂靜了有一分多鐘，葉柳鶯突然說話了。

葉柳鶯：「冰神別誤會啊，我不是妃，我是太監。」

趙芹：「我我我，我也是太監。」

廖振羽：「我也……不不不，我不能是太監。」

夏夢歡：「狗妃不要太囂張，我可是懷著龍種的。」

黎語冰：「我也懷了她的孩子。」
夏夢歡：「我懷的是男孩。」
黎語冰：「我懷的是龍鳳胎。」
夏夢歡：「我比你先生，我生的是皇長子。」
黎語冰：「我生的是嫡長子，把你的皇長子貶為庶民。」
不，不能這樣下去了。棠雪感覺這樣聊下去，大家都會瘋的，整個群淪落成精神病院病友群，對誰都不好，於是她生硬地轉移了一下話題。
棠雪：「你們吃禿頭嗎？」
夏夢歡：「……」
趙芹：「……」
廖振羽：「……」
葉柳鶯：「頭、頭髮少就要被吃掉嗎……」
棠雪：「麻辣禿頭、五香禿頭。」
葉柳鶯：「還有口味的啊！」
棠雪：「打錯了，是兔頭。」
棠雪：「光線不好沒看清楚，是兔頭啦。」
黎語冰趴在桌上，埋頭笑得直抽，肩膀劇烈抖動著。棠雪有些羞惱：「再笑，再笑我就廢了你的封號，讓你去當小宮女，不，去當太監。」

黎語冰側過臉，枕著手臂笑吟吟地看著她，眸子亮如星子：「我成了太監，哭的是你。」

棠雪也不知道黎語冰這股自信是從何而來。算了，她還是吃兔頭吧。

晚上回寢室，棠雪幫室友們帶了些宵夜回去。夏夢歡見到吃的，立刻切換模式，不演宮鬥劇了，回歸傻白甜，蹺著個腳，美滋滋地在那裡啃兔頭，隨著她啃東西的節奏，腳一下一下地歪著。

一邊啃，她一邊說：「大王，下週末比賽我跟廖振羽去幫你加油，週末有空的。」

葉柳鶯和趙芹也舉手表示有空。

棠雪點頭：「好呀。不過，今天光棍節，我突然想起來答應過你們一件事。」

「什麼？」室友們紛紛看向她。

「就是相親大會啊，忘了？我們學校冰球隊帥哥不少哦，帶你們去挑好貨。」

「哈！」葉柳鶯捂著心口，「正合我意！棠雪，我以後跟你混了。」

「好說好說。你們兩個呢？趙芹你有男朋友肯定不去了……夢妃呢？」

「嗯……」夏夢歡似乎認真思索了一下，最後說道，「大王你先給我報上名吧。」

第二天，夏夢歡跟廖振羽一起吃飯的時候，無意間說到自己要去相親大會的事情，廖振羽一聽，啪地一下把筷子往桌上一拍：「你不許去。」

夏夢歡低頭把石鍋拌飯裡的東西攪啊攪的，小聲說：「為什麼不能去啊？」

「夏夢歡你是不是失憶了？你對我做過什麼你忘了？你竟然還去相親？」

「我……」

「你的良心不會痛嗎？！」廖振羽一臉控訴。

「可是，我聽說球隊的男生們都是八塊腹肌，身材特別好。」

廖振羽張了張嘴，不知道說點什麼了，最後鬱悶地一偏頭：「你要氣死我！」

晚上夏夢歡回到寢室，告訴棠雪，她要退出相親。

「行。」棠雪點點頭，轉過去拍了拍葉柳鶯的肩膀，「三個人就剩你一個了，葉柳鶯同志，你知道這意味著什麼嗎？」

「什麼？」

「這意味著，現在已經不是相親了，是選秀。」

葉柳鶯：「哈哈哈哈哈！」

棠雪幫葉柳鶯拍了張照片，拍完照片四個人擠在一起修了好半天。當然她們也不是故意想騙人，主要是這年頭女孩子發照片不修一下，那感覺就像是出門不穿衣服，一點安全感都沒有。

搞完照片，棠雪傳給了黎語冰。

黎語冰的第一反應：「你換室友了？」

棠雪：「沒有，就是葉柳鶯，你見過啊。」

黎語冰：「她本人要比照片胖二十公斤吧？」

棠雪：「黎語冰，你知道長壽的祕訣是什麼嗎？」

黎語冰：「少說話多做事*乖巧*。」

黎語冰很直觀地感受到了修圖邪術的威力，感覺……好震撼。

不過嘛，如果要在女朋友和兄弟之間做選擇，他必然是義無反顧選女朋友的，所以也就沒多說，默默地把照片發給蔣世佳他們。

球隊的單身狗們看到照片都沸騰了，跑來找他問東問西。

黎語冰不勝其煩。他只是個傳話人，知道的訊息也很少，更何況求生欲使他不可能透露太多訊息出去。黎語冰為了簡化溝通，又發展了一個下線傳話人，只跟蔣世佳聯繫，讓蔣世佳跟其他人溝通，一起定相親，啊不，選秀的時間和地點。

蔣世佳搞了個微信小帳，換上和冰哥同款的頭像，每天自己編聊天紀錄，截圖分享給兄弟們，這樣搞了幾天，感覺自己精神都有些不正常了。

好在努力沒白費，效果是顯著的，球隊兄弟們都被他騙過去了，他夾在其中搞訊息不對稱。選秀那天，其他人都以為見面地點是酒吧，一個個打扮得人模狗樣去了酒吧，只有蔣世佳，打扮得人模狗樣去了咖啡廳——真正的約定地點。

呼哈哈哈！女神我來了！

蔣世佳衝向咖啡廳，一眼看到了棠雪和冰哥，和他們兩個坐一桌的是個胖嘟嘟的女生。

「嘿，蔣世佳，這邊。」棠雪朝他招了招手，等蔣世佳走過去，她指了指胖嘟嘟的女生說，「這是我室友，葉柳鶯……怎麼只有你一個人，其他人呢？」

蔣世佳看著手機螢幕上的照片，再看看眼前的人，落差太大。

不，這不是真的，命運為何如此待我？

冰哥，你這個大騙子！

棠雪當紅娘當得很隨意，並沒有分出太多精力去跟進維護室友們的戀愛，因為她要比賽了。

從十一月中旬開始，棠雪進入密集賽事期。短道速滑的比賽一般集中在春天和冬天，夏天秋天休賽。從大學生錦標賽結束到現在，棠雪訓練了半年多，終於到見真章的時候了。

她第一個迎來的賽事是省冬運會。

霖城所在的省份在短道速滑這個項目上沒出過太厲害的角色，棠雪和張閱微的訓練成績已經可以進入全省 Top 3了，因此兩人都順利殺入決賽。

五百公尺比賽那天，黎語冰和棠雪的狐朋狗友們一起去幫她加油。黎語冰頗有粉絲小頭目的氣派，搞了一條橫幅，上書「棠雪加油」。這字不是印的，是他找公園裡在地上蘸水練字的老大爺題的，龍飛鳳舞，氣勢逼人，而且很大，在觀眾席上一展開，吸引了很多目光。

張閱微半決賽成績最好，排在第一賽道，棠雪第二賽道。發令槍響，棠雪反應迅速，出發很好，很快搶到前排，C位出道。

對五百公尺這種短距離來說，好的出發已經是成功的一半了。

「哇哇哇，老大，加油！老大，最棒！」廖振羽抖著橫幅狂喊。

棠雪的室友們也很激動：「啊啊啊！棠雪加油啊！」

連蔣世佳都忍不住說：「嫂子帥啊！」

黎語冰端坐著，享受著眾人對自己女朋友的頂禮膜拜。

棠雪一路領滑，看起來蠻順利，但是第四圈的時候，張閱微趁著入彎的時機突然爆發增速。偏偏這個時候棠雪的身位向賽道外滑了一下，結果就是，張閱微順利地從內道超越過去，奪到領滑的位置。

「唉——」蔣世佳遺憾地嘆氣，但這個字眼只說出一半，又突然止住，彷彿被噎了一下，他突然瞪大眼睛。

眨眼之間，冰面上的形勢又有了變化。棠雪確實被張閱微超越了，不過張閱微過了彎，身體不受控制地向外側移動，而那一邊，落後的棠雪已經提前調整好方向，增速趕上，同樣還了一個內道超越。

反超！

整個過程一波三折，搞得大家不自覺地屏住呼吸，直到棠雪穩穩地奪回領滑位，眾人才悄悄鬆了口氣。

那之後棠雪順利地一路領先到終點。

觀眾席上的小夥伴們站起身歡呼，蔣世佳啪啪啪地鼓著掌，說：「不愧是冰哥看上的女人。」

廖振羽高興完，問黎語冰：「我老大一開始是不是故意被她超的？」

「你說呢？」

確切地說，她也不算是故意，而是預判到對方的意圖。張閱微來勢洶洶，棠雪在那個情況下面臨著被超越和被犯規的雙重風險，與其硬對抗，不如以退為進。張閱微過彎之後身體向外滑是肯定的，沒有人能逃出牛頓第二定律的制裁，所以棠雪一開始就避其鋒芒，直接為反超做準備。

短道速滑不只是速度的比拚，也是智慧與技巧的較量。

棠雪下了領獎台，像頭威風凜凜的小老虎。她看到黎語冰在觀眾席的擋板後朝她招手，便走過去，仰著臉看他。觀眾的位置比較高，黎語冰隔著擋板，彎著腰，伸手摸了摸她的頭。

棠雪笑了笑，摘下剛得的金牌，本來想給他戴上，可惜搆不著，於是她把金牌往上一拋，黎語冰穩穩接住。

棠雪後邊還有比賽，便轉身走開。黎語冰拿著金牌回到自己的座位，一邊走，一邊低頭吻了一下那塊金牌。

這一切被現場的記者抓拍到，記者激動地把圖片發到了網路上。這條新聞很快擴散，不少網友嘰嘰喳喳地討論，有人眼冒紅心地尖叫舔螢幕，有人津津有味地吃「狗糧」，有人大罵他做戲矯情令人倒胃口，還有人持續地指責他成績差。

然後，莫名其妙地，黎語冰的摸頭殺、吻金牌、秀恩愛，這些跟運動本身沒什麼關係的事情，竟然成了本屆省冬運會的最大新聞。仔細一想這倒也在情理之中，冬季項目本來就小眾，省冬運會的受關注度很低，所有運動員的知名度加起來都沒有黎語冰一個人高。

其實黎語冰也挺不理解那些線民的。他持續狀態低迷，成績不好，照理說應該快被人遺忘了，事實卻是，他的一舉一動總有人盯著，人民群眾是有多閒？

他把自己的困惑講給吳經理聽，吳經理一拍大腿：「拜託你回去照照鏡子，長得好看的人沒有資格過低調的生活，全國人民都不會答應的。」

黎語冰：「……」

吳經理不忍心告訴黎語冰，他現在是國內整個冰球界罵聲最高的球員，也是身價最高的球員，俱樂部都不知道是該哭還是該笑。

轉眼進入十二月份，黎語冰終於可以喘口氣了。他暫時告別了「絲路杯」的賽場，為明年一月份的世界大學生冬運會做準備。這是賽季初就確定好的，可公佈之後，網友又開始吐槽了，說他怕了，就知道逃避……粉絲和黑粉在微博評論區吵成一團。

有個ID叫「七哥沒有小丁丁」的網友的評論很有意思：「我冰神菜怎麼了？我冰嫂願意寵，不服憋著。」

黎語冰哭笑不得，默默地給這條評論點了個讚。

從十一月下旬開始，棠雪一個月內參加了三場中國短道速滑錦標賽的城市分站賽，並且獲得了年底北京站女子五百公尺的入場資格。北京站比賽是最後一站，也是最重要的一站，雲集全國頂級的選手。

這也是棠雪目前接觸到的最高水準的賽事。

棠校長專程趕到北京去幫女兒加油。

黎語冰也作為家屬跟去了比賽現場。

於是兩人就這麼在觀眾席上相遇了。

黎語冰不想挨著棠校長坐，主要是害怕棠校長脫鞋打他，可是他又不敢表示出一丁點嫌棄的意思，所以還是冒著生命危險坐在了未來岳父身邊。

棠校長這些天總是聽到有人罵黎語冰。因為黎語冰確實是在被他打出家門之後才開始狀態下滑的，所以棠校長在有意無意的心理暗示之下，就莫名地對黎語冰有了一點負罪感。

再加上老婆成天在他耳邊念叨：這孩子也不容易，棠雪把人家的提款卡花得只剩下六塊五毛錢了，你覺得他們倆在一起是誰欺負誰……這樣的耳邊風吹久了，他也就承認了黎語冰的地位。

這時，棠校長看了黎語冰幾眼，希望黎語冰明白他的意思：大家可以停戰握手言和了。

黎語冰卻不明白，也不敢和他搭話，寒暄了兩句沒話了，他就乖乖地坐著，目視前方。

氣氛有點尷尬。

棠校長突然有了長輩的自覺，感覺自己應該主動去緩和一下氣氛，畢竟是他先動手打人的。

要怎麼既含蓄友好又不過度熱情地釋放善意、拉近關係呢？

棠校長摸了摸腦袋，突然想到黎語冰在學校裡的暱稱。有了！

於是棠校長語氣帶著七分矜持三分親切地喊他：「綠冰。」

黎語冰：「……」

每年，到北京站錦標賽，基本就是國家隊內戰了，那才是神仙打架，下面的都是陪跑。今年差不多也是這樣，電視台解說也是對國家隊更了解一些。比如隊員進場時，如果是國家隊的，會介紹一下隊員過去的成績和現在的狀態；如果是地方隊的，除非以前在國家隊待過，否則就是一句話帶過。

棠雪進到四分之一決賽時，小組裡有兩名國家隊隊員。解說員介紹隊員時，看到棠雪，重點關注了一下年齡，然後說：「年紀還小，今天是個不錯的鍛煉機會。」

言外之意是和前輩切磋一下就好，不用太在意成績。

結果棠雪竟然以小組第二的成績闖進半決賽。

半決賽有八個選手，其中七個是國家隊隊員，棠雪混在其中，彷彿一群綿羊裡混進一隻羊駝。

半決賽，解說員又含蓄地表示棠雪能走到現在已經很不錯了……結果那個「羊駝」又闖進了A組決賽。

解說員被打臉兩次，覺得這個棠雪有點厲害，於是決賽的時候他就表示很看好這位年輕的新秀，結果棠雪發揮穩定，得了個第四名。

畢竟，國家隊的頂尖選手們並不是吃素的。

解說員被打臉三連，感覺棠雪是來克他的。

看直播的觀眾們已經笑瘋了。

棠雪沒能拿牌，自己倒並不遺憾。畢竟人家水準擺在那裡，今天她能闖進決賽已經不錯了。

比賽結束，她出去找她爸和黎語冰，兩個人正一起站在場館外等她，那樣子看起來還挺融洽？

她走到他們面前時，黎語冰遞給她一瓶飲料。

棠校長：「晚上一起吃飯，你們想吃什麼？」

「隨便。」棠雪說著，擰開飲料喝了一口。

棠校長轉頭看黎語冰：「綠冰呢，想吃什麼？」

噗——棠雪像個噴壺一樣，把剛喝的飲料全噴出來了。

她握著瓶子，斜眼看向黎語冰，發現他有點鬱悶委屈，但又不敢反抗，甚至連鬱悶委屈都是遮遮掩掩的。

這得怕成什麼樣啊……

棠雪擦了擦嘴：「爸，您以後就叫他的名字吧。語冰，夏蟲不可語冰，聽起來多有詩意啊，符合您的身份，還親切。」

棠校長點點頭：「我也覺得語冰比綠冰好聽。」

黎語冰悄悄鬆了口氣，原來棠校長並不是要針對他。

棠校長吃完晚飯就坐火車回湖城了，棠雪和黎語冰一同送他去車站，回來的路上，黎語冰有點困惑，問棠雪：「叔叔不知道綠的另外一層意思？」

「你要是問他綠帽是什麼他肯定知道，不過他們那個年齡的人比較淳樸，不像我們思維這麼發散。」

「哦，」黎語冰摸著她的腦袋，瞇了瞇眼睛，「那他是怎麼知道我的這個外號的？」

棠雪擠了擠眼睛：「我怎麼知道？你名氣那麼大，肯定是他自己在網路上搜的。」

黎語冰低頭咬她的嘴唇：「撒謊都不會撒。」

棠雪從北京回來的第三天是跨年夜。

晚上她跟黎語冰跑出去坐摩天輪，本來打算坐完摩天輪去等倒計時敲鐘，奈何排隊坐摩天輪的人實在太多，導致他們登上摩天輪時已經很晚了，零點的時候他們恰好掛在摩天輪上呢。

敲鐘是不可能敲的了，她只能敲敲黎語冰的狗頭意思一下。

摩天輪升到頂點時，天空中突然炸開大朵大朵的煙火。

「好漂亮啊……」待在半空中看煙火，感覺離得很近，煙火能漂亮十倍。

黎語冰扣著她的手，仰頭看著天空，清澈的眼瞳映著煙火的光亮，「第一個。」他輕聲說。

「什麼第一個？」

「和你在一起後的第一個新年，」黎語冰收回目光，低頭看她，「以後還會有很多個。」

棠雪看著他笑，黎語冰便吻了她。

淺淺的吻，纏綿不絕，彷彿有千言萬語想說，最後都化作點點柔情。

「黎語冰，你會永遠喜歡我嗎？」

「會。」

「怎麼這麼肯定？」

「因為，你是比煙火還燦爛的人啊。」

兩人從摩天輪下來，棠雪想去廣場那邊湊熱鬧，黎語冰擔心人多發生踩踏事件，拉著她離開了。時間太晚，宿舍大樓已經關了，兩個人只好去住飯店。在飯店大廳，他們發生了一點分歧。黎語冰想訂一個房間，棠雪堅持訂兩個。

大廳櫃台臉上掛著一點不太明顯的歉意，說道：「不好意思，因為跨年夜房間緊缺，所以我們——」

黎語冰一笑，「所以只有一個房間了對嗎？」

櫃台姑娘被他的笑容晃了眼，愣了一下才說，「啊？不是……所以我們飯店所有房費加價百分之二十。」

黎語冰：＝＝

和電視劇裡演的不一樣。

最後兩個人當然是訂了兩個房間。

而且，因為跨年夜房間緊缺，兩個人房間還不在同一樓層，棠雪住在黎語冰樓上。

她洗完澡出來時，看到黎語冰傳了訊息給她。

黎語冰：「棠雪，我頭疼。」

黎語冰：「真的頭疼。」

棠雪有些急，下樓去找他。

她按門鈴，黎語冰幫她開門。他站在門口，背對著廊燈，她也看不出他的臉色怎樣。

「黎語冰，現在頭還疼嗎？」

黎語冰沒說話，突然一把將她扯進房間，按在門上親吻，吻得太過激烈，粗重的喘息噴到她臉上，燒得她頭腦一片空白。

棠雪吃力地斜仰著頭躲開他，黎語冰便吻她的脖子，伸出舌尖舔她頸上的肌膚。棠雪被弄得身體有些發軟，氣道：「黎語冰，你竟然裝病？」

「沒。」

「你不是頭疼嗎？」

「剛才頭疼，現在不疼了。」

「渾蛋。」

「是真的，」黎語冰抬頭看著她的眼睛，舔了舔嘴唇，解釋道，「只疼了一下。」

黎語冰眼睛乾乾淨淨的，映著她的倒影，一片坦蕩澄澈，搞得棠雪又不太確定自己是不是錯怪他了。她抬手，食指的指尖在他的太陽穴上輕輕點了一下，說：「可能是壓力太大了，早點休息。」說著，轉身要走。

黎語冰突然從身後抱住她，長長的手臂藤蔓一樣環住她的身體。

他伏在她耳邊，低聲說道：「棠雪，我想——」

「你想都不要想！流氓！」

「我想把新年禮物給你，」黎語冰語氣頓了一下，帶著點疑惑問道，「很流氓？」

「咳。」

黎語冰笑了一下，故意追問道：「你以為是什麼？難道，你對我有什麼奇怪的想法？你這個流氓。」

棠雪手臂向後抬，輕輕摸了一下他的狗頭，「膽子越來越大了，呵。」笑聲相當地邪魅。

黎語冰適可而止，放開她，走到衣櫃前，從大衣裡掏出一個黑色的巴掌大的小盒子，盒子薄薄的，放進大衣口袋裡剛剛好。

「新年禮物。」他把盒子遞給棠雪，做這個動作時，他眉眼間掛著淡淡的笑意，像春風裡搖曳的柳枝，溫柔繾綣。

棠雪不得不承認，現在這個燈光，這個氣氛，真是美好，黎語冰那個樣子看起來著實有幾分可口。

她連忙斂了眉目沒有看他，接過盒子，三下五除二拆開。

黑色的硬紙殼表面印著銀色的不認識的logo，棠雪沒在意，一心想看禮物是什麼。她扒開盒子，見裡面躺著一副手套。

不是普通的手套，是短道速滑專用的，防切割材質，純白色，手套背面印著圖案，粉紅色的線條，讓棠雪覺得有點眼熟。

咦？

棠雪舉著手套仔細端詳，完了又看那禮物盒的表面，發現兩個圖案是一樣的。

「這是什麼牌子呀？我怎麼沒見過？」她有點奇怪。

黎語冰揉了一把她的腦袋：「笨。你再看看。」

於是她又看那圖案。圖案線條設計得簡單飄逸，她拿出寫作業的細心，看了一會，終於從那圖案裡看出了一點門道。

「一個字母L，一個字母T，這裡，這是個心形吧？」

「嗯。」

「L，黎；T，棠……」棠雪突然頓住，轉頭看他。

黎語冰眼裡帶著笑意，點了點頭。

棠雪感動壞了，眼眶澀澀的，用指尖小心翼翼地描繪著那個圖案，問：「這是你設計的？」

「我請我們學校設計系的人設計的，」黎語冰說著，又補充道，「他是男的。」

棠雪本來都快感動哭了，這時又被他逗笑了：「誰問你男女了。」

「你不問我也要說，」黎語冰指了指手套上的圖案，「以後這就是我們的專屬 logo。」

「哦？」

「我們倆都帶著 logo 比賽，夫妻同心，戰無不勝。」

棠雪臉一紅，看向窗戶：「切，誰跟你夫妻了。」

棠雪給黎語冰準備的新年禮物是一條圍巾。不過，有黎語冰別出心裁的 logo 在前，她突然感覺自己這圍巾有點拿不出手了。

怎麼辦呢？

有了。

棠雪對黎語冰說：「黎語冰，這圍巾我先拿回去，讓廖振羽幫忙縫個 logo 上去。」

黎語冰從她這句話裡提煉出一個重點：「關廖振羽什麼事？」

「廖振羽手巧，而且喜歡做手工。他做過好多小熊、小兔子，還有小貓、小青蛙，我書包上掛的那隻小兔子就是他做的。」

黎語冰想像力有限，真沒辦法把廖振羽那個濃眉大眼的漢子和手工小兔聯繫到一起，實在太違和了。

棠雪繼續解釋：「所以我讓廖振羽縫 logo，比我自己弄成功率會高一點。」

「不用了，」黎語冰不想接受一個大男人在他的貼身衣物上縫東西，感覺怪怪的。他扯著圍巾的一角，往棠雪嘴上捂了一下，「印一個吻就好了。」

棠雪眨著眼睛看他。

黎語冰收好圍巾，見她還在看他，也不說話，他問：「怎麼了？」

「小妖精。」

黎語冰：「……」

一月十五號，世界大學生冬季運動會拉開序幕。

比賽地點在中國的中部城市芸城，棠雪和黎語冰一起隨著霖大冰上運動隊出發，到芸城時，這裡下起了小雪，城市在雪花的籠罩下變得潔白漂亮。

可能是因為自己名字裡帶個「雪」字，棠雪對雪是百看不厭。她坐在大巴車裡，趴在玻璃窗前，笑嘻嘻地看著外面的雪景。

黎語冰坐在她旁邊，仗著自己手臂夠長，狗爪無聊地搭在她的頭頂，遇到車顛簸時，他的手總是能第一時間滑到她的腦門前，防止她撞到車窗；等顛簸過去，手又退回到頭頂，揉兩把毛，繼續搭著。

兩個人這樣子被人拍了偷偷發到網路上，粉絲們都津津有味地嗑著狗糧。

冰球比賽從開幕式的第二天就開始，一直持續到最後一個比賽日。短道速滑的正式比賽則是從十八號開始，棠雪的女子五百公尺在十九號，再之後是女子三千公尺接力。

十八號這天，棠雪沒比賽，黎語冰有場比賽在下午，棠雪跟領隊那邊打了個招呼，就跑到冰球項目的比賽場館去看黎語冰。

黎語冰出場時，不出意外地又用了粉色膠帶纏的球杆，不過這次膠帶上印了奇怪的圖案，不少人注意到了這一點，好奇地討論起來。

中國隊這場對戰的是瑞士隊。中國隊坐擁主場優勢，一上來就打得很積極，黎語冰表現超兇，不到五分鐘就打進一粒進球。

比賽進行到第十六分鐘時，蔣世佳傳球給黎語冰，黎語冰抬杆射門。他找的位置很好，抓住對方防守空虛的區域，棠雪幾乎以為中國隊又要得一分了。

然而，黎語冰微微揚起的球杆並沒有落下來，而是在半空中滯了滯，突然，球杆毫無預兆地脫手，哐噹噹落在冰面上。

緊接著，黎語冰晃了一下，整個人倒了下去，倒在冰面上。

第二十章
為你而來　為你而戰

棠雪看到黎語冰突然倒地，心重重一跳，猛地站起身來。

現場觀眾也有些迷茫，大螢幕播放了畫面重播，畫面顯示黎語冰並未遭到攻擊。

他總不能是假摔吧？

可是黎語冰摔下去之後就沒起來，身體無力地癱倒在冰面上。現場的醫護人員忙上去把他抬走，黎語冰毫無反應，任人擺弄。

棠雪急急忙忙退場往外走，她必須確定他安然無恙，立刻，馬上！

出了觀眾席，她打了個電話給吳經理。

吳經理現在相當於黎語冰的經紀人，這時在電話裡回道：「棠雪，我們正在趕往醫院，離這裡最近的是芸城人民醫院，你等一下自己過來吧。」

棠雪哆哆嗦嗦地答了個「好」。

掛斷電話，她大腦裡亂糟糟的，閃過很多可怕的念頭，但她強迫自己不要去想。

她不敢想，害怕胡思亂想成真。

她強制清空大腦裡的想法，面無表情地出去，打了輛車直奔醫院。

到了醫院，棠雪還沒找到吳經理，先被好幾個記者認出，記者忙圍過來嘰嘰喳喳地問問題。

棠雪紅著眼眶看著他們：「你們眼裡是不是只有新聞，沒有人性啊？」

記者被她問得愣了一下。棠雪推開他們，一邊走一邊撥吳經理的電話。有兩個記者不甘心，舉著手機尾隨她，棠雪轉頭看到，一陣冒火，搶過手機，使勁往地上一甩。

啪！手機在重擊之下碎成了爛甜瓜。

記者怒道：「你幹麻？！」

棠雪冷漠地看著他：「再跟著我，下個碎的就是你的腦袋，我說到做到。」說完，她轉身一邊和吳經理通電話一邊繼續往前走。

記者留在原地怒道：「我要曝光你！」

棠雪轉頭看了他一眼，詭異地笑道：「你知道我爺爺是誰嗎？」

記者張了張嘴。確實網路上有傳言，這小姑娘來頭很大……

棠雪裝完蒜，總算甩掉那幫人，找到了吳經理。

吳經理他們也才到沒多久，這時正在帶黎語冰做檢查，除他之外，球隊領隊和教練助理也在，他們跑前跑後，還要應付各種電話。棠雪沉默不語地跟在黎語冰身邊，看著病床上臉色蒼白一動不動的黎語冰，眼淚啪吋啪吋嗒地掉。有那麼一瞬間，她感覺自己被全世界遺棄了。

因為是突然暈倒，也沒什麼預兆，黎語冰先做了心臟和腦部的檢查。

腦電圖和腦 CT 圖出來之後，他被轉到了神經外科。

神經外科的醫生拿著圖像看了一會，問：「病人最近頭部受過傷嗎？」

幾人均搖頭。教練助理說：「他最近沒受過傷，我們訓練和比賽都戴了護具的。」

「確定？再好好想想。」

棠雪突然想到一件事：「醫生，他以前腦子被冰球撞過一下。」

她這麼一說，教練助理也想起來了，然後又搖頭：「那是九月的事了。」

醫生問道：「幾號？」

「十號，我記得很清楚，是絲路杯的揭幕戰。」

「撞到哪裡？」

棠雪摸了摸自己後腦的某個部位：「這裡。」

「真是命大。」醫生單純為這個位置感慨了一句。

棠雪又哭了：「醫生，他到底怎麼了啊？」

醫生也沒辦法立刻給出答案，仔細問了當時受傷的情形之後，把診室有經驗的醫生召集起來開了個會，大家輪流看圖像，看完討論。

棠雪在病房守著黎語冰，等診斷結果，感覺等了有一萬年那麼久。

醫生討論完，宣佈診斷結果時，吳經理把棠雪也叫上了。

「初步診斷為加速性顱腦損傷導致的遲發性顱內血腫。」這是醫生的結論。

棠雪沒太聽懂：「什麼意思？他的病情加速了嗎？」

「不是……加速性顱腦損傷是受傷的一種方式，靜止的頭部被飛行的物體撞擊，」醫生耐心解釋道，「是當時冰球打他那一下導致的。」

「可他當時檢查沒問題啊，一星期之後我媽媽還要我帶他去複查，也沒問題。」

「是遲發性的，意思是當時檢查不出來，可能只是血管受創，但沒出現血腫，後來才開始有症狀。」

棠雪張了張嘴，腦袋裡突然閃過一些畫面：「他說他反應慢了，」她的臉色已變得蒼白，「我以為那是因為他壓力太大，我早該想到的……我早該想到的！」

吳經理拍了拍她的肩膀：「棠雪，那不是你的錯。」

「我早該想到的……」棠雪捂著臉哭泣。

醫生安慰她：「遲發四個月的情況確實不多見，你就算早想到，也未必能檢查出問題。」

教練助理問醫生：「醫生，那現在怎麼辦？」

「你們可以選擇保守治療，不過我們的建議是盡快做手術。」

「什麼手術？」

「開顱。」

棠雪被這兩個字嚇得腿一軟，吳經理扶了她一把，她才沒摔倒。

棠雪坐在病房外發著呆。昨天還活蹦亂跳跟她鬥嘴的人，今天就昏迷不醒，要被切開腦子？不，這不是真的，太搞笑了，她一定是在做夢，夢醒了一切就都好了。

吳經理跟黎語冰的父母通了個電話，報告了最新的情況，然後他走過來把手機遞給棠雪：「棠雪，黎語冰的媽媽要跟你講話。」

棠雪接過電話：「喂，阿姨。」她說著，眼淚又流了下來。

「棠雪，」黎媽媽的聲音也帶著哽咽，「情況阿姨都知道了。」

「阿姨，是我不好，我沒照顧好他。」

「不，這不怪你，棠雪，你已經很好了。你聽阿姨說，我已經讓人聯繫了芸城最好的神經外科醫生。現在我和你叔叔正在趕往機場，最快一班航班是今晚六點鐘的，但今天湖城這邊天氣不好，可能會有延誤，我們也不確定幾點到。」

「阿姨……」

「如果我們不能及時趕到，語冰的手術需要簽字的地方就由你來簽，你也是他的家人。棠雪，語冰跟我講過，他想和你結婚。」

一句話讓棠雪徹底淚崩了。

吳經理看著哭成淚人的棠雪，也挺不忍心的：還是個小姑娘呢，就要面對這種生死的抉擇。

棠雪接完黎媽媽的電話，打電話給她媽，又哭。她這一天快把一輩子的眼淚流光了。

傍晚吳經理買了飯，棠雪一口也吃不下。吳經理勸道：「多少吃點，你明天不是還有比賽嗎？」

「他說明天要去幫我加油的，」棠雪看了眼病房的門，「騙子。」

吳經理嘆了口氣道：「吃點吧。比賽還是要比的，你明天代表的是中國，黎語冰肯定也想看到你為國爭光。」

棠雪強迫自己往嘴裡塞了點東西。艱難地吃過晚飯，她接到了褚霞那邊的電話。褚霞安慰了她幾句，提醒她今天要回飯店，明天比賽。

但她現在沒心思去想比賽的事。

晚上十點，距離黎語冰昏迷已經超過六個小時。棠雪走進了住院醫生的辦公室，聽對方講解手術風險告知書。

住院醫生是個溫柔可親的阿姨，她告訴棠雪，黎語冰做完手術，有可能會癱瘓，有可能智力受損、變成植物人，甚至有可能直接死掉……

她說一個可能性，棠雪就流一次眼淚，哭到後來，棠雪無助地拽著她的衣角，幾乎是哀求地道：「醫生，我男朋友身體很好的，你說的這些都不會發生的，對吧？」

住院醫生沒辦法點頭——有些安慰會被患者家屬視作承諾，醫生不敢做任何保證。看著小姑娘怪可憐的，住院醫生說道：「其實，他如果不是身體好，也活不到現在。後腦遭受重擊的死亡率很高，電視上那些打後腦勺把人敲暈的橋段都是騙人的，那地方被重擊很容易出人命的。」

這招反向安慰確實起了作用，棠雪提心吊膽的同時又有點慶幸，畢竟黎語冰現在還是活的。

那之後，棠雪在手術同意書上簽了字，簽字的時候手一直在顫抖。她簽完字後，醫生說道：「手術安排在明天下午一點鐘。」

簽完字，棠雪不想走，便坐在醫院走廊上發呆。球隊領隊和教練助理都離開了，只留下吳經理一人。

出了這麼大的事，吳經理也很忙，一直用手機滑著訊息，應付各路問候的人。關於黎語冰的情況，俱樂部還沒有正式通報媒體，但有些人已經聽到風聲，還傳了出去，在網路上掀起軒然大波。

輿論開始聲勢浩大地反轉，許多人自發地組織了祈福活動，網路熱度驚人。

然後有人跳出來說：「那些曾經罵黎語冰的人，你們欠他一句道歉。」

黎語冰受傷的時候吳經理沒哭，現在看到這些反轉言論，突然就鼻子發酸了。黎語冰被人罵了那麼久，被人編段子，被造謠，被公開侮辱……只因為他是公眾人物，所有人都可以肆無忌憚地踩著他刷存在感，而現在，命運終於給了他一個公道，卻是以這樣的方式。

黎氏夫婦晚上十一點半才到醫院，身後還帶著個祕書。見面說了些情況，黎媽媽立刻讓祕書把棠雪送回飯店。

「你明天還有比賽，這裡有我和你叔叔看著。」

棠雪失魂落魄地回到飯店，輕手輕腳地走進房間時，看到張閱微還沒睡。雖然張閱微和她在隊裡總是吵嘴，可是，也不知道褚教練是什麼想法，反正每次出去比賽，都把她們倆安排在同一個標間。

這時，棠雪腫著雙核桃眼看向張閱微，發現張閱微沒比她強多少，眼睛也是又紅又腫，一看就是哭過。

「你怎麼了？」棠雪問道。

「關你什麼事？」

「你喜歡黎語冰。」

「我……」張閱微想否認，但是見棠雪一臉篤定，她便心虛地扭過臉，小聲說道，「對不起。」

「道歉幹什麼？」棠雪走過去坐在她床邊，「那條狗人見人愛，有什麼難以理解的……但是你以後不許和他多說話。」

「我從來沒和他多講過話，」張閔微覺得自己有點無辜，又問：「他現在怎麼樣了？」

棠雪把今天醫院裡的情況說了，說完就抱著張閔微哭。她從來沒有這樣脆弱過。

張閔微的悲傷就被棠雪的痛苦衝淡了，她開始安慰棠雪。兩人說了會話，張閔微說：「睡覺吧，明天還有比賽。」

「我睡不著。」

「你睡不好怎麼比賽？」

張閔微也不知道自己哪根弦沒搭對——大概是因為棠雪實在太可憐了，也可能是出於照顧好黎語冰女朋友的責任感——為了讓棠雪睡覺，她抱著棠雪，兩人擠在一張床上，她一下一下地拍著棠雪的後背，就像小時候媽媽哄她睡覺那樣。

棠雪竟然真的被張閔微拍睡了。這一覺棠雪雖然睡得不怎麼安穩，不過第二天精神還是恢復了很多。早上她爬起來收拾了一下，馬上就要去醫院找黎語冰。

張閔微在她身後提醒她：「褚教練說了，你九點鐘之前必須去速滑館集合簽到，否則記大過。」

「知道了！」

張閔微立在門口，看著空蕩蕩的走廊，自言自語道：「我以後不會喜歡你了。」

已經消失在轉角的棠雪突然又噔噔噔跑回來，抱了張閔微一下：「謝謝你，張閔微。」

張閔微挺不適應的，翻了個白眼：「神經病，快走吧。」

棠雪一路上想了許多，從生老病死想到人與命運的抗爭，昨天被打擊得神志不清，今天終於能正常思考了，感覺像是重新活了一遍。

雖然心情還是很糟糕。

到醫院時，她遇到了昨天那個值班的住院醫生，對方還沒下班。醫生說道：「我聽說你今天有比賽，比賽加油。」

「謝謝你。他……他怎麼樣了？」

「今天下午會進行手術，醫生已經到位了。你可以去看看他。你們竟然請動了齊醫生。」

「齊醫生是誰？」

「一個沒有失過手的醫生。」

棠雪從昨天盼到今天，終於迎來一個比較好的訊息。

她輕手輕腳地走進病房，黎語冰還在沉睡。她坐在病床邊，握著他的手。

黎語冰的掌心竟然還是滾燙的，像平常他們無數次牽手時那樣。棠雪感受著熟悉的溫度，眼眶一紅，眼淚差點又掉下來。她吸了吸鼻子，自言自語道：「說好今天不哭的。」

「黎語冰，你做手術的時候，我正在比賽，」棠雪雙手抱住他的手掌，「我們都加油，好嗎？」

黎語冰沒有回答，安靜地躺著，像童話裡的睡美人。

「你知道嗎，我其實想過，」棠雪看著他沉靜的睡顏開口，淚珠終是滾落下來，「我怎麼會喜歡你。你真的不是我喜歡的類型……後來我終於想明白了。我對邊澄、喻言，喜歡僅限外表，只有對你，我喜歡的是你的靈魂，這才是愛情真正的模樣啊。我有時候會遺憾，遺憾我們錯過了那麼多年，會想，如果當時我們沒分開，現在又是怎樣的情形呢？可後來，我又對命運充滿感激，感謝它帶你離開，讓你成為更好的你；感謝它把更好的你帶回到我面前。你跟小時候真的一點都不一樣了，你現在有一個強大的靈魂，自信、勇敢、堅定、無畏……我從昨天到今天祈禱過很多次，祈求了各路神仙，從中國的到外國的，但是我現在覺得，只要相信你就夠了。黎語冰，我相信你能挺過這一次，別忘了我們的約定，我還等著跟你一起參加北京冬奧會呢。然後，你知道嗎，我還想過，冬奧會我得了冠軍，你在現場跟我求婚。」棠雪說到這裡笑了，臉上淚痕未乾，繼續說，「然後我們結婚，生兩個小孩，大的叫蛋蛋，小的叫二蛋蛋。夏天的時候，我們全家人一起去山上看星星……」

她絮絮叨叨地暢想了許多以後的生活，最後說道：「我要走了。我相信你，你也要相信我。放心吧，等你醒來，我們又會多一塊金牌……記住，誰都不許爽約，」說著，她低頭吻了吻他的掌心，「我在終點等你。」

她吻他掌心的時候，護士正好走進來看到，那畫面好唯美，護士很感動。然後，等棠雪離開之後，護士喀嚓喀嚓把黎語冰的頭髮都剃光了。

上午，傳說中的齊醫生到醫院見了病人家屬一面。齊醫生今年有四十三歲了，因為保養得太好，看起來只有三十歲出頭。黎爸爸沒看過他的資料，現在看外表有些不放心，總覺得這位醫生看著太年輕了，年輕醫生再優秀也經驗不夠啊。

黎爸爸實在擔心兒子，就含蓄地問了一下齊醫生的工作經歷。

結果齊醫生脾氣還挺大，沒好氣地道：「我開過的腦子比你吃過的豆腐腦都多。」

黎爸爸愣了一下，好脾氣地說：「我從來不吃豆腐腦[4]。」

齊醫生離開後，黎媽媽對老公說：「他是個好醫生，醫術很高超，在業內很有名氣的。不過他這脾氣，竟然沒有被病患家屬毆打過，運氣也是蠻好的。」她的語氣頗為感慨。

護士帶著黎語冰去做了術前檢查，又做了一次掃描，資料被送到了齊醫生手裡。一台手術要參與的人很多，大家要提前討論一下手術的操作流程、可能存在的情況、要注意的事項等。

齊醫生拿到黎語冰的檢查資料，對比了一下兩次影像，又看了看顱內壓監測值和其他一些資料，突然由衷地驚嘆：「唉喲?!」

其他人都是一驚，問道：「怎麼了齊醫生?」

「看看吧，血腫呈吸收期改變。」

「咦，真的欸……齊醫生，那手術還要不要做?」

「做什麼，推回去，藥物化瘀。」齊醫生背著手出門，一邊走一邊用罵罵咧咧又頗為豔羨的口吻說，「年輕真好啊。」

來芸城之前，關於女子五百公尺這個項目，棠雪一度被視作與張閱微、龐霜霜一樣有著奪金實力，因為她近期的比賽成績很好。

4 中國特色小吃，是製作豆腐過程中半凝固的產物，口感柔滑軟嫩。中國北方習慣鹹食，南方偏好甜味，有些地區如四川則喜歡麻辣口味。

不過現在，褚霞已經聽說了黎語冰的情況，對棠雪也沒抱太大希望，只要她別玩棄賽就行。比賽前，她對張閱微左叮嚀右囑咐，對棠雪卻只交代了一句話：「放輕鬆滑，不要有壓力。」

結果，張閱微和龐霜霜竟然接連出了問題。張閱微四分之一決賽失誤摔出賽道，龐霜霜半決賽時過彎扶冰，手不小心扯到了後面強行超越的義大利選手，兩人一起被判犯規。

反倒是棠雪，在許多人同情的目光裡，默默地一路滑進了A組決賽。

褚霞莫名有一種天意弄人的感覺。

不過，等決賽的全部名單一出來，幾乎所有的中國教練都感覺眼前一黑。

A組決賽四個人，有三個是韓國選手。

韓國速滑圈競爭十分殘酷，必要時也會為了集體榮譽犧牲個人。歷史上多次發生過在決賽中一個韓國運動員來負責干擾其他選手、保障另一個隊友奪金的事例。

棠雪一人要面對三個韓國人。

教練們心裡都挺鬱悶的，這還滑個屁，保命要緊！

褚霞決賽前跟棠雪溝通了一下，主要講棠雪有可能在哪裡被怎樣針對。

棠雪今天話很少，聽褚霞說話只是點頭，也不作聲。

褚霞微微嘆了口氣：「去吧，記住，安全第一。」

棠雪又點了一下頭。

之後棠雪上場。

她在半決賽成績最好，所以排第一賽道。現場播報員點她的名字時，觀眾席上響起了一片掌聲。

畢竟是在中國主場，中國觀眾還是很多的。

棠雪臉上沒什麼表情，滑上出發線。做準備動作之前，她突然閉著眼睛抬起雙手，掌心覆在唇前。

許多人以為她在親吻掌心，只有一個人知道，並不是。

她在親吻手套。

選手們一個個被點到名，一個個上到出發線。

現場氣氛很緊張，幾乎沒有人說話，偌大的場館一片安靜。

電視台解說也是一陣沉默。

發令槍響，棠雪身上像是裝了個聲控開關，幾乎在槍響的那一刻就衝了出去，眨眼的工夫搶到領滑位置，之後便與第二名拉開距離。

然後，這個距離漸漸地、一點一點地擴大，棠雪一馬當先，一騎絕塵。

犯規？也要你能摸到我啊。

現場呼喊聲地動山搖，電視台解說激動地嘶吼道：「棠雪加油！保持優勢！穩住！就剩一圈了！穩住穩住……啊！好樣的！漂亮！恭喜棠雪，恭喜她，這個冠軍來得太不容易了……」

解說突然哭了。

所有人都知道這個女孩從昨天到今天經歷了什麼，知道她是頂著怎樣巨大的壓力在比賽。比賽名單出來時，大家對她的心疼是多過期待的，很多人已經在心裡為她找好了理由。

可是她不。

壓力大又怎樣？整個韓國隊的包抄又怎樣？

儘管來，我、不、怕。

「恭喜棠雪，」直播間的嘉賓是退役職業選手，比解說淡定一些，但也濕了眼眶，「後生可畏，我從她身上看到了這一代滑冰人的希望。」

裁判團確認成績之後，棠雪披著五星紅旗在冰面上滑行，這是冠軍的特權。拿了冠軍，她當然滿意，但並沒有太多激動歡喜。她的魂好像是落在了醫院，現在幹什麼都提不起精神。

她披著國旗一邊滑行，一邊機械地朝觀眾席揮手致意，當然，揮手的方向主要是中國觀眾。

中國觀眾激動地抖著國旗回應她。

觀眾席上密密麻麻都是人，棠雪離得遠，一眼掃過去，自然分不清楚誰是誰，但是有一個人的腦袋吸引了她。

真的好亮啊……

那是一個光頭。沒有頭髮，淺色的腦袋與周圍形成鮮明對比，就像一堆黑豆裡混進了一顆黃豆，而且光頭還反光……給人的感覺同樣是腦袋，他的腦袋比別人的亮八度。

真是一個自帶佛光效果的男子啊！

棠雪忍不住又多看了光頭一眼。

這一眼，她怔住了。

黎語冰坐在觀眾席上，清澈溫柔的視線穿越人海，落在她身上。

棠雪看著他的方向，突然無聲地哭了，眼淚唰唰地掉，止也止不住，在臉上留下兩道淚痕，特別明顯。

「什麼情況？」電視台直播間的工作人員一陣奇怪，導播吩咐攝影：「快，鏡頭調一下方向，看看她在看什麼。」

攝影師準確無誤地捕捉到了人群裡的光頭。倒不是說他技術多精湛，實在是……那人太顯眼了啊……

這時，電視台本來已經切到賽後講解的環節了，一聽說現場的狀況，馬上切回到現場。解說員看著觀眾席上的光頭，不太確定地問：「這是黎語冰吧？是吧？」待確定之後，解說員看著黎語冰旁邊的點滴架，壓下心頭疑惑，由衷地感嘆道：「沒頭髮也還是這麼帥氣。」

棠雪回過神後，擦了擦眼淚走下場，領完獎後，急急忙忙地跑去休息室。

黎語冰果然在那裡。

他坐在輪椅上，一手平放在扶手上，手腕正在打點滴，旁邊立著點滴架。

棠雪走向他，一步一步，小心翼翼，生怕一不小心碰碎眼前的畫面。走到他跟前時，她抬手摸了摸他的臉。

嗯，是有溫度的，他是真實的。

黎語冰眼裡帶著一點暖意，仰臉看著她。

棠雪捧著他的臉，仔仔細細地檢查他的腦殼。腦袋完好無損，沒有任何傷口縫合的痕跡。

她有點奇怪：「沒做手術嗎？」

「醫生說不用做了。」

「太好了，快嚇死我了！我昨晚做夢你變傻了。」

黎語冰聽到前半句還挺感動的，聽到後面有點繃不住，抬手捏了一下她的手。

棠雪摘下脖子上的金牌，攏了攏綬帶，遞給他，乖巧的樣子頗有小學生交作業的風采。

這是她出道以來分量最重的一塊金牌了。黎語冰將金牌收進口袋，朝她勾了勾手指：「過來。」

「幹什麼？」棠雪彎腰看他。

「再近一點。」

棠雪又彎了彎腰。黎語冰向前傾身，親了她一下。

「獎勵。」他笑道。

棠雪心裡有點甜，直起腰摸了摸嘴唇，聽到門口有響動，一轉頭，發現外面好幾個人探頭看他們，有認識的也有不認識的。

她一下紅了臉：「叔叔阿姨……」

黎媽媽笑：「你們繼續，不用管我們。」

她說完這話，幾人一起收回腦袋。

棠雪：「……」

黎語冰提高聲音朝門外喊道：「先回去吧。」

棠雪今天沒比賽了，跟褚霞打了個電話說了一聲便跟黎語冰一起回醫院了。路上黎媽媽對棠雪說：

「你知道語冰他醒來的第一句話是什麼嗎？」

棠雪看著黎語冰，說了個比較符合常識的猜測：「我的頭髮呢？」

「哈哈哈哈！」黎媽媽一陣爆笑。

車裡其他人也在笑，但是不敢笑出聲，畢竟要考慮病患的心情。

生命中最重要的兩個女人輪流往他心口上插刀子，黎語冰感覺生無可戀。

他狠狠地看了棠雪一眼。

棠雪知道自己猜錯了，問黎媽媽：「他到底說了什麼？」

「他說……」

黎語冰出聲制止：「不許說。」

「好，不說不說。」黎媽媽安撫道，接著湊到棠雪耳邊，抬手攏著嘴。

黎語冰又強調了一遍：「不許說。」

「唉呀，放心啦，我就是和棠雪說一點悄悄話。」黎阿姨說著，轉頭偷偷對棠雪說道：「他醒來的第一句話是，『棠雪呢』。」

回到醫院，黎語冰乖乖回到病床上，病房裡只剩他們兩個人時，他神色平靜地看了她一會，突然開口：「生兩個小孩，老大叫蛋蛋，老二叫二蛋蛋？」

棠雪：「……」

她不自覺地擠了擠眼睛，裝傻：「啊？」

「這麼多年了，你取名的水準一點長進也沒有。」
「不懂你在說什麼。」
「心虛緊張的樣子也沒變。」
棠雪挑眉：「我沒變，你變了。」
「哦？我怎麼變了？」
「你變成光頭了。」
「……」
K.O.
黎語冰一臉鬱悶的樣子讓棠雪有點心軟，畢竟他還在吊點滴呢。於是她主動停戰，問他：「你早就醒了？」
「沒有。」
「那你怎麼聽到我講話？」
黎語冰想了一下，笑：「我以為我在做夢，只是試探你一下。」
呵，年輕人，囂張哦。
棠雪咬了咬牙，瞇著眼睛看他。
黎語冰覺得她這樣簡直爆可愛，拉了拉她的手：「不要生氣。」
「黎語冰，等你好了我再暴打你的狗頭。」
「我就和你不一樣。」

「哦？」

黎語冰意味深長地笑道：「等我好了，我要好好地疼你。」

黎語冰好得很快，吊了一星期的點滴就出院了。這一星期，棠雪的女子三千公尺接力也比完了，又拿到一塊金牌。

黎語冰的光頭照被發到網路上，獲得一致好評，網友認為黎語冰的顏值抗打擊能力太強了。

比完三千公尺接力，棠雪無所事事，每天去醫院找黎語冰玩，幫他拍了很多照片留念，拍完了又修圖，把光頭冰修了不同的髮型，男女老少皆有。

黎語冰不小心看到了，看完感覺自己血壓都變高了。

有一次棠雪發了一則微博，找了張光頭強照鏡子的圖片，配文：

「魔鏡魔鏡，誰是這個世界上最帥的光頭？」

「當然是黎語冰啦！」

評論一串的「哈哈哈」，大家都很開心。當天晚上，好多人仿效這個格式發微博，「最帥光頭黎語冰」上了熱搜榜。

黎語冰把棠雪幹的這些好事一筆一筆地記在了心裡的小本本上，等著，等他好了，再跟她算總帳。

黎語冰出院那天，他爸媽已經回去了，棠雪陪他出院，兩個人回到了飯店。

蔣世佳今天的比賽結束得早，這時就在飯店洗手間，大白天的光線很好，他也沒插房卡。

棠雪和黎語冰都沒發現，以為沒人。

蔣世佳正坐在馬桶上玩手機呢，就聽到開門聲和腳步聲，然後是棠雪的聲音：「你給我摸一下。」

「不。」是冰哥的聲音，語氣堅決。

我去！蔣世佳感覺好刺激，耳邊好像有個旁白：歡迎來到成年人的世界。

棠雪：「你就給我摸一下嘛，這裡又沒人，不要不好意思。」

蔣世佳瞪大眼睛。嫂子好奔放！

冰哥依舊在拒絕：「不要。」

冰哥啊，你要不就從了吧……

「求求你了，求求你了黎語冰。」棠雪拿出了撒嬌賣萌大法。

黎語冰終於從了：「就摸一下。」

蔣世佳抬手捂住嘴。非禮勿聽非禮勿視……

黎語冰：「夠了。」

棠雪：「再摸一下再摸一下！別動！嗚嗚，好爽啊！」

黎語冰：「你現在像個變態。」

蔣世佳快好奇死了：冰哥他為什麼這樣不情不願呢？難道嫂子對他做了什麼？到底做了什麼？根據他的閱片經驗完全想像不出好嗎！

對不起了冰哥，我只是好奇，我就看一眼。蔣世佳在心裡默默地向外面的兩個人道了個歉，然後收拾了一下，爬到浴缸裡，悄悄拉開浴室簾的一角，透過玻璃牆看向臥室。

這時，黎語冰和棠雪都坐在床上，黎語冰面無表情，棠雪一臉滿足，而她的手正放在黎語冰那剛剛生出一層青色髮渣的禿腦殼上，摸啊摸的。

他想去消保會告他們。

蔣世佳：「……」

晚上黎語冰坐在寫字台前看書，蔣世佳無所事事，拍了張黎語冰的照片，套濾鏡發微博。發冰哥的照片漲粉快，這是整個球隊的人都有的常識。

發之前，蔣世佳很有民主精神地問了黎語冰一句：「冰哥，我發你的照片啦？」

「隨便。」

蔣世佳發了照片，看著冰哥的光頭，手有點癢。白天冰嫂的反應讓他印象深刻，冰哥的腦袋的手感到底有多好？

他好想知道啊！

蔣世佳這人什麼都好，就是好奇心太重，這時焦躁地在房間裡踱了幾步，終於壯起膽子，繞到黎語冰身後，手按在他的光頭上，輕輕摩挲了一下。

黎語冰像是震驚到了，愣了一秒鐘，這才轉頭，抬眼，一言不發地看著蔣世佳。

蔣世佳腦子裡莫名其妙地蹦出一句台詞，沒有思考便脫口而出：「和尚摸得，我摸不得？」

等等，這是哪裡的台詞啊？冰哥……冰哥的眼神好可怕！

蔣世佳想跑，可是已經來不及了。黎語冰捉住他的手腕，毫不留情地往地上一甩，蔣世佳整個人被甩到地毯上，隨後，黎語冰穿著一次性拖鞋的腳踩在他的胸口上。
「冰哥冰哥我錯了，饒命！」蔣世佳躺在地上求饒。
黎語冰一腳踩著他，繼續看書。
蔣世佳發現冰哥有兩副面孔：在兄弟面前高冷霸道，在媳婦面前聽話乖巧，虛偽得很。

大運會最後一個比賽日有喻言的比賽。
喻言並沒有如傳言那樣從霖大退學。之前他私自跑去北京，期末考試全部缺考，梁女士乾脆幫他辦了休學手續，所以他依舊算是霖大的學生。
因為他本身是體育特長生，在自己的專業領域成績很好，因此校方對他的態度也很寬容。
喻言的比賽，棠雪去看了，擔心黎語冰多想，把他也叫上了。
她沒想到會遇見喻言他媽媽。
梁女士看起來心情不錯，竟然對棠雪笑了笑，把棠雪嚇了一跳。
「謝謝你，」梁女士說，「喻言他最近好多了。」
「不客氣。」棠雪唯一的感覺是，喻言的演技越來越好了呢。
梁女士嘆了口氣道：「我有的時候不知道怎麼跟你們年輕人溝通。」
棠雪莫名地有點同情她了，想了想，說道：「都說母愛是天性，其實孩子愛媽媽也是天性，但不管多愛，都不能把對方據為己有，因為愛之外，還有自由與自我。」
梁女士聽完這話，默不作聲地看著她。

棠雪被她盯得有點彆扭：「怎麼，我說得不對嗎？」

「不是，」梁女士搖頭，笑了一下，「我只是突然想，如果以後有一個你這樣的媳婦，也還不錯。」

黎語冰本來只是立在棠雪旁邊當背景板，聽到這話，不樂意了。什麼意思？當媽的幫兒子撬牆腳嗎？旁邊還有一個大活人呢，她沒看到？非要我摘帽子才能注意到嗎？

沒等他抗議，棠雪開口了，訕訕一笑答道：「我可不想要您這樣的婆婆。」

黎語冰牽了牽嘴角，抓著棠雪的手，對梁女士強調：「她已經有婆婆了。」幹得漂亮。

這天下午，喻言靠著無懈可擊的發揮，斬獲男子花樣滑冰金牌。

當天晚上，棠雪和黎語冰一同參加了大運會的閉幕式，回來之後各自收拾行李。

第二天，他們並沒有跟隨大部隊坐飛機回去，棠雪擔心飛機太顛簸會把黎語冰的腦袋顛壞。

黎語冰哭笑不得：「怎麼會？」

棠雪一臉認真：「怎麼不會？雞蛋用力搖蛋黃還會散呢。」

「我的腦袋和雞蛋一樣？」

「不一樣？哦對，是不一樣，你有毛。」棠雪摸著他的光頭，剛剛冒頭的毛髮輕輕刮過掌心的感覺簡直爽爆了，她舒服地瞇起眼，「我宣佈，你現在是一顆奇異果。」

黎語冰在小本本上又給她記了一筆。

最後黎語冰還是從了棠雪，選擇了坐高鐵。

高鐵行程六個多小時，棠雪有點無聊，又不想玩手機，於是枕著黎語冰的肩膀說：「黎語冰，你講故事給我聽吧。」

黎語冰抬起手臂環著她的肩膀：「想聽什麼？」

「不知道，你隨便講。」

「那我講星星的故事給你聽吧。」

關於星星，古今中外的神話有很多，黎語冰怕吵到別人，聲音很輕，語速緩慢，耐心十足。棠雪趴在黎語冰懷裡，聽得還挺入迷。黎語冰講著講著突然頓住，棠雪忍不住催促他：「那後來呢？」

黎語冰的手臂閒閒地搭在她的肩頭，小臂向上折，摸到她的耳垂，拇指和食指捏著，輕輕揉弄。

「你表示一下，我就告訴你。」黎語冰說。

棠雪抬頭看他：「怎麼表示？」

黎語冰彎著嘴角看向窗外，天空之下，是連綿起伏的山巒。

他指了指自己的臉，意思很明顯了。

棠雪：「黎語冰，我想摸你的腦袋了。」

黎語冰笑容一垮，拉了一下針織帽的邊緣，接著講下去。

後來棠雪聽著聽著睡著了，黎語冰也就沒再講下去，一手摟著她，有一搭沒一搭地揉著她的頭髮和耳朵，眼睛看著窗外的景色。

冬天的陽光透過玻璃窗灑在身上，時間久了，有一股融融的暖意。棠雪被光照到眼睛，睡不安穩，黎語冰便把她的頭髮揉亂，將頭頂的頭髮都往前推，搭在眼前擋著。

棠雪一下便變得像個小瘋子。

他幫她拍了張照片，繼續心安理得地看風景。

火車跨過河流，穿越山丘，像青春一樣呼嘯而過。

棠雪後來是被手機鈴聲吵醒的。

褚教練已經到了霖大，打電話告訴她，國家隊的劉指導過兩天過來。

棠雪的瞌睡全醒了，她有些不敢相信，問道：「什、什麼意思？」

「還能是什麼意思？我等一下發張申請表給你，有範本，你照著填。」

「是國家隊申請表嗎？」

「你說呢？」褚教練覺得棠雪問得可愛，笑了一聲，「不過你還在上學，所以現在只是掛名在國家隊，不用去那邊訓練，補助照發，假期集訓就行，以後要不要休學再看情況。」

「好！謝謝褚教練！」

棠雪此刻的心情就像狂風裡的塑膠袋，飄啊飄地飛到天上去了。她振奮地握了握拳：「我就知道國家隊是相當有眼光的，」接著她又嚴肅地拍了拍黎語冰的肩膀，「不好意思，兄弟要先一步去國家隊了。冰狗要加油了。」

褚霞很快給她發來兩份檔案，一份空白表格，一份填表範本。棠雪打開一看，哇，竟然是目前短道速滑國家隊一姐的申請表。

「一姐你好，我是未來的一姐。」棠雪對著手機點頭哈腰。

黎語冰把她的傻樣都錄下來了，作為以後嘲笑她的素材。

和一姐打完招呼，棠雪想到一件事，問褚霞：「褚教練，這申請表張閔微有嗎？」

褚霞：「有，就你們兩個。」

棠雪稍稍放了心。

褚霞：「不過我得提醒你啊，國家隊隊員很多的，進國家隊也代表不了什麼。國家隊也分一隊二隊，也分重點培養和普通培養，你可別給我飄了啊。」

褚教練一句話把棠雪打回了現實。說得也對，她進國家隊不代表能參加奧運會，奧運會選拔比國家隊選拔殘酷多了。

棠雪算了一下，突然又有點沮喪：「我跟一姐的差距還是有點大。」

黎語冰揉她的腦袋：「怕什麼，黎語冰的女人不會輸。」

噗——棠雪被他逗樂了，笑著看向他，有點感動。

黎語冰把手機一收，看著她的眼睛：「棠雪的男人也不會。」

三個月後。

霖城市，驍龍俱樂部冰球館。

今天是絲路杯總決賽首場比賽開打之日，冰球館大門外聚集著很多人，大部分是在等著碰運氣收二手票，少部分是黃牛黨，也在收二手票。

沒有人賣二手票。

記者把這些畫面拍下來，作為新聞花絮發送到了台裡的賽事直播間。

比賽還沒開始，直播間的主持人正在給觀眾朋友們介紹本場比賽的陣容。說到黎語冰時，他的話忍不住變多了。

常規賽高開低走的少年天才，受隱形傷病困擾長達四個月之久，病重得一度生死未卜，傷癒後重返賽場。

彼時正是季後賽的八強爭奪戰，驍龍中國龍隊在季後賽「七場四勝」的賽制中已經連負三場，命懸一線，無緣八強幾成定局。黎語冰從第四場比賽開始出場，四戰四勝，逆天改命，把驍龍隊帶進了八強。

許多驍龍隊的球迷都忘不了當時追比賽的心情，期待一點一點地加碼，希望一點一點地放大，直到奇蹟真的出現。第七場比賽結束時，場館內球迷起立高呼：「如果奇蹟有名字，它一定叫黎語冰！」山呼海嘯，場面極其震撼。

奇蹟出現之後並未停止腳步，八強之後是四強。驍龍俱樂部晉級四強那晚也創造了一個歷史——四強，是中國球隊在這項賽事中走過的最遠的路。

四強之後，他們又「一不小心」走到了更遠的總決賽，而黎語冰，終於用手裡的球杆讓所有質疑的人閉嘴了。

曾經的失意少年，已經閃耀到令人目眩。

主持人是黎語冰的粉絲，說著說著有點收不住，導播連忙提醒道：「介紹別人！」

主持人立刻把別的隊員介紹了一遍，又跟嘉賓聊了一會，接著說道：「好，比賽即將開始，我們把畫面交給現場。」

現場，整個場館爆滿，黑漆漆的全是人，不少人舉著旗子、條幅、螢光棒，還有人帶著喇叭。

棠雪坐的位置是VIP包廂，全場視野最好的地方。

然後，她手裡也拿著一面旗子，紅色的布料，上面用螢光塗料寫著大字：棠雪的男人不會輸。

場館內放起音樂，啦啦隊的姑娘們跳起舞，膚白貌美大長腿的姑娘們瞬間吸引了全場人的注意力。

等啦啦隊下去，比賽終於開始了。

先出場的是客隊，球員一個接一個地走出場，現場播報員報名字，觀眾們給予禮貌的鼓掌。

然後是主隊。

黎語冰出場時，觀眾們的熱情陡然放大了一百倍，許多球迷瘋狂地吹喇叭。黎語冰抬手揮了揮，球迷激動了：嗷，冰神看我了！繼續吹！

黎語冰的視線在觀眾席上掃了一圈，最後落在VIP包廂裡的某人身上。

他隔著頭盔玻璃看著她，棠雪也望著他。

兩人看著對方，幾乎同時笑了。

為你而來。

為你而戰。

——《冰糖燉雪梨》．正文完——

番外篇

童年番外

私奔到哪裡

棠雪小時候和黎語冰「私奔」過一次。

究其原因，她犯了錯誤被她爸爸罵了一頓，還被關在屋子裡面壁思過半天，媽媽就在一旁袖手旁觀。

棠雪覺得爸媽不夠愛她，便決定要讓他們知道失去親人的滋味。

正好當時電視上演武俠片，大俠們在師門學了武藝，都要出門歷練。棠雪受到啟發，決定出去闖蕩世界。

第一步：出去。

從家裡出去是不能的。他們家住十二樓，她想躲避大人的目光出去，只能跳窗。這要是跳下去，她就變成餅了。

所以她只能從學校裡逃出去。

第二天，棠雪帶著強烈的報復心理和闖蕩世界的雄心來到學校，跟黎語冰講了她的藍圖，並邀請黎語冰入夥。

黎語冰不答應。於是她的邀請變成了要求，由不得他不答應。

下午下課後，她和黎語冰跑到了學校食堂外面，那裡有人開著那種小貨車送貨。兩個人悄悄地爬進了小貨車的開放式車廂，貼著角落蹲著。送貨的人也有些粗枝大葉，和食堂的人交接完貨物，也沒細看車廂，上了車，開車走人。

棠雪蹲在車廂裡，感覺心臟撲噗通噗通狂跳，超緊張超刺激。

黎語冰扒著車廂邊緣，悄悄探出頭看著身後遠去的學校，莫名有一種離經叛道般的刺激感。

一開始是挺好玩的，但慢慢地，他們倆都感覺有點冷。是啊，寒冬臘月，坐著敞篷車兜風，能不冷嗎？

後來他們倆乾脆緊緊地抱在一起，互相取暖，這樣終於挨到車停下來。

等聽到司機下車離開後，兩個人活動了一下僵硬的四肢，悄悄從車廂裡爬下來。

天已經黑了，這裡是個老舊的社區，到處都很安靜，連燈光都透著幾分詭異。棠雪心裡怕得要死，又不好意思講出口，就一直緊緊地握著黎語冰的手，把他當唯一的救命稻草。

兩人闖蕩世界的路，開端好像不是那麼順利。

他們手牽著手，七轉八轉，終於走出那片社區，走到大街上。棠雪感覺肚子餓了，摸了摸肚皮，突然一拍腦袋：「糟了！」

「怎麼了？」黎語冰問。

「書包忘在那輛車上了！」

書包裡有她精心準備的乾糧和水，還有一張從爸爸那裡偷來的湖城地圖。

黎語冰也有點遺憾，問道：「要不要回去？」

「不要。」棠雪不想再體會一次剛才那種沉悶壓抑的恐懼和不安，一邊掏口袋，一邊問，「黎語冰，你身上還有錢嗎？」

「沒有。」

棠雪搜遍全身的口袋，掏出兩塊五毛錢。兩個人牽著手，走到路口一個煎餅攤前，棠雪問賣煎餅的阿姨：「阿姨，一個煎餅多少錢呀？」

阿姨看了一眼，心想這兩個小孩長得真好看，然後答道：「三塊錢一個。」

「嗯，要是多加一個雞蛋，多少錢呀？」

「三塊五。」

「那不加雞蛋，兩塊五，行嗎？」

「啊？」阿姨一臉奇怪，「一個雞蛋都不加？那你這是煎餅卷大蔥了。」

「阿姨我們沒錢。」棠雪泫然欲泣，攤開手，手心裡躺著皺巴巴的兩塊五毛錢。

阿姨看到她那樣子，心都快化了：「唉呀，不要哭啦，我送你們一個雞蛋好了。」

「真的嗎？謝謝阿姨！」

「不客氣，你們兩個是一家人嗎？」

「不是。」

「哦，家長呢？」

「家長有事，等一下我們就回家。」

「哦哦，」阿姨看了一眼他們牽在一起的手，逗他們，「那你們以後會結婚嗎？」

沒等棠雪說話呢，黎語冰先搖頭：「我怎麼可能和她結婚？」

棠雪感覺被嫌棄了好沒面子，賭氣道：「黎語冰，你以後要是跟我結婚你就是小狗。」

阿姨一邊攤煎餅一邊笑呵呵地聽他們講話，攤好了煎餅，裝在兩層紙袋裡遞給他們：「小心燙，吃完就回家啊。」

「嗯嗯！」

兩個人提著煎餅找了個風水寶地，蹲在路邊你一口我一口地吃煎餅，像兩個小乞丐。

煎餅吃到一半，有條瘦骨嶙峋的大狗聞著氣味走到他們面前。

棠雪嚇得僵住身體不敢動，愣愣地看著大狗。

黎語冰也沒動。老師說過，遇到狗不要主動挑釁。

大狗和他們兩個對視了幾眼，然後一低頭，非常不見外地把棠雪手裡的煎餅叼走了。

棠雪：「……」

闖蕩世界之路為何如此艱難？

壓倒駱駝的最後一根稻草來自黎語冰。

黎語冰沒吃飽，摸了摸口袋，掏出兩塊「大大牌」泡泡糖。

棠雪看著他手裡的泡泡糖，吞了下口水。

泡泡糖雖然不怎麼充飢，但有總比沒有強。

就在希望的小火苗重新跳了那麼一下下時，黎語冰把兩塊泡泡糖都剝開，然後一起扔進了自己嘴裡。

棠雪又生氣又委屈，質問道：「你幹麻都吃了，不給我一塊？」

黎語冰嚼著泡泡糖，說：「我是不會和你結婚的。」

之後棠雪蹲在路邊發呆，黎語冰蹲在她旁邊吹泡泡。兩塊泡泡糖一起嚼，吹出來的泡泡又白又圓，比臉都大。

棠雪覺得，闖蕩世界之路……不，這個世界不適合闖蕩。

她要回家。

老師曾經說過，在路邊遇到事找爸媽，找不到爸媽找警察。

於是兩個人牽著手走到交警面前：「警察叔叔，我們想自首。」

童年番外

玫瑰花的葬禮

棠雪不太喜歡種花種草，究其原因，大概與童年的一次心理陰影有關。

那也是她平生第一次種花。

有一次，教務處主任送了棠校長幾顆玫瑰花的種子，據說是新培育的玫瑰花品種，倒是不貴，就是很難得，市面上根本買不到。

巧了，棠校長正頭疼棠雪一天天的精力旺盛到處搗蛋呢，他打算多給她找點事幹，於是把玫瑰花的種子給了棠雪，並且給小傢伙生動描繪了一番這玫瑰花開出來是多麼好看，多麼芬芳。滔滔不絕，誇誇其談。

把棠雪說得眼睛都圓了，心馳神往地在腦內描繪了一幅美麗畫卷。

她當即決定：我要種花啦！

按照爸爸教的方法，把種子種進小花盆裡，她開始等待種子發芽。

第二天，棠雪把小花盆帶到班上，繪聲繪色地跟黎語冰炫耀。

凡是棠雪喜歡的，黎語冰都願意去反對，所以他對這盆花一點也不感興趣。

更何況，這根本也不能算一盆花，最多算個盆。

一連幾天，棠雪熱情不減，還掰著手指頭和黎語冰算：「我爸爸說，這個種子兩個星期就能發芽哦，這都過去四天了，還差……」她說到這裡頓了頓。

「還差十天。」黎語冰冷漠的說。

「哦對對對，黎語冰，等花開了我可以摘一朵給你。」

黎語冰有些意外，「為什麼給我？」

「你看電視上那些貴妃，頭上都是戴花的。」

黎語冰：「……」怪他，感動得太早。

黎語冰看著棠雪滿心期待的樣子，這玫瑰花沒發芽，他心裡那顆邪惡的種子，突然發芽了。

如果……這盆花永遠都不發芽，那她一定會很難過吧？

——

第二天上體育課，黎語冰藉口肚子不舒服，獨自在教室休息了一節課。

光禿禿的玫瑰花盆就擺在課桌上，黎語冰把教室的門鎖上，然後拿過花盆，小心翼翼地翻開土壤，找到下面的種子，取出來用紙包好，然後又仔細把土蓋回去，儘量弄得和原先一樣。

整個過程，他的心臟一直咚咚地狂跳，超緊張超刺激。

棠雪下了體育課，滿頭是汗，舔著冰棒回來了，黎語冰趴在桌子上不敢面對她，偷偷睜開一條眼縫看她的舉動。

棠雪一手舉著冰棒，一手把花盆挪到面前看著。

黎語冰屏住呼吸。

棠雪突然喊他，「黎語冰！」

「啊……」黎語冰精神一緊，虛虛地應了一聲。

棠雪朝他攤著手，因為在舔冰棒，就沒說話，只是唔了一聲。

她發現了，她發現了……黎語冰臉爆紅，手默默地伸向口袋，當他的指尖觸碰到紙包時，他聽到棠雪說：

「水杯借我，澆點水，唉呀你怎麼這麼慢呀。」

黎語冰的心臟重重地落下去，他飛快地把水杯遞給她。

棠雪提著水杯噔噔噔跑出去，過了一會，噔噔噔跑回來，手裡除了水杯，又多了一根沒拆封的冰棒。她把那根冰棒遞給黎語冰，「喏，不是病了嘛，吃根冰棒就好了。」

黎語冰一點都不感動，反正冰棒是用他的零用錢買的。

這時，趙老師拿著教案走進來，看到棠雪這樣，啼笑皆非道：「棠雪！黎語冰肚子不舒服你還給他吃冰棒！馬上上課了，趕緊坐好。」

——

放學時，棠雪還在惋惜冰棒沒來得及吃都化了，黎語冰一言不發，收拾好書包，落荒而逃。

第二天是週末，黎語冰的爸媽帶他去了公園。黎語冰悄悄地把玫瑰花的種子扔進了湖水裡。

他看著種子落入水中之後激起的微小波瀾，想到棠雪給他描繪的那些花開時節的美好，不知怎的，突然就有些惆悵。

黎媽媽見兒子繃著小臉看水面，奇怪地摸了摸他的腦袋，「怎麼了？」

黎語冰搖了搖頭。

之後，黎語冰在湖邊舉辦了一個小小的儀式，並將之命名為「玫瑰花的葬禮」。

黎家爸媽對視一眼，不約而同地感嘆：小孩子的世界好難懂啊！

——

棠雪每天都在數著日子等發芽。距離兩週的期限越近，她就越興奮。

與她相反，黎語冰越來越沉默。

終於，十四天的「預產期」到了。

然，土壤表面一片寧靜，並沒有半點生命的跡象。

「沒關係，」棠雪自我安慰道，「爸爸說，前後差三四天都是正常的，再等等。」

等啊等，等啊等。

第二十一天的時候，棠雪默默地對著花盆發呆，大眼睛裡隱隱泛著淚花。

黎語冰在一旁看著，皺了皺眉。

誰說快樂是建立在別人的痛苦之上的呢？

誠然，棠雪是比較難過，可他也並不快樂啊。

——

放學後，黎語冰做完作業，無聊地在社區裡溜達。他看到鄰居老爺爺正在鼓搗自家小花園，翻土啊澆水啊，像是在種東西。

黎語冰鼓起勇氣走上前，隔著柵欄問道：「爺爺，您有玫瑰花的種子嗎？」

「玫瑰花呀？我沒有，我這種菜呢！」

「哦，」黎語冰有些失望，想了想，說道，「那您能給我一些種子嗎？」

「行啊，你要什麼種子。」

「能發芽就行。」他降低了要求。

老頭隨手抓了幾顆種子給黎語冰，也沒太當回事。他見黎語冰心事重重的，便問道：「你要這些做什麼，是送給喜歡的同學嗎？」

「我……要送給一個討厭的壞蛋。」

「哦，既然是壞蛋，為什麼還要送人家玫瑰花呢？」

這個問題，黎語冰沒有回答。

——

又一次體育課，黎語冰故技重施，這次裝作頭疼，沒去上課，悄悄地把種子種進了光禿禿的花盆裡。

——之所以這次裝頭疼，是因為……嗯，他還是希望能吃到冰棒的……

可惜這次棠雪沒有買冰棒，她最近被挫敗感包圍著，精神萎靡的，零食也拯救不了。

棠雪回來之後，摸著光禿禿的花盆，學著她爸的樣子嘆了口氣，「唉，要不就扔了吧。」說完，抱著花盆站起身。

黎語冰急忙攔住她，「等等。」

「嗯？」

黎語冰抿了抿嘴，「要相信希望。」

這話給了棠雪希望，她於是又放下了。

第二十六天，沉睡了將近一個月的土壤，突然從中間裂開一條縫，拱起了一小塊。一顆尖尖的、嫩綠色的、頂著兩片尚未舒展的葉片的小苗苗，破土而出了。

「啊啊啊啊啊！發芽了發芽了！！！」棠雪高興地手舞足蹈，不知道怎麼好了。

全班的小夥伴都來圍觀玫瑰苗苗，嘰嘰喳喳地討論，黎語冰覺得他們有點煩，低頭默默寫著練習題，寫著寫著，忍不住牽了牽嘴角。

趙老師走進教室，敲了敲黑板，「棠雪！又是你！你是要當猴王嗎？整天帶著同學吵吵吵，房頂都被你掀了，上課了沒聽見？」

棠雪高興道：「趙老師，我的玫瑰花發芽了！」

趙老師一聽也笑了，「喲，恭喜你啊。」

「趙老師，等花開了，我要摘一朵送給你。」

趙老師忍俊不禁，「好了吧你，都答應多少朵了，摘禿了都不夠。趕緊坐好，上課。」

從那以後，棠雪悉心照料著這盆小苗苗，苗苗越長越大，越長越水靈。

兩個月之後，苗苗送了棠雪一份大禮。

——它長成了一顆大蘿蔔。

棠雪：「……」

趙老師：「……」

棠校長：「……」

全班同學：「……」

黎語冰：→_→

這年秋天，棠雪的秋遊作文叫《收穫的季節》，開頭是這樣寫的：

春天，我種了一棵玫瑰花，秋天，我收穫了一根大蘿蔔……

趙老師一邊喝水一邊批作文，看到棠雪這篇作文開頭，一口水全噴在作業本上。

這年期末考試，棠雪的作文題目叫《我的爸爸是一個大騙子》，這篇作文一出，全校都知道棠校長是個不正派的大騙子了。

棠校長簡直百口莫辯，威嚴掃地。

至於玫瑰花為什麼會長成大蘿蔔，它終於成了一個未解之謎，甚至演變成了不同版本的懸疑故事，在他們學校廣為流傳。

而棠雪，從此永遠地退出了種植界。

番外

劈腿風波

棠雪最忙的那幾年，和黎語冰幾乎沒時間約會。

別說約會了，見面的機會都少。兩個人最多的時候是視訊通話，隔著網路看著攝影鏡頭下的彼此，有時候訊號不好，還會自帶馬賽克效果。

「我感覺像是在看盜版的小電影。」棠雪吐槽道。

黎語冰笑：「那我表演一個尺度大一點的小電影給你看。」

「滾……」

時間久了，棠雪感覺黎語冰根本就是一隻養在手機裡的寵物，相當沒有真實感。

直到有一天，她發現這隻寵物不為人知的另一面。

——

事情要從一則私訊說起，私訊來自於棠雪眼熟的一個粉絲。

雪絨花：「雪雪，我發現了一件事，不知道要不要告訴你。」

棠雪給她回了個問號。回完她就把這件事忘了，過了幾天再上微博，發現雪絨花的最新訊息。

雪絨花：「黎語冰可能劈腿了。」

雪絨花：「這是那個女人的微博帳號，對照一下她和黎語冰的頭像，明顯是同一張照片的兩半，這是情侶頭像啊！你看她新發的圖片，她去過黎語冰住的飯店，還去了黎語冰的俱樂部，這太明顯了。哦對了，情人節那天黎語冰是在哈爾濱對吧？她剛好也在哈爾濱哦。」

雪絨花：「不知道說什麼好，我看了很生氣，很怕你難過，但是又覺得你有權利知道真相。希望你別難過，狗男人配不上你！」

棠雪點開那個微博帳號，看了最近發的幾則微博，確實，行程跟黎語冰高度吻合，且言語曖昧，完全的熱戀少女既視感。

她的心沉了沉，但依舊不願相信黎語冰會做出這種事。

恰在這時，黎語冰的視訊邀請打了進來。棠雪深吸一口氣，點了接受。

視訊一接通，黎語冰就發現棠雪今天臉色不好，垂拉著嘴角，目光沉鬱地看著他。

黎語冰感覺很不對勁，「你怎麼了？」他問。

「黎語冰，」棠雪從來不在心裡藏事情，這時直截了當地問他，「『冰糖燉雪梨』是什麼人啊？」

黎語冰沒想到棠雪發現了他那個微博小帳。他張了張嘴，想說話，但是看到棠雪臉色不對，話到嘴邊又停住。棠雪為什麼生氣，是因為他在小帳裡說了什麼不該說的嗎？黎語冰回憶了一下自己在小帳裡各種放飛自我，感覺還……蠻羞恥的……

想到這裡，他神情莫名地有一點點心虛，目光向一旁飄了飄。

看著他心虛的樣子，棠雪紅了眼眶，咬牙說道：「不說話就是，默認了？」

黎語冰感覺事情不對，棠雪反應也太大了。看到螢幕裡的她憤怒的樣子，他一時間慌了神，脫口而出道：「我我我，我可以改。」

「你去死啊！」棠雪氣得直接掛斷通話。

黎語冰很快又打過來，棠雪又掛斷，接著把他聯繫方式都封鎖了。

她心情始終不能平靜，腦袋裡混混沌沌的無法思考，就這麼坐在椅子上發呆，滿腦子都是她和黎語冰相處時的點滴。

就這樣呆了一會，咚咚咚，外頭有人敲門。

「進來。」棠雪有氣無力地應了一聲。

張閱微舉著手機走進來，面無表情道：「黎語冰電話打到我這，他說有句遺言要交代。」

棠雪轉頭望去，看到她手機螢幕上，黎語冰的臉。

這時黎語冰的表情十分嚴肅，一開口，語氣帶著點委屈：「要我去死可以，罪名是什麼？」

「黎語冰，『冰糖燉雪梨』到底是誰？」

「你不是已經猜到了嗎，我承認，」黎語冰點點頭，「那是我的小帳。」

棠雪：「……………」

她聽到前半句時馬上就要崩潰了，結果聽到後半句，隨時準備爆炸的情緒又立馬憋了回去。

黎語冰看她表情怪異，他睇了睇眼睛，「你以為是什麼？」

「沒、沒什麼。」

黎語冰何等聰明，心思稍微一轉就想明白了，這次輪到他咬牙了，「棠、雪。」

「咳。」

黎語冰目不轉睛地看著她，那眼神，相當地委屈。

棠雪尷尬地想要說幾句好話，一抬眼看到張閱微在翻白眼，她連忙說道：「那個，我明天找你啊，先這樣，掰掰。」

黎語冰本來打算保持高冷的姿態等她道歉，結果這傢伙直接道別，他氣得夠嗆，忍不住道：「你這個沒良心的女人，別忘了你男人還在黑名單裡躺著……」

棠雪尷尬地按掉通話，把手機還給張閱微，「謝謝啊。」

張閱微欲言又止。

棠雪：「你有什麼話就直說。」

張閱微問：「是每個談戀愛的人都會變成像你們這樣的……」她說到這裡停下來，像是在找適合的形容詞。

棠雪幫她說出來了：「腦殘？」

張閱微沒有否認。

棠雪感覺自己還好啦，不至於腦殘，她這不是先入為主地被誤導了嘛。而且，她跟黎語冰聚少離多，時間長了，心裡總是缺點踏實感，一出點事就難免關心則亂了。

——

黎語冰好生氣。

棠雪不僅錯怪他，而且沒有道歉，而且，還沒有把他從黑名單裡放出來。

這個混蛋。

明明是她做錯了，就不能主動一下嗎？平常他認錯比吃飯都簡單，到她這裡有那麼難嗎？

越想，越覺得意難平。

黎語冰於是上小帳發了則微博：哄不好了謝謝。

沒錯，就是給她看的。

棠雪弄了個ID名「小雞燉蘑菇」的小帳，悄悄地幫他點了個讚。

呵……

黎語冰看了想咬人。

——

第二天，身處在北京某訓練基地的黎語冰，晨練結束後去吃早餐。走在路上時，腦子裡還在想某個沒良心的傢伙。

這時，身後突然一陣風似的，有個人撲了上來。他這時走神了，反應慢，讓那人得了逞，嗖地一下跳上他的後背。

黎語冰一驚，差點把那人甩下去，也幸好他聽到了對方的笑聲。

聽到那笑聲時，他的心口，咚地一下，重重跳了起來。

緊接著是牙癢癢。

棠雪厚臉皮地掛在他背上，笑嘻嘻道：「唉呀，這是誰家小帥哥呀？帶我回家吧！」

黎語冰鼻端發出了極輕的一聲「哼」。

這時，有隊友路過，看到他們這樣，起哄地「唉呦」了一聲。

「去去去。」黎語冰把他們轟走了。與此同時感覺到棠雪的身體在向下滑，他默默地伸手托了托她的大腿。

棠雪用下巴蹭了蹭黎語冰的頸窩，小聲說道：「黎語冰，對不起。」

從昨晚到現在，黎語冰心頭窩的那團委屈消散了大半。他問她：「坐高鐵過來的？」

「嗯。」

黎語冰估計著她一整晚都在高鐵上了，莫名地，他有些感動又有些心疼，他背著她走向食堂，一邊問道：「晚上睡得怎麼樣？」

「我看了一整晚你的戀愛日記。」棠雪慢悠悠地說，語氣意味深長。

黎語冰：＝＝

感動早了。

「我早就該想到的，」棠雪感嘆，「一般二般的小妖精怎麼可能做到少女畫風如此純正如此濃厚呢？」

「閉嘴，」黎語冰說，怕她不聽話，又威脅她：「再說，就把你扔進垃圾桶裡。」

棠雪果然不說話了，安安靜靜地趴在他背上。她突然變乖了，又讓他有點不適應，走了一會，他溫聲說：「睏了？」

「沒有，」棠雪動了動身體，突然說，「黎語冰，其實我……有點害怕。」

「怕什麼，怕我跟別人跑了啊？」

棠雪小小地「嗯」了一聲。

黎語冰心底一片柔軟，他偏過臉，輕輕蹭了一下她的臉蛋。然後他轉過頭，望著前方，低聲說：

「跑不了，早就上了你的賊船了。」

番外

寶寶二三事

1

黎語冰很早就向棠雪求婚了，那場求婚高調而浪漫，被人們津津樂道了好多年。

不過，兩個人正式舉辦婚禮，則是在棠雪功成名就、退役之後。

婚後一年，就有了愛的結晶。

養胎期間，棠雪和黎語冰討論過生男生女的問題。說到女兒時，黎語冰暢想了很多，從小到大，從衣食住行到玩具書籍，要怎樣養女兒教女兒保護女兒……他很少有這樣滔滔不絕的時候。

棠雪聽他講完，側了側頭，好奇問道：「那如果是兒子呢？」

黎語冰微微愣了一下，「沒想那麼具體。」

棠雪失笑。

幸運的是，他們真的迎來了一位小公主。棠雪給小公主取了個小名叫果凍，黎語冰聽罷暗暗擦了把汗，幸好沒叫蛋蛋。

2

果凍很小的時候，就經常語出驚人。黎語冰印象最深的一次是她兩歲半時。這年雙十一，棠雪網購了很多東西，之後的好幾天，黎語冰在家經常守著一堆快遞幫她拆。有時候果凍會在一旁圍觀，時不時地好奇問，這是什麼，那是什麼，那又是什麼，幹什麼用的……

黎語冰耐心地回答好奇寶寶的發問。

然後，果凍又問了一個問題：「網路上什麼都能買呀？」

「嗯，什麼都能買。」黎語冰點了點頭。

果凍歪著腦袋，「什麼都能買，那，能買一個爸爸嗎？」

這一句話把黎語冰問得冒汗了，他立刻反思自己，他是不是做錯了什麼事？他不是一個合格的爸爸嗎？果凍竟然想換爸爸了！

黎語冰左思右想，想不通自己哪裡對不起她。他幽怨地看著果凍，問道：「果凍不喜歡爸爸嗎？」

「喜歡呀，果凍喜歡爸爸。」

「那為什麼還想買個爸爸？是爸爸不夠好嗎？」

「嗯，我想試試不一樣的爸爸。」

「……」這，能試？

果凍：「反正七天無理由退換貨嘛。」

黎語冰聽得直扶額，「這都是跟誰學的！」

3

再大一點，果凍就越來越皮了，黎語冰覺得，她該叫「皮凍」更恰當一些。

有時候黎語冰受不了她淘氣，就說：「你看看別人家的孩子。」

果凍：「你看看別人家的爸爸。」

棠雪在一旁莞爾。

令黎語冰奇怪的是，果凍敢頂撞他，卻並不敢頂撞棠雪，甚至，還經常討好她，在她面前裝乖。難道這小孩知道誰才是站在食物鏈頂端的人？

呵，小孩都是這麼現實。

果凍四五歲的時候，喜歡上了打扮。不僅打扮自己，也打扮別人。

有一次黎語冰待在書房看書，果凍在一邊抱著他的一隻手玩，他也沒在意，等看完半本書一抬眼，他一隻手的五個指甲被染成了五種顏色，活像一隻公雞尾巴。

那一瞬間黎語冰有種砍掉手的衝動。

恰好這時棠雪端著水果走進書房，一看到黎語冰五顏六色的爪子，立時爆笑：「哈哈哈哈哈哈！」

黎語冰瞪了她一眼，能不能給他這當爹的留點面子？

晚上黎語冰就想教訓一下棠雪。

她靠在床頭玩手機時，他悄無聲息地上床，緩緩地逼近，捕捉獵物一般。

棠雪突然一抬腳，足尖抵在他肩頭，阻止他繼續侵略。

黎語冰微微怔了一下，便從善如流地握住她的腳踝，指尖緩慢地摩挲她光滑細嫩的肌膚，目光曖味，「這是什麼花樣？」

「黎語冰，」棠雪憋著笑，「對不起，我忘不了你粉嫩的、水綠的以及嫣紅的指甲。」

黎語冰挫敗地一低頭，壓抑著怒吼：「果凍，我跟你不共戴天！」

棠雪倒在床頭狂笑。

4

第二天，棠雪就笑不出來了。

白天一家三口去了濕地公園，玩得很盡興，傍晚開車回家，順路買了點菜。這些年黎語冰的廚藝越發精進，棠雪和果凍都愛吃他做的菜。

回到家，黎語冰在廚房忙活，棠雪拿著兩頭蒜，在客廳一邊剝蒜一邊看電視。果凍站在沙發上圍著她轉來轉去，拿著幾條髮圈在她頭上鼓搗，她被電視劇的劇情吸引了，也沒在意。

過一會，黎語冰在廚房門口喊：「棠雪，家裡沒油了，你去買一瓶回來。」

「好哦。」棠雪拿起手機和鑰匙就出門了。

出了門，一路上甭管什麼人，都對她笑呵呵的，棠雪覺得特別奇怪，雖然平常也會有人認出她，可像今天這麼整齊劃一的熱情，實在是罕見。今天是什麼特別的日子嗎？

她拎著油回到家，一進廚房就對黎語冰說：「黎語冰，今天是不是國際友愛日？我看路上的人都笑呵呵的。」

黎語冰正炒菜呢，聞言轉頭看她一眼，立刻見鬼一樣，「你這是……？」

棠雪一臉莫名其妙：「我怎麼了？」

黎語冰低頭看著炒鍋，樂了：「去照照鏡子，就知道路人為什麼笑了。」

棠雪心裡感覺不太妙，放下油就跑去照鏡子，這一照之下大驚失色。好嘛，鏡子裡的人，頭頂上立著一根小辮，左右兩邊伸出兩根小辮。因為是短頭髮，紮起來的小辮就特別的高調、昂揚，活像是三根天線。

電視劇裡的傻姑也不過如此了！

誰幹的？還能是誰幹的！

棠雪對著鏡子狂吼：「果凍，我跟你不共戴天！」說著衝出來要收拾果凍。

黎語冰聽到動靜跑過來，一把抱住棠雪，然後給果凍使了個眼色。

果凍立刻倒騰著小短腿噔噔噔跑回自己房間。

黎語冰輕拍著棠雪的後背安撫她，說道：「好了好了，挺可愛的。」

「黎語冰，你還要臉嗎，這種話都說得出口？」

黎語冰噗嗤笑了，摸了摸她的頭，說：「我是說真的啊，你怎樣都可愛。」

5

果凍有一個缺點——挑食。而且還喜歡吃零食，不好好吃飯。

棠雪想糾正她這個壞毛病，打算先餓她兩頓試試。

午飯餓了她一頓，她還挺倔強，就不肯認錯，還叫囂永遠不要吃飯了。棠雪脾氣也上來了，決定晚飯繼續餓她。

晚上睡下後不久，黎語冰輕聲喚棠雪：「棠雪？棠雪？」

棠雪直覺他想搞事情，故意裝睡著沒應聲。

黎語冰於是輕手輕腳地下床，開門走出臥室。

棠雪亦輕手輕腳地下床，跟了上去。

——

黎語冰煮了碗麵，弄了一個涼拌番茄。飯菜剛放上桌，果凍就探頭探腦地出來，坐在餐桌旁，明知故問：「爸爸，這是做給我的嗎？」

「快吃吧。」

「謝謝爸爸！」

果凍埋頭狂吃，黎語冰在旁用手幫她扇了扇額頭冒出的汗，說道：「慢點，不怕燙嗎。」

「我餓嘛。」

「現在知道餓了？早點跟你媽道個歉不就不用挨餓了？」

果凍頗不服氣：「我是小孩就不要面子的嗎。」

「自尊心還挺強。那我們明天都裝失憶，好不好？媽媽也裝失憶，你只要好好吃飯。」

「好吧。」

「果凍，」黎語冰看著吃得香甜的女兒，問她，「爸爸好還是媽媽好？」

「爸爸好。」果凍不假思索地答。

尬。

棠雪靠在牆邊，「呵」地笑了一聲。這一聲笑把兩人的目光都吸引過來，黎語冰看到棠雪，一臉尷尬。

果凍反應飛快，立刻補了一句：「媽媽更好。」重點強調了「更」字，並且配上了一個特別堅定的眼神。

棠雪走過去摸了摸她的小腦袋，「行了，好好吃吧。吃完記得刷牙。」

果凍乖巧點頭：「嗯！」

黎語冰頗感挫敗。在爭寵這件事情上，他就從來沒贏過。

番外　下雨CP

第一章

廖振羽永遠忘不了第一眼見夏夢歡時的情形。

中等個子，瘦瘦的，臉很小，五官秀氣，膚色蒼白，一雙眼睛不算大，但純淨無暇，像兩顆新鮮水洗的黑葡萄。

她穿著一件白底橙色小碎花的及膝連衣裙，裸著兩條白得通透的小腿，站在棠雪身邊，內八字的站姿和他老大筆直挺拔的站姿形成鮮明對比。就像一隻小白兔站在老虎身邊。

好可愛啊！

這是廖振羽的第一反應，僅僅由視覺神經引起的心理活動。

廖振羽的理想型很單一很直男——就是那種從性格到外表都弱不禁風小鳥依人的類型。現在見到夏夢歡，他有那麼一點點本能地心跳加快。

但是很快，他見識到了萌妹的騷話連篇、流氓本質，什麼可愛，什麼心動，通通都是幻覺。

後來呢？怎麼又上了她的賊船了呢？

很久以後廖振羽回憶往事，發現一切都是有跡可循的。

這個軌跡的起點不是他們的初見，而是一次毫無準備的偶遇。

那天，他下了解剖課，一手捂著肚子，一手推著自行車，恰好看到夏夢歡背著小書包路過。人瘦，書包也小，看外表怎麼看怎麼賞心悅目，再想想本質……算了。

廖振羽和她打了個招呼，「你去找老大？」

夏夢歡搖搖頭，「不是，大王和黎語冰在一起。你回寢室？」

「嗯。」

「那你載我回去好不好，我不想自己走回去，好累。」

反正沒什麼大不了，廖振羽爽快點頭。

夏夢歡於是坐在了廖振羽那小綿羊的後座上。後座有點矮，她曲著腿，腳踩著車輪的外框，乍一看像是蹲在那裡。

廖振羽一手扶著車把，另一手依舊捂著肚子。

夏夢歡有點奇怪：「廖振羽，你是不是肚子疼？要不你放我下來，我自己走吧。」

「沒事，不用。」廖振羽雖然已經把夏夢歡從自己的理想型名單裡開除掉，不過這時依舊保留著身為男子漢的包袱。

夏夢歡再瘦也是個大活人，廖振羽單手扶車把，不太穩，有兩次差點撞到人，他終於肯鬆開肚子，雙手扶著車把。

轉彎的時候，自行車傾斜度很大，夏夢歡有點害怕，本能地扶了一下廖振羽的腰。

她的手觸碰到他的肚子時，嚇了一跳，連忙縮回來。

「你……」夏夢歡欲言又止，語氣充滿不可思議。

廖振羽沉默不語，她仰臉看他，發現他的耳朵和後腦勺都紅了。

夏夢歡驚疑不定，「廖振羽，你懷孕了？」

吱——

隨著一陣刺耳的摩擦聲，自行車驟停，夏夢歡毫無防備，臉撞到廖振羽的後背上。

廖振羽單腳支著自行車，轉頭囧囧地看她，「你別胡說。」

夏夢歡揉了揉臉，不可思議地看著他：「我摸到胎動了。」

「你這個——」廖振羽一時找不到適合的形容詞，最後只是鬱悶地捶了一下車把，「你跟我來。」

他把她帶到角落裡，掀開衣服，從裡面掏出一個東西，捧在手裡。

是隻小白兔，耳朵向後背著，乖乖伏在他手裡，隨著呼吸，毛茸茸的身體輕輕起伏著。

夏夢歡接過小白兔，抱在懷裡，「哪來的小兔子，真可愛……嚇死我了，我還在想孩子的爸爸是誰呢。」

「你想的有點多啊……」

「可是你為什麼要在衣服裡藏兔子呢？」

「夏夢歡，電視劇裡那些知道得太多的人，都活不長。」

「你不告訴我，我就去問大王。」夏夢歡說著，抱著兔子轉身要走，「而且兔子也不還給你。」

這一招很管用，廖振羽一拉她的手臂，「你不要告訴別人。」然後把來龍去脈說了。

原來這小兔子是他從解剖課上偷出來的。老師要他們解剖兔子，一人一隻，廖振羽舉著刀子比劃了半天也下不了手，最後只好把它偷偷運出來。他沒背書包，沒穿外套，牛仔褲的口袋又太緊，所以只好把兔子藏在T恤裡，T恤下擺收攏進褲腰。

夏夢歡聽罷覺得很難理解，「為什麼下不了手？」

「牠還活著，一直看著我。」

夏夢歡一臉奇怪，「你把牠殺了牠不就死了嗎？」

「你……」廖振羽感覺跟她無法溝通了，反問道，「難道你上解剖課都是手起刀落從來不猶豫？」

「嗯，」夏夢歡點頭，「我特別喜歡上解剖課，老師都誇我。」

「可怕的女人，再見。」

「再見……」夏夢歡抱著小兔子，用臉蛋蹭了蹭牠，「兔子借我玩幾天行嗎？真可愛。」

「不行，還給我。」廖振羽不想把兔子給夏夢歡，怕她吃了。

廖振羽搶回兔子，夏夢歡也沒阻攔，好奇地看著廖振羽：「你是只有兔子不能殺呢，還是解剖課其他都不能殺呀？」

廖振羽沒理她，眼珠轉了轉，看著天空。

夏夢歡好驚訝：「不會吧，你這樣還怎麼學醫呢？以後還要幫人做手術呢。」

「要你管哦，」廖振羽沒好氣道，「還有，不許告訴老大。」

畢竟，對一個醫學生來說，這不是什麼有面子的事。==

那之後，連續三天，夏夢歡總是在廖振羽面前唱一段網路上流傳已久的順口溜：

小白兔，白又白，兩隻耳朵豎起來。割完靜脈割動脈，一動不動真可愛。

廖振羽聽在耳裡，幾乎能想像那個血淋淋的畫面，偏偏她還用一種輕快的口吻唱出來，簡直無法忍受。廖振羽被逼急了，氣急敗壞地說：「夏夢歡，你是不是一個變態啊？這麼喜歡血腥暴力？」

夏夢歡愣了一下，緊接著，淚水在眼裡快速聚積，她睜著一雙霧濛濛的眼睛，無辜地看著他。

廖振羽無法和這樣一雙眼睛對視，看一眼就莫名其妙地心虛。他別開臉去。

夏夢歡：「廖振羽，我只是想幫你做心理建設，希望你能對這件事好接受一些。我沒別的意思。」

廖振羽沉默不語，有點不好意思，想道歉又拉不下臉。

夏夢歡：「而且我也不是喜歡血腥暴力的變態。誰會喜歡殺那些可愛的小動物呢？可這件事總要有人去做。想要救死扶傷，必先手染鮮血。」

雖然她一個獸醫跟他談救死扶傷，這感覺怪怪的，不過廖振羽還是有點感動，與此同時愧疚。

「好了，對不起，」他看到她眼裡的淚水要落不落的，便不自覺地聲音輕柔了幾分，「謝謝你啊。」

夏夢歡擦了擦眼角，柔弱的樣子讓廖振羽內心的負罪感又加重幾分。夏夢歡：「廖振羽，如果你真的覺得對不起我，就幫我做一件事。」

「什麼事？」

夏夢歡慢條斯理地打開書包，從裡面掏出一隻牛蛙。

廖振羽：「……」下巴要掉了。

夏夢歡把牛蛙遞給他，「把牠全家都殺了。」

牛蛙蹬了蹬腿，兩個眼珠子一動不動，可廖振羽總感覺牠在看他。

廖振羽指了指牛蛙，疑惑道：「為什麼是全家？它懷孕了？」

「兄弟總共五個，這是老三。」

「……」廖振羽扶額，無奈的同時又好奇道，「其他兄弟呢？」

「在餐廳老闆那裡。」

夏夢歡在校門口餐廳買了五隻牛蛙，養在餐廳，一天遛一隻，保證隨時隨地都能掏出一隻來，而且大家還能輪班休息，可以說考慮得很周全了。

廖振羽感覺夏夢歡真乃奇女子。

這天他在奇女子的注視下殺了五隻牛蛙，收拾得清清楚楚明明白白，殺完了還給老闆拿去做菜，一點也沒浪費。

那天他吐了好久，不過自此之後神奇地克服了解剖課的心理障礙。

第二章

說起來，廖振羽上大學之後遇到的第一朵桃花，也和夏夢歡有點關係。

自從棠雪跑去混速滑隊，廖振羽和夏夢歡單獨相處的時間變多了。經歷過殺牛蛙事件的廖振羽，依舊苦心維持著純爺們人設，對夏夢歡頗有照顧，渾身散發著「這個小萌妹我罩了」的氣息。

有一次週末，兩個人一塊在滑冰館做兼職，廖振羽下了冰場還裝備時，看到夏夢歡也已經換班了，這時正站在自動售賣機前買飲料。她刷完錢，彎腰拿出販賣機吐出的飲料，開始在那擰瓶蓋。

擰得很用力，整個人表情都有點扭曲了，瓶蓋還是沒擰下來。

廖振羽嗤之以鼻的同時又覺得有點搞笑，走過去，不由分說地從她手裡拿過飲料，輕輕鬆鬆，一下擰開，然後還給她。

兩個人都沒注意到，他們這互動有被旁人看到。

夏夢歡伸手去接飲料瓶，說了句「謝謝」。

廖振羽低頭看了一眼她的手，「手都紅了。」

說不清這句話觸到她哪根神經，夏夢歡覺得臉龐微微發著熱，她不好意思看他，轉身背對著他，假裝研究販賣機裡的飲料，說道：「你想喝什麼，我請你。」

「不用啦，賺點錢多不容易啊，你留著買大力丸吃吧。」廖振羽說著，走近一些，自己掏手機刷界QR code付錢。夏夢歡站在他和販賣機之間，小小的一片空間，明明沒有身體接觸，她卻有點緊張，忍不住握緊了飲料瓶。

廖振羽買完飲料，兩個人一邊喝一邊往外走，心情都不錯。快走出滑冰館時，在一個轉角處，他們聽到別人的交談聲。

一個女生問男生：「你們男的是不是都喜歡夏夢歡那樣的啊？」

男生答：「哪樣的？」

「就是連瓶蓋都擰不開的唄。」女生的語氣充滿鄙夷。

男生坦誠答道：「那樣的女孩子確實容易讓人心疼啦。」

女生語氣更加鄙夷了：「怪不得男人好騙。」

——

夏夢歡和廖振羽已經走出轉角，看清楚講話那兩人的背影，不過兩個人都默默地放慢腳步，誰也沒吱聲。等他們走遠之後，廖振羽立在原地，低頭看著夏夢歡，有那麼一咪咪擔憂，「你……」

「我沒騙人。」夏夢歡說。

「我知道。我是說，你不要在意。」

「沒關係啊，她只是不喜歡我，」夏夢歡低頭看了看手裡的飲料瓶，「有時候，我也不喜歡自己。」語氣竟然有點憂傷。

廖振羽連忙安慰道：「我覺得你這樣很可愛啊。」

夏夢歡笑盈盈地望了他一眼，「真的呀？」

廖振羽想到這傢伙的戲精屬性，禁不住翻了個白眼：「你不會就是想聽我誇你吧？」

夏夢歡沒有回答，而是指了指那女生即將消失的背影，說：「廖振羽，她喜歡你哦。」

「蛤？」這走向有點出乎廖振羽的預料。

「因為喜歡你，所以會關注你的一舉一動，一顰一笑，會因為你一個眼神胡思亂想，也會因為你一點善意而樹立情敵。」

她這一番話說得根本沒有主語，弄得好像是她在開口對他表白一樣，廖振羽被搞得大腦一片空白，怔愣了一會才說：「你突然變得這麼正經，我都有點不適應了。」

「總之，都是因為你，我才被人討厭。」

廖振羽被妹子暗戀了，也很開心，得意說：「又被人惦記了，這個看臉的世界啊，真煩。」

夏夢歡眼珠轉了轉，問他：「廖振羽，大王也覺得你帥嗎？」

廖振羽搖頭：「老大她喜歡花美男、小弱雞。至於我……」

「怎麼？」

「她說我長得像一個優秀的中共地下黨幹部。」

夏夢歡仔細觀察廖振羽的臉，別說，大王形容得還挺貼切。廖振羽此人濃眉大眼，五官是很端正的，只不過風格是那種陽光剛毅的，散發著一種上個世紀紅色電影男主角的光芒。

總之就是帥得很復古啦。

——

為了表達歉意，廖振羽帶夏夢歡去網咖玩遊戲，玩的是最近比較火的一個射擊遊戲。遊戲模式很簡單，一百個人跳進一張遊戲地圖裡，撿東西，殺人，最後存活下來的就是獲勝者。

夏夢歡從撿東西那個環節就癡迷到不行，看到什麼都想撿，廖振羽哭笑不得：「你是來撿破爛的嗎？」

偏偏她撿東西還特別慢，空間有限，要仔細斟酌要哪個不要哪個，慢悠悠地挑著，一個射擊遊戲生讓她玩出了逛淘寶的感覺。

「我覺得挺好玩的。」夏夢歡點評這個遊戲。

從頭到尾一槍未開，她覺得挺好玩的。廖振羽無力吐槽，殺完人，招呼她去撿死亡玩家身上掉落的物品：「去撿你的破爛吧。」

夏夢歡美滋滋地去撿破爛，結果不小心被人打死了。

廖振羽幫她報完仇，直接跳崖自殺，開了下一局遊戲。

一局一局又一局，廖振羽平常玩這個遊戲挺輕鬆的，今天帶個撿破爛的，千難萬難。不得已，他又組了兩個路人隊友，四人一個小分隊，總比兩個人贏面大一些。

兩個路人隊友一男一女，男的一進組發現兩個妹子，立刻興奮地嘰嘰喳喳，問這問那，聒噪得很。夏夢歡開了變聲器，操著一口粗獷老爺們的聲線說：「小哥哥，我在霖城，你說好要來找我哦。」

「次奧……」男隊友罵了一句。

「我給你看我新買的花裙子。」

「滾……」

「哦對了，跟你推薦一款脫毛膏哦，鬍子脫得超乾淨！」

「操你大爺。」

「嚶嚶嚶，你這人怎麼這樣ㄚ。」

「大哥，我錯了，再見。」

大概是為了證明自己堅決的立場，男隊友用一顆手榴彈轟轟烈烈地自殺了。他剛一死，夏夢歡就撲上去，把死隊友的東西撿了。

剩一個女隊友。女隊友發現廖振羽操作好，就老跟著他，還跟他要這要那，廖振羽比較友好，分了好裝備給她，她操著甜膩膩的聲線說：「謝謝小哥哥。」

砰——

夏夢歡開了她玩這個遊戲以來的第一槍。緊接著砰砰砰，一頓亂槍，把女隊友打死了。

廖振羽嚇了一跳，目瞪口呆地看著夏夢歡操控著小人一個餓虎撲食，撲上去又開始撿撿撿。

廖振羽一陣沉默，夏夢歡也沒理他，兩人耳機裡只剩遊戲音效聲。這樣過了一會，他突然開口了：

「為什麼殺隊友？」

夏夢歡翹了翹嘴角，「為了揀裝備不行嗎？」

「我說，你已經泯滅人性了啊……」

第三章

那天廖振羽和夏夢歡玩遊戲的時候心驚膽戰了好一會，老是擔心玩著玩著她突然一槍碰碰了他。好在她對他還算保留著一點良知，之後只是安靜地撿破爛。

廖振羽覺得撿破爛的夏夢歡真是乖巧又可愛。

他仰頭望天，默默垂淚。

我是有多賤啊！

——

第二天是發薪水的日子，在冰場兼職的學生們拿到錢之後安排了一次聚餐。好巧不巧地，廖振羽又遇到昨天說夏夢歡壞話的那個女生。

也就是傳聞暗戀他的那個女生啦。

女生名叫紀瑩，廖振羽跟她說過幾次話，說熟也不熟，說陌生，也不算完全陌生。紀瑩找了個理由敬廖振羽酒，廖振羽不太想和她喝。主要是昨天她背地裡碎嘴夏夢歡，讓他感覺這人不厚道。

可如果拒絕，公開丟女生的面子，又不太好。廖振羽本質上是個隨和的人。

他正猶豫呢，夏夢歡坐在他旁邊，一邊低頭玩著手指，一邊假裝漫不經心地開口：「廖振羽，你不要喝酒了。」

「嗯？」廖振羽一挑眉，看向她，「為什麼？」

「因為喝醉了會……」語氣有點意味深長。

她只說了半句話，廖振羽等半天也沒等到後面的，於是追問道：「會怎樣？」

夏夢歡朝他勾了一下手指，他連忙俯身，把耳朵湊到她面前。夏夢歡在他耳邊輕聲說：「會屁股疼哦。」

廖振羽反應了一下才明白「屁股疼」是什麼意思。

啊啊啊啊！流氓！！！

廖振羽的臉一下子爆成豬肝色，想反抗，想回擊，偏偏又不知該說點什麼，只好張口結舌地看著她，滿臉悲憤，滿眼控訴。

紀瑩看著他們這樣，有些氣，酒也不喝了，板著臉走開。

廖振羽也顧不上紀瑩了，他譴責地看著夏夢歡，嘴唇動了半天，最後只是說：「你這個流氓。」

夏夢歡吃吃喝喝的，眉毛都不動一下。

——

聚餐結束後，廖振羽和夏夢歡並肩走在馬路上。他一低頭就能看到她吃飽喝足滿意撫摸肚子的模樣，想到剛才她調戲他，他又有些來氣。廖振羽：「你一個女孩子，怎麼整天滿嘴騷話，你跟誰學的？」

「電視上學的。」

「我去，什麼電視演這個啊？」

「日本電視不行嗎？」

「得了吧，日本電視不演這個，你當我沒看過日本電視嗎？人家比你純潔多了。」廖振羽說著說著，看著夏夢歡那不知悔改的樣子，「夏夢歡同學，我很好奇你經歷過什麼。」

「唔……我告訴你，你不要告訴別人。」

廖振羽有點意外，「還真有故事啊？」

夏夢歡點了點頭，「其實我以前也挺正常的，特別文靜、溫順、靦腆、純潔、善良、乖巧……」她開始像個三流作家一樣瘋狂地堆砌形容詞。

廖振羽吐槽道：「你是要按字數收費嗎？」

「……我只是想讓你知道，我以前是什麼樣的人。」

廖振羽感覺有點淩亂，完全想像不到她文靜溫順純潔是什麼鬼樣子。他心裡一驚！完蛋，我已經被現在的她洗腦了！

不過廖振羽還是違心地說：「我知道你以前是什麼樣了，現在說說後來吧。」

「後來……我也不知道為什麼，總是被人調戲，我那時還是個孩子呢。」夏夢歡無辜嘆氣。

廖振羽一想到小蘿莉夏夢歡被猥瑣男調戲的樣子，立刻氣道：「有報警嗎？把那些變態都抓起來！」

「報警沒用，警察最多批評教育幾句。如果有爸媽在身邊就好，可是也不能每時每刻都把爸媽帶在身邊。後來有一次，我在大街上看到一對夫妻吵架，女的罵男的是金針菇，男的滿臉通紅不說話……」

她回家之後，弄清楚金針菇是何意思，立刻有點明白了，原來男生也會怕呀？

這件事給了她一點靈感，於是摸索著走上了一條自衛反擊的道路。

雖然一開始只是為了自衛反擊，可是不知不覺地，她說騷話越來越溜了，漸漸地，把自己打造成一個真正的流氓。

這經歷，簡直了，聞者傷心聽者落淚。

廖振羽聽完感覺又搞笑又心疼，突然就原諒了她所有的騷操作，還特別想摸摸她的頭。

然後他就真的摸了，抬起手掌，在她的腦袋瓜上輕輕地拍了兩下，像是安撫受驚的雛鳥。

「以後誰要是敢欺負你，你跟我說，我去打他。」廖振羽說著，揮了揮拳。

夏夢歡心裡一暖，笑道：「好啊。」然後她望著廖振羽，又說：「廖振羽，現在你知道我的祕密了，公平起見，你也要告訴我一個你的祕密。」

「啊？」廖振羽愣了一下，「我沒什麼祕密。」

「那……」她托著下巴思索了一會，「那你就告訴我，為什麼你會心甘情願地當大王的小弟呢？」

「那個啊？只是開玩笑的，本質上就是好朋友，又不是封建社會，還真的搞階級啊？」

夏夢歡不依不饒，又問：「為什麼她是老大你是小弟，而不是反過來呢？」

「男生要讓著女生嘛。」

夏夢歡沉默地看著他的眼睛，對這個答案表示不滿意。

廖振羽只好說道：「好吧，其實是……老大這人挺好的。」

「哪裡好呢？」夏夢歡似乎是打定了主意追問到底。

「我高中那時住校，有段時間我爸公司破產了，到處借錢，焦頭爛額，連續兩個月忘了匯生活費給我，我也不好意思跟他要。老大連續請我吃了兩個月的飯，頓頓都請。」廖振羽說完，感慨道，「這就是我們的革命友誼了。」

「哦，」夏夢歡點了點頭，不動聲色地觀察著他的表情，輕聲說道，「我還以為你喜歡她呢。」

廖振羽一瞪眼睛，活見鬼一樣，說：「怎麼可能！你別嚇我好嗎？雖然我承認老大是個好老大，不過我真不喜歡她那個類型。」

「那你喜歡什麼樣的類型？」

「我……」廖振羽吞了一下口水，低頭看夏夢歡，一陣語塞。

路燈下夏夢歡的五官線條明暗交織，顯得立體了很多。一雙眸子柔亮清潤，目光單純無瑕。她歪頭看著他，那樣子像一隻懵懂的小鹿。

廖振羽很不好意思告訴夏夢歡，單從外表上看，他喜歡的是她這個類型的。

可是她這個類型有點要命呢……

第四章

自從知道夏夢歡變成流氓的全過程之後，廖振羽對她的憐愛達到巔峰，更加無微不至地關照她了。幫她拿東西，在食堂搶飯，驅趕爛桃花……廖振羽堅信，這個時候他的心態大概類似於老大對小妹的那種關照。

假如把他比作一隻雄鷹，那麼夏夢歡就是他羽翼保護下的小鳥。

他把自己這個絕妙的比喻跟夏夢歡分享了，夏夢歡歪著腦袋思考一番，說道：「可是，老鷹是會吃小鳥的呀。」

廖振羽覺得自己可能被調戲了，又覺著大概身為男生比較敏感，容易瞎想，他腦子亂了一下，裝作漫不經心地說：「算了吧，你這才幾兩肉，不值得我動嘴。」

夏夢歡沒說話，心想你儘管吃啊，不用考慮我的感受。

——

時間飛快地滑到了期末。緊張忙碌的考試結束後，廖振羽收拾東西準備獨自一人坐高鐵回家。臨出發的前一天晚上，他把被自己養的胖胖的小兔子交給夏夢歡，並且鄭重叮囑她：「開學還給我，不許吃了。」

夏夢歡點頭，問道：「你明天高鐵是幾點呀？」

「上午十一點，怎麼了？」

「我弟明天開車來接我回家，不如順路把你送去高鐵站吧，你就不用叫車了。」夏夢歡是本地人。

「很好，我果然沒看錯，你是一個知恩圖報的人。」廖振羽心裡有點暖，又問，「原來你還有弟弟啊？」

「是表弟，只比我小三個月。昨天剛拿到駕照。」

廖振羽心頭一跳，「那個……」昨天剛拿到駕照，今天就開車上路，是不是有點操之過急啊……

他心裡怕怕的，可夏夢歡的好意，他又不好意思拒絕，於是就莫名其妙地答應了。這樣惴惴不安地過了一晚上，該來的終於來了。

夏夢歡的表弟個子修長，留著小平頭，長著一雙笑眼，看起來人畜無害的樣子，可廖振羽一坐上他的車，就像唐僧進了盤絲洞，別提多緊張了。

表弟一看到廖振羽，就問他是不是也在玩某某遊戲。

「我聽我姊說，你這個遊戲打得特別好。」表弟說。

難為夏夢歡了，作為一個撿破爛的還能鑑別出誰打得好。廖振羽支吾了一聲，提醒他道：「開慢點，不急，時間很寬裕。」

表弟促狹地看了一眼副駕駛的夏夢歡，緩緩地把車開上路，接著就一腳油門。

把廖振羽嚇了一跳，緊張地扶著車門上方的扶手。

夏夢歡提醒道：「你好好開車。」

「唉，我姊都心疼了。」表弟裝模作樣地嘆口氣，車速放緩。

這話說得就有點曖昧了。廖振羽看向後視鏡，夏夢歡也在看後視鏡，兩人的目光在鏡面中交匯，夏夢歡連忙避開他的目光，眼珠胡亂轉著。

車廂的氣氛有一絲微妙的尷尬，夏夢歡看著車窗外，安慰廖振羽：「你放心，我弟他雖然昨天才拿到駕照，但已經有三年駕齡了。」

意思是早早地就踏上無照駕駛的違法之路了嗎？聽起來並不是很放心呢……

這一家都是什麼人啊，總是在法律和道德的邊緣瘋狂試探？

——

半個多小時之後，廖振羽安全抵達高鐵站，懷著一種感恩命運的心情，對夏夢歡的表弟道了謝。

他驗票進站之後，表弟看著他逐漸消失的背影，問夏夢歡：「你喜歡他哪裡呀？」

「你不知道，他是一個溫柔的人。」夏夢歡說這話時，臉上掛著一點笑意。

表弟吐槽：「算了，不要說了，看你這麼笑，我有點害怕。」

廖振羽回家之後，帶表弟玩了一次遊戲。不帶不知道，一帶嚇一跳。原來表弟是個高純度手殘，在銅牌場掙扎了三個月從來沒贏過，曾經一度幹出過裝妹子抱大腿的勾當，很快被揭穿……這是何等的悲慘和倒楣。廖振羽發現夏夢歡這個家族的人總有一種又奇葩又令人同情的屬性。

他帶著這位表弟吃了一次雞（吃雞的意思就是殺到最後成為贏家），表弟感動極了，當機立斷道：「我認你這個姊夫了。」

廖振羽有點囧，「別，不要叫我姊夫。」

「那叫你爸爸？」

「不用這麼客氣……」

「老公？」

「……」

表弟給提供的選擇就著三個，廖振羽小小地權衡了一下，最後勉強接受了「姊夫」這個稱謂。

於是，三個人一塊連麥玩遊戲的時候，表弟特別自然地喊廖振羽姐夫。廖振羽本來是個健談的人，這時就總是沉默，夏夢歡也不說話，耳機裡只有表弟在姊夫長姊夫短地叫著，氣氛又熱鬧又曖昧。

廖振羽悄悄給夏夢歡傳了則訊息：你不要瞎想。

夏夢歡：哦。

——

春節期間，夏夢歡隨家人一同去泰國玩了幾天。旅途中不忘傳照片給廖振羽，聊自己的所見所聞，廖振羽頗為認真地點評。一來一去，兩人聯繫倒是沒斷。夏夢歡還在籌劃著幫廖振羽帶紀念品，這讓廖振羽大為感動。

回國的前一天晚上，夏夢歡在芭達雅，偷偷去看了一次成人表演。

她去看那個表演，純粹是抱著好奇的心態，據說那個表演的尺度相當大，她就想見識一下到底有多誇張。

為此，她還做了個攻略。網路上都說獨身姑娘去了之後容易被邀請現場互動，互動的尺度不用說，也是很大的。夏夢歡為防止這種意外出現，捎上了表弟。

為了避免尷尬，她還幫表弟準備了一副大墨鏡。戴著大墨鏡出現在光線晦暗的表演現場，眼前黑漆漆的什麼都看不清。

表弟心裡彷彿跑過了草泥馬。

——

整個成人表演低俗且無聊，毫無美感可言，甚至有點噁心。夏夢歡看完之後表示很失望，回到飯店和廖振羽一陣吐槽。

廖振羽一聽她去幹了什麼，當下就炸了，太陽穴突突直跳，惱火的情緒根本遏制不住。他氣道：「你幹嘛看那種東西？還要和男的一起去看？」

他脾氣溫和，第一次這樣和她發火，夏夢歡一時間嚇得不敢說話了。

廖振羽的怒火還在繼續：「你還是不是女孩子啊？要是讓別人知道了，要是讓你以後的男朋友知道了——」

「你幹嘛那麼兇嘛，」夏夢歡打斷他，她突然哽咽了，帶著哭腔說道，「我只是好奇看看，生物課本上也有這些東西啊，看看又不犯法，我又沒去逛窯子，憑什麼就十惡不赦了？！你還兇我，幹嘛兇我啊……」說著說著真的哭了。

廖振羽聽著她斷斷續續的哭泣聲，一肚子火也發不出來了。夏夢歡哭著哭著，直接掛掉他的電話。

廖振羽盯著手機發呆。

我這是怎麼了，他心想，怎麼就突然發那麼大火？那火好像是被澆了汽油，又一陣大風吹過，立刻火勢滔天，怎麼收都收不住。

有必要嗎？

正如夏夢歡說的，她並沒有去做壞事。平心而論，如果換做是他，可能也會忍不住好奇去看的。

雖說有點難以啟齒，可……不至於發火吧？

廖振羽摸著下巴，苦思冥想半天，最後得出一個結論：他啊，可能是平常對她關照習慣了，真把自己當她的監護人了。

呃……

——

第二天廖振羽若無其事地傳了則訊息給夏夢歡：國內這幾天大範圍降溫，記得隨身帶著厚衣服，不要感冒。

絕口不提昨天兩人爭吵的事。

夏夢歡一直沒回他訊息。

廖振羽這一天做什麼都不對勁，時不時地就要看一眼手機，看到她沒有回訊息，他就會想，她是不是還在生氣，他該怎麼哄她。

直到晚上九點多，夏夢歡終於肯和他說話了。

夏夢歡：「剛下飛機。」

廖振羽如釋重負，立刻回道：「累不累？」

夏夢歡：「還行，在飛機上睡了一路。」

廖振羽：「外面冷不冷？你穿的什麼？」

夏夢歡：「羽絨衣。」

廖振羽：「拍張照片我看看。」

夏夢歡嫌穿著羽絨衣自拍難看，於是把羽絨服脫了扔給表弟，擺好姿勢自拍了幾張，挑了一張最好看的傳給廖振羽。

廖振羽一看她衣衫單薄的樣子，監護人病又犯了，特別想說說她。但他極力忍耐著，只是說：快點回家！

——

兩人這就算和好了。第二天夏夢歡閒來無事，又拉廖振羽一起玩遊戲，當然，也叫上了表弟。

廖振羽現在看表弟極度不順眼。三人開了一把遊戲，打到最後三打一，他們只要再解決掉最後那個對手，就能吃雞了。

這個時候廖振羽突然一抬手，對著表弟來了一槍。

一槍爆頭。

前一刻還歡欣鼓舞地準備吃雞，下一刻就眼睜睜看著畫面成黑白，表弟一臉懵逼，「喂，什麼意思啊？！」

夏夢歡也有點不理解，問廖振羽：「幹嘛要殺自己人呀？」

廖振羽趴在表弟消失的屍體旁邊翻東西，一邊理直氣壯地答：「想撿裝備不行嗎？」

三人一起連著麥克風，這話，表弟也聽到了，聽完立刻炸了：「最好的裝備都在你那裡，你撿個鬼啊？還殺隊友撿裝備？混蛋啊！……姊，他就是針對我！」表弟滿腹委屈，說著說著見姐姐不理他，他調轉視角到隊友鏡頭，發現姊姊這時也在撿他掉落的裝備，那叫一個專心致志，心無旁騖。

表弟內心生無可戀，「你們這兩個禽、獸！」

廖振羽清理完門戶，很快把對手也幹掉了，他和夏夢歡雙雙吃雞。

然後他無視掉還在那裡嘰哩哇啦控訴的表弟，問夏夢歡：「湖城這幾天有廟會，你要不要過來玩？」

夏夢歡：「好呀，正好，帶了東西給你和大王。」

被無視的表弟，感覺心有點涼。他傳了則微信給夏夢歡質問：你到底是要弟弟還是要男朋友？

夏夢歡：「當然是男朋友，弟弟是不是對自己的地位有點誤解啊？」

表弟：「……渾蛋啊！」

第五章

如果命運可以重來，廖振羽一定不會邀請夏夢歡去湖城玩。

她不去湖城玩，也就不會知道他從黎語冰那裡坑來兩雙限量版球鞋，她不知道這些，自然也不會趁機敲竹槓，把其中一雙球鞋以折現的方式據為己有。

雖然在廖振羽的心目中，夏夢歡的人設一直不怎麼樣，可這個時候，她的人設又崩壞了一些，更加地不怎麼樣了。

廖振羽隱隱有種感覺，他和夏夢歡之間的關係並不是老鷹和小鳥，而是貓和老鼠。

——他是老鼠。

這真是一個令人悲傷的事實。

不過，生活正如層巒疊嶂的山群，總是峰迴路轉，柳暗花明。廖振羽萬萬沒想到，被夏夢歡坑走的那雙球鞋，後來會以另外一種方式回到他手裡。

——

開學後不久，驍龍俱樂部聯合經管學院和霖大校團委，舉辦了一個滑冰推廣活動系列，系列的第一站是一場頗具聲勢的冰雪創意策劃大賽。

大賽的主題很務實：如何讓更多的人走進滑冰場、去接觸和嘗試這項運動。

比賽分為海選和決賽，決賽設一二三等獎，不僅有獎金，還有創新學分。

創新學分是本科生們學分體系的一部分，本科四年必須修夠一定數量的創新學分才能拿到畢業證書，所以這個還是蠻重要的。

身為滑冰館的兼職員工、俱樂部的一分子，廖振羽和夏夢歡當然是踴躍報名了。

兩人組成一個團隊，報完名，就約在醫學院附近那個小花園的涼亭裡，面對面坐著，頭腦風暴。

廖振羽問：「你說，讓普通人第一次走近滑冰館的關鍵是什麼？」

夏夢歡嗤：「關鍵是要能吸引他們的目光。」

「怎樣才能吸引他們的目光？」

「要有噱頭。」

「比如說？」

夏夢歡想了一下，「老闆帶著小姨子私奔了，發不出薪水給員工，滑冰館門票全場五折！租用裝備折上折！」

廖振羽扶額，「太老套了！來點新意。」

「老闆帶著小舅子私奔了，員工發不出工資，滑冰館門票——」

「……不行！」

「老闆帶著丈母娘——」

「噗咳咳咳……」廖振羽絕倒，「你就不能放過老闆嗎？」

夏夢歡食指碰食指，問道：「那你說怎樣比較好呢？」

廖振羽現在滿腦子都被老闆和他的親戚們佔據了，思路很亂，一時也說不出個什麼。兩個人大眼瞪小眼地看了一會，廖振羽無奈道：「算了，先寫作業吧，我得緩緩。」

「哦。」

兩人於是掏出課本。

夏夢歡手扶著課本，托著下巴仰望天空。這涼亭並沒有實質的屋頂，頭頂上方只用鋼管整齊地搭著架子，鋼架上爬著紫藤。這時節紫藤只剛剛長出新葉，尚未成蔭。初春的陽光透過疏落的枝葉照在人身上，暖洋洋的很舒服。

她瞇著眼睛發呆，大腦放空，心底一片寧靜。

廖振羽翻著翻著書，抬眼看她一眼，輕輕一哼：「傻樣。」

——

廖振羽寫了會作業，腦子終於清楚了，用筆頭輕輕一敲桌面，頗有點小和尚敲木魚的架勢。「我知道了。」他笑道。

「唔？」夏夢歡看著他。

廖振羽正色：「我認為，我們可以不必去想怎麼用噱頭吸引人。不如從自身出發，想想自己喜歡什麼，把自己愛的元素加進去，也許是個不錯的選擇。」

夏夢歡點點頭，「然後吶？」

廖振羽問她：「說說吧，你喜歡什麼？」

「我……」她眼珠轉了轉，看著不遠處的一樹玉蘭花，「我喜歡……」也許是大好的春光給了她勇氣，這一刻她太想讓他知道自己的心意，不想憋著了。於是她低下頭，小聲說道：「我喜歡……你。」因為緊張和心虛，聲音越來越小，說到最後那個最關鍵的字時，聲音輕到幾不可聞，還有些含混，好像沒張嘴一樣。

廖振羽：「哦，你喜歡魚？」

夏夢歡：＝＝

廖振羽摸著下巴仔細思索怎麼往滑冰館裡加上魚的元素，一邊想，還一邊用筆在作業紙上胡亂畫著，過一會，突然眼前一亮，「啊，有辦法了！」

夏夢歡呆呆地看著他一連串神奇的表演，默不作聲。

廖振羽：「我們可以在滑冰場的冰層裡放魚。」

「……蛤？」

「當然不是說放真正的魚，只要做得像真的一樣就好了，這個應該可以實現。大家滑冰的時候，一低頭就能看到腳下有成千上萬的小魚。魚雖然固定在冰層裡，但是因為人在冰面上滑動，兩者之間有相對運動，如果以人作為參考點，魚就相當於是動的。你明白我的意思嗎？」

「……啊？」

「這樣人在冰面上滑行，從視覺上看，腳下的小魚就好像是在游動。我想想，除了魚，還可以放別的，比如蝦子、螃蟹、貝殼、水母……」他像個水產批發商一樣羅列了不少東西，接著又說，「啊對了，我們可以把冰場做成主題冰場的形式，除了海洋世界，還可以是蝴蝶谷。你想像一下，你滑冰的時候，腳下有成千上萬隻漂亮的蝴蝶，那是一個什麼樣的情形？」

夏夢歡目瞪口呆。

她不會滑冰，但是認真想像了一下在群魚和蝴蝶上方穿行，那感覺……很令人嚮往啊。

她就是隨便表白一下，竟然激發出他這麼多靈感，果然，這就是愛的力量嗎？夏夢歡有點震驚。她揉了揉臉，順著廖振羽的思路想了想，加入討論，說道：「常用的室內滑冰場的冰層比較薄，如果底下加進一比一模擬的魚肯定不適合，不如用圖畫或者浮雕，厚度好控制。而且這些可以做成3D的形式，視覺上更真實。」

「對，還有，我又想到，做冰的水裡可以加入染料，把整個冰體做成蔚藍色，人在冰面上滑行，會真的有一種在海面上行走的感覺。」

「對對對，還有……」

——兩個人興高采烈地討論了一會，彷彿下一刻就能站在決賽的最高領獎台上。討論完畢，他們兩個打算回去就著手做這件事，經過滑冰館時，恰好遇到棠雪。

棠雪看到他們紅光滿面的樣子，有點好奇，「你們兩個幹嘛呢，撿到錢啦？撿了多少，拿給我，我去幫你們交給警察叔叔。」

「老大，不好意思哦，我們可能要比你先一步修滿創新學分了。」

「什麼意思？」

廖振羽於是把他們剛才的討論成果毫無保留地跟棠雪說了。

棠雪一聽，樂了，搖了搖頭，抬起食指點了點廖振羽，又點了點夏夢歡，一邊說道：「大傻子。小傻子。」

夏夢歡問道：「大王，你覺得不行嗎？」

「你們不知道嗎？水是透明的，但冰不是，冰最多是半透明。你把那些東西凍在冰裡面，根本看不清楚。到時候你們在冰層下面放東西，就模模糊糊的一個輪廓，別人搞不好會以為是垃圾呢。」

「啊？不會吧？」

「真的。你們這兩個傻白甜，不會觀察生活嗎。」

夏夢歡想了一下，「可是我在冰箱裡凍的冰塊都是透明的。」

「冰箱是冰箱，冰場是冰場，不信你們去看看，看仔細點。」棠雪說著，指了指滑冰館的方向，「我還有事，就不陪你們了。」

廖振羽滑了那麼多次冰，還真的沒有注意過冰層的透明度。這時他跟夏夢歡進了滑冰館，趴在冰面上仔仔細細地觀察，行跡十分可疑。

觀察了一會，兩個人失望地坐在冰面上。夏夢歡喪氣地看一眼廖振羽：「怎麼辦？」

廖振羽指著冰面問她：「為什麼是半透明的？」

「還用問嗎，當然是因為水裡有空氣，這是初中物理學的，只不過被我們忽略了。」

「既然是因為空氣，那麼想辦法把空氣弄掉就好了。」

很好，現在他們的計畫分裂出了第一步：降低水裡的空氣含量，增加冰的透明度。

不僅要方法，還要可行性，還要考慮成本控制……

夏夢歡想到後續種種，一陣糾結。原來，要把一個美好的想法實施起來，需要經歷如此多的磨難和曲折。

比如讓冰變成海。

比如讓你喜歡我。

這就是人間真實啊。

第六章

廖振羽看到夏夢歡垂頭喪氣的樣子，莫名地，身體裡就憋著那麼一股勁，一定要把這件事辦成。

他和夏夢歡做了好幾天調查研究，跑到材料系去問，跑去採訪俱樂部負責製冰澆冰的主管，然後廖振羽就發現，不是所有冰層都是半透明的，有些重要比賽的賽事用冰，因為用水和做工都很講究，製出來的冰透明度相當之高。

至於為什麼老大堅持認為冰場的冰都是半透明的，那是因為……老大她沒參加過什麼重要賽事……唉，老大真可憐。

廖振羽原諒了老大的無知，動手寫了一個方案。雖然奧運會的冰很地道很漂亮，但是成本高得嚇人，用水都是純淨水，製作過程也相當複雜，甚至還有人為了得到最完美的冰，給冰聽音樂。廖振羽只要沒得失心瘋，就不會採用那些燒錢的方法。最後他權衡再三，大道至簡，決定直接把水燒開，然後冷卻，作為冰場製冰澆冰專用水。

至於聽音樂這個方法，倒是可以採納，反正開音響耗不了多少電，就算沒效果也沒關係，至少可以裝逼。

解決完冰的透明度，開始著手做效果圖。

這個環節讓廖振羽有點為難，他不會做圖，平常自拍連濾鏡都不開，並且完全沒有構圖能力，一百八的個子，可以自拍出一百五的效果。

夏夢歡安靜地看著他，「你怎麼不問問我呀？」

可能是因為心態上還沒從老鷹和小鳥的角色裡轉過來，廖振羽和她在一塊做事，總是容易大包大攬。這時聽到夏夢歡問，他才發現他確實把她忽略了。

然而他對她的能力持懷疑態度。畢竟在他眼裡，ps是一門難度極高的技術。

廖振羽：「你會做圖？」

夏夢歡點頭：「會啊。」

「我說的做圖，不是自拍美顏那種。」

「我知道。」

廖振羽說，「那你把你以前做的圖片給我看看。」

「好啊。」

晚上，廖振羽為他的輕視付出了代價。夏夢歡傳了一張照片給他，自稱是她的「代表作」，廖振羽點開一看，那是一張裸照。

照片裡的男人光著身子，身材臃腫，露著兩點，雙手把身份證舉在胸前。臉是他廖振羽的臉，身份證上的照片也是他的，甚至名字和生日民族都對，只有身份證字號那裡是錯亂的。

廖振羽正在宿舍和室友圍在椅子旁蹲著吃火鍋，這時一看到照片，噗通一聲，跪倒在地。

這特麼……做得也太逼真了，嚇死人啊！

室友見廖振羽吃著吃著跪下了，莫名其妙地湊過腦袋看了一眼，一臉驚奇道：「呀，男的也能用裸照貸款呀？……臥槽這不是你嗎？廖振羽？！」

廖振羽尷尬擺手：「誤會誤會！」

室友們不信，笑嘻嘻道：「廖振羽，你去哪裡搞的裸貸？介紹一下唄，我們男的不用計較那麼多，借我一百塊我就拍。」

「真的是誤會……」

「切，小氣。還是不是兄弟？」

廖振羽無奈之下，給夏夢歡傳了則訊息：「在嗎？」

夏夢歡：「在。」

廖振羽：「我室友們看了照片很喜歡，他們也想要。」

夏夢歡：「……」

於是，三個室友在一毛錢都沒花到的情況下，各自收穫了一張裸照。

從此以後夏夢歡在他們寢室人的眼裡就是巫婆一般的存在。

晚上，廖振羽躺在床上，想著那張毫無ps痕跡的裸照。

他有些不開心。

——夏夢歡幫他p裸照的時候選材怎麼那麼不走心呀，他的身材比那個臃腫鬆弛的男人要好多了

他在床上翻來覆去地，感覺很彆扭。最後摸過手機，打開夏夢歡的微信，在聊天框裡打了一行字：

OK？o(ー^ー o #)

「其實我的身材很好的。」

廖振羽打完字，手指停在發送鍵上方，遲遲沒有按下去。

大半夜傳這種訊息給女孩子，越看越猥瑣啊……

他無力地一垂腦袋，趕緊把那句話刪掉，關機睡覺。

——

夏夢歡做效果圖的時候，提出一個新的問題：冰的密度和空氣不一樣，往冰層裡放圖片或者浮雕，

這些東西進入人的視線時會發生折射，視覺效果產生偏差。
至於偏差多大，與兩者的折射率有關。
廖振羽為此，又搞了一個矯正公式。
——
兩人為這個創意做了許多前期工作。他們兩個本身課業都不清閒，還要兼職，能抽出來的時間本就不多，這樣搞來搞去，眼看著資料提交日期馬上就到了，**ppt** 還沒做完。
無奈之下，他們帶著電腦，去飯店開了個房間。
廖振羽萬萬沒想到，自己人生中第一次和女孩子開房，竟然是為了做 **ppt**。
因為訂房太晚，飯店沒有雙床雙人房，只剩下特價大床房了。照理說孤男寡女同處一室，還是這樣的一室，那氣氛本該有點曖昧的。但廖振羽和夏夢歡像行軍打仗一樣，滿腦子都是 **ppt** 和 **ddl**，誰也沒覺得尷尬。進了房間，打開電腦就開工。
廖振羽在茶水台找到兩包即溶咖啡，幫他和夏夢歡一人泡了一包提神。
後來，他有點後悔泡咖啡。
凌晨三點半，**ppt** 總算做完，夏夢歡這時候已經睏得睜不開眼睛了，指了指床：「我睡這邊，你睡那邊。」
廖振羽一陣不自在，「我在桌邊趴一會就好了。」
「沒關係，不要在乎這些細節，只要心是純潔的就好。」
「唔，也對，」廖振羽點頭，想了想又覺得不對，「你就不擔心我對你怎麼樣嗎？」

夏夢歡心想，我超期待的好嗎！

自然，這種話也只敢在心裡想想了。

兩個人分據床的兩端，夏夢歡一沾枕頭就睡著了，廖振羽卻沒什麼睡意，一來是剛才喝了咖啡，二來，身邊躺著個女孩子，讓他的神經無法放鬆，全部注意力都在她身上。他的身體知覺變得異常敏銳，甚至能聽到她的呼吸聲。

過了一會，夏夢歡動了，翻了個身。廖振羽側臉看向她，見她背對著他側躺著，身體由於翻身，斜出一個角度，抱著被子睡得相當踏實，纖細的肩膀隨著呼吸，有節奏地一起一伏，在柔和昏暗的燈光的映襯下，顯得既脆弱，又充滿生命力。

他看著她的背影，心內一片平靜，好像，又不太平靜。

然後，夏夢歡又動了，身體傾斜度更大了一些。

再過一會，又動了……

廖振羽睡意全無，親眼目睹了夏夢歡的睡相——此人睡著時竟然會在床上順時針做自轉運動，她上輩子恐怕是個星球吧？

夏夢歡轉著轉著，頭部轉到了他的腿上，腦袋歪歪地枕著他的腿，睡得香甜。

廖振羽身體一緊，連忙去撥她的腦袋瓜。

撥開了，她又回來。如是再三。

廖振羽無奈了，拉著她的手臂把她提起來，在床上擺正，雖然知道她聽不到，還是忍不住說：「好好躺著。」

夏夢歡不知夢到了什麼，突然一頭栽進他懷裡，反手抱住他，腦袋在他胸前蹭了蹭。

感受到她嬌小柔軟的肢體緊密地貼著他，廖振羽只覺得身體裡有一股熱血在呼呼地往上衝，他無法控制地心緒紊亂，呼吸漸漸急促。

罪魁禍首卻無知無覺，變本加厲地抬腿勾住他的腰，廖振羽感覺自己快爆炸了，紅著臉推她，「我警告你，放尊重一點啊！」

夏夢歡被他推得腦袋微微向後仰了一下，導致她呼出的空氣全噴在他的頸窩上。輕輕的，癢癢的，火熱而無聲的引誘……廖振羽感覺魂都快被她吹沒了。

溫香軟玉在懷，廖振羽的身體漸漸有了些變化。他覺得有點羞恥，又有點無辜。他畢竟是個正常的、風華正茂的男人，怎麼受得了這種撩撥呢……他錯了，他不應該聽夏夢歡的，說什麼心純潔就好，事實證明，男人到了這個時候，哪個心會是純潔的啊！

那個傳聞中坐懷不亂的柳下惠，多半是個基佬。

廖振羽被夏夢歡折磨得不輕，無奈之下，只好用被子把她嚴嚴實實地包裹住，扔在一邊，「都說了讓你放尊重點。」

然後他躺在她身邊，聽著她的呼吸聲，更睡不著了。

——

廖振羽一夜沒睡，第二天起床，一臉菜色地同夏夢歡去退房，前台辦退房的小哥看向他的目光充滿同情。

廖振羽：==

是不是誤會了什麼……

辦好退房，他們回到學校，去經管學院的活動辦公室提交了本次策劃大賽的資料。同時前來提交資料的還有另外一個團隊，那幾個同學是管院的，交完資料，大家一起走出辦公室，管院那幾人嘰嘰喳喳地討論，也不避諱廖振羽和夏夢歡。

「聽說了嗎，據說這次一等獎已經內定了哦。邢副院長的兒子邢軍也參加了這次比賽，不出意外，邢軍就是一等獎了。」

「哈？不會吧？」

「你說會不會？決賽打分的評委有六成是管院的老師。騷年你不要太年輕。」

「啊，那我們豈不是要被當炮灰了？」

「安啦安啦，就當鍛煉一下了，況且邢軍又不能包攬一二三等獎，總能給我們分點肉湯的。」

Blah blah blah……

夏夢歡和廖振羽一路沉默地走出經管學院，等和那些人分開了，她對他說：「我覺得，我們一定可以得到一等獎的。我們有這個實力。」

廖振羽走在她身邊，心不在焉地「嗯」了一聲，聲音聽著沒什麼精神。

夏夢歡見他臉色不好，奇怪問道：「你怎麼了？昨晚沒睡好？」

不，不要提昨晚……

你知道我為了忘記昨晚，有多努力嗎……

廖振羽揉了一下額頭，「我回去睡覺了。」

「哦。」

「然後，這幾天，我們暫時不要見面。」

「……QAQ」

——

一週之後，夏夢歡和廖振羽接到管院通知，他們入圍了決賽，要在學術報告廳進行答辯。答辯分兩個環節，演講和現場提問。

傳說中的副院長兒子邢軍比廖振羽先上場，廖振羽在台下看了他演示的 ppt，只有一個感覺：平淡無奇。

夏夢歡湊到他耳邊悄聲說：「我覺得很一般呢。」

廖振羽：「嗯，感覺像是隔壁附設小學的小朋友幫他做的 ppt。」

夏夢歡捂嘴偷笑。

廖振羽斜著眼睛看她。她笑得眼睛都彎起來，目光說不出的柔亮靈動，配上額前柔軟的瀏海，唔，真可愛。

邢軍的答辯結束，雖然廖振羽和夏夢歡看不起他，但他依舊在評委那裡獲得了高分。

輪到廖振羽和夏夢歡這一組，夏夢歡播放 ppt，廖振羽演講。可能是因為夏夢歡做的效果圖太漂亮了，等他們展示完畢，現場竟然響起了掌聲。

但評委老師好像不太滿意。

評委A：「用開水製冰，成本太高，太異想天開了。」

廖振羽：「這是我們做的成本估算表，另外一張是預期利潤。成本確實提高了，但利潤率相對目前的模式，不降反增。另外，燒開水只是目前比較可行的方案之一，另外一個方案是改進和引用工業製透明冰。」

評委B：「你們這個創意，國外有先例嗎？」

廖振羽：「沒有。」

評委B：「那你有沒有想過，外國人都不去做這件事，是不是說明，它實際上是不可行的？」

廖振羽：「老師，中國人創造四大發明的時候，外國人也沒有去做。我的意思是，創新與國籍無關，它只是需要人們努力去嘗試。自己試過之後，才知道行不行。」

評委B點點頭，看樣子是被說服了，轉頭就給他們打了個低分。

來自管院的六個評委，有三位都給他們打了低分，幸好校團委的老師和俱樂部派來的代表給他們的分數不錯，把分數抬上去一些。

答辯的最終結果，廖振羽他們同另外一個團隊共同獲得二等獎。

一等獎自然是邢軍的團隊了。

說實話，這個結果，廖振羽是不服氣的。

並不是因為他和夏夢歡沒能得到一等獎，而是因為——以邢軍團隊那菜市場批發五毛錢一麻袋的創意，根本配不上一等獎。

老闆小姨子都比他們強。

廖振羽在單純的象牙塔里，感受到了單純的不公平。

——

從會場出來，廖振羽有點負能量，頭上好像罩著一團烏雲。夏夢歡比他還喪，垂著腦袋走在他身邊，也不說話。廖振羽看到她這樣子，莫名地一陣心疼，也顧不上自己心情不好了，安慰她：「好了，我們最初的目標已經達到了，不是嗎?至少有創新學分了。」

夏夢歡仰臉看他，他看到她眼裡含著兩泡淚水，晶瑩剔透，要落不落的。廖振羽整個心口都是揪疼的，無措地看著她，「唉，別哭啊，不是什麼大事。我請你吃飯吧?……要不，你想做什麼，我陪你?」

夏夢歡搖搖頭，默不作聲地繼續低頭往前走。廖振羽連忙跟上去。

如果此刻能讓她開心起來，他願意做任何事。

人生中第一次有這樣的感覺，想要毫無保留地對一個人好。

——

網路上說，人心情不好，就要做一些刺激的事去宣洩負能量。所以第二天，廖振羽拉著夏夢歡去大橋上高空彈跳了。

大橋上的風景特別好，陽光濃烈，山河壯麗。夏夢歡膽子小，只好由廖振羽打頭陣。廖振羽看別人高空彈跳挺好玩的，真輪到他自己，從跳下去的那一刻他就開始「啊啊啊」慘叫，根本沒心思欣賞景色，全程閉著眼睛等死。

整個過程持續了兩三分鐘，他被人拉上來後，臉色慘白，兩眼無神，雙腿綿軟，瑟瑟發抖地背靠著欄杆坐在地上，嘮嘮叨叨地自言自語：「我為什麼要玩這個，我踏馬可能是個智障，差點就死了……」

工作人員聽不下去了，提醒道：「我們這個很安全的，不會死。」
廖振羽一瞪眼，「我說的是嚇死，嚇死！懂？」
夏夢歡彎腰，把他的手機遞給他，「廖振羽，你有電話。」
廖振羽接過電話，「喂？」
「喂，你好，請問是廖振羽嗎？」
「是的，請問你是？」
「我叫張毅，是驍龍俱樂部的營運經理。我們看到了你和夏夢歡在本次創意比賽中的作品，覺得有一定可行性，有意願買下來，請問你們方便見面聊一下嗎？」
廖振羽想到自己剛才的生死時速，突然就熱淚盈眶了：「你怎麼不早點說啊！」

第七章

經過一番談判，廖振羽和夏夢歡最終以五萬塊的價格把創意獨家賣給了驍龍俱樂部。他們的策劃案雖然做得比較粗糙，距離成熟的商業策劃還差得遠，不過已經把可能涉及到的問題都提出來，並且根據現實情況初步尋求到解決辦法。這一點相當難得，很多大學生沒有社會經驗，做事只是憑藉著一腔熱血和腦洞，寫出來的策劃案經常是天馬行空不接地氣。
驍龍俱樂部願意花錢的另一個原因是——獨家。廖振羽他們簽的協議裡有保密條款，從此以後不可以把這個創意透露給別人。而他們比賽時提交的文案和ppt，在比賽的資料庫和獲獎作品展示中都被刪除掉。

直到提款卡裡收到轉帳通知，廖振羽才相信，這一切確實都是真的。

他和夏夢歡一不小心賺了一筆鉅款。

從此之後廖振羽明白了一個道理。人生也許有很多不公，但只要你有足夠的實力，你一定會被人看到。

兩個人把五萬塊平分之後不久，廖振羽的生日到了。夏夢歡送廖振羽的生日禮物是一雙限量版球鞋，補償她之前坑他的那一雙。

廖振羽難以忘記拆開禮物時的心情。有狂喜，有激動，那是肯定的，與此同時渾身包裹著一種輕飄飄的幸福感，心房微微悸動著。

彷彿，有什麼東西要破土而出。

這件事塵埃落定之後，霖大迎來了春季運動會。

這次運動會，學校給每個班級規定了報名人數的硬性指標。廖振羽他們班報名的人不夠，最後只能抽籤決定，廖振羽運氣不好，中獎了。

當他告訴夏夢歡，他要參加長跑比賽時，夏夢歡也不知發了什麼神經，轉頭去找班長，也報了一個長跑比賽。八百公尺都跑不及格的她，非常豪邁地報了一個最高等級的女子三千公尺。

廖振羽看著她蒼白瘦弱的小身板，毫不客氣地說：「你腦子壞掉了？三千公尺？跑完你就累成人肉乾了。」

「我想挑戰一下自我。」夏夢歡答。

廖振羽不太認同她這個挑戰的方式，不過還是尊重了，他問她：「那你要不要先練習一下？」

夏夢歡認真想了一下，搖頭：「不用了，我要把能量都留在比賽的關鍵時刻。」說著還握了握拳，挺像那麼回事。

廖振羽第一次聽到這種歪理邪說，很有一種敲她腦袋的衝動。

夏夢歡不練，廖振羽也沒打算練，他本來就是趕鴨子上架，沒想得名次，就隨便跑跑咯。

——

比賽這天陽光明媚，夏夢歡為了比賽，特地穿了短袖短褲。短褲是那種衣料柔軟寬鬆的運動短褲，嫩黃色，這個顏色，讓廖振羽聯想到剛破殼的小鴨子，感覺特別地清新可愛。

短褲之下，是少女細白如瓷的雙腿。夏夢歡個子不高，不管比例多好，腿也不算長，不過她的雙腿纖細，骨肉勻稱，加之膚色白皙，所以看起來還是很漂亮的。廖振羽忍不住多看了幾眼，之後覺得自己有點猥瑣，於是移開視線，假裝望天。

「廖振羽。」夏夢歡突然叫他。

「啊？」廖振羽身體禁不住彈了一下，莫名地一陣心虛。

他反應有點大，搞得夏夢歡一臉奇怪，小聲說道：「我，我去報到了。」

「嗯，我陪你。」

他陪著她去報到席，夏夢歡彎腰簽到時，廖振羽看到不遠處有個男生盯著她的雙腿看，他皺眉走到她身後，擋住那男生的視線。

與此同時重重地哼了一聲。

夏夢歡沒注意到他們。她簽完到，領到號碼布。號碼布有兩張，胸前一張背後一張。夏夢歡自己別胸前的，廖振羽拿著另一張走到她身後幫她別。她今天紮著清爽的馬尾辮，辮梢垂在身後阻擋了他的視線，他於是把她的馬尾辮輕輕撩到前面去。髮絲握在手裡，軟軟的，有些涼意。

廖振羽喜歡有著柔軟長髮的女孩子。

他撩她頭髮時，指尖不經意間擦到她頸上的肌膚，觸感細膩光滑，稍縱即逝。他心裡禁不住湧起一種異樣的感覺，想到了很多此刻不該想的東西。

夏夢歡感覺到他的動作，不知不覺地紅了臉，低頭默不作聲地扯著胸前的號碼布。

廖振羽別完號碼布抬頭，看到她本來白皙的後腦勺這時透著一層粉色，耳朵也是紅的，整個人像是被燦爛的煙霞籠罩住。

廖振羽愣了一下，緊接著輕輕一笑，「臉紅什麼。」

「我有點緊張。」夏夢歡解釋道。

廖振羽「哦」了一聲，安慰她：「緊張什麼，難道你還指望拿名次啊？」

夏夢歡感覺廖振羽這個反向安慰人的方式真的很別緻了。

她深呼一口氣，跟著其他選手們一起走向跑道，廖振羽站在她身後叮囑：「起跑不要著急，否則後面沒力氣了。反正倒數第一已經被你預定了，慢慢跑，跑完就ok啦。」
有個學生會體育部的學姐，和廖振羽算是點頭之交，這時站在一旁看著他們，笑嘻嘻地打趣道：「有你這樣說女朋友的嗎？」
廖振羽頓時卡住，看著學姐，張了張嘴，末了，小聲說：「你不要亂講。」
學姐一樂，「你這語氣，感覺像是在鼓勵我亂講呢。」
那一邊，夏夢歡站在自己的跑道上，同其他人一起擺好出發姿勢，發令槍一響，大家一起衝出起跑線。從起跑開始，速度差異就顯示出來了。如果說其他人是導彈，夏夢歡頂多算個溜溜球。
廖振羽有點滿意，感覺夏夢歡把他的話聽進去了。
他要是知道夏夢歡這時其實是拚盡全力在跑，恐怕要氣吐血。
夏夢歡跑了小半圈，就有點累，速度明顯慢下來，等一圈過後，她經過廖振羽時，廖振羽看到她呼吸淩亂，眼神空蕩，看起來快要意識模糊了。他忍不住抬腳，跟在她身邊，叫她：「夏夢歡？」
「啊？」夏夢歡應了一聲。
「調整呼吸，跟著我做……吸氣，吸氣，呼氣，呼氣——」
夏夢歡隨著他的指令呼吸，感覺稍微好了一些，雖然還是累。廖振羽不放心，之後就一直跟在她身邊陪跑。她在紅色的跑道上，他在綠色的草地上，涇渭分明，並肩而行。
夏夢歡漸漸地疲憊不堪，雙腿像灌了鉛一樣沉重，她累得大腦放空，精神麻木，只是機械地重複著腳下的動作。那天跑步的很多細節她都不記得了，只清楚地記得耳邊他不厭其煩的指令。她筋疲力竭，身體每一個細胞都在叫囂著停下來，停下來，太痛苦了……她覺得自己快要死掉了。可是聽著他的聲音，她心裡便留有一口氣，這口氣吊著她，讓她就這麼一路堅持，雖然慢，但腳步不停。

廖振羽看到她汗水淋漓，臉色由紅轉白，他一陣心疼，輕聲說道：「要不別跑了。」

夏夢歡咬著牙搖了一下頭，繼續跑，腳步搖搖晃晃的，看起來更像一隻小鴨子了。

廖振羽很後悔沒有在此刻制止她。

當她跑到終點時，已經是面如金紙。廖振羽看到她終於過線，正打算為她鼓掌慶祝，卻只見她搖搖欲墜地向下倒去。他嚇了一跳，連忙伸手接住。

夏夢歡軟綿綿地倒在他懷裡，雙眼緊閉，一動不動。

廖振羽心裡湧起一陣強烈的恐慌，打橫抱起她，瘋了一樣地跑向校醫院。

據目擊者稱，廖振羽當時懷裡抱著個幾十公斤的大活人，拔足狂奔，一騎絕塵，速度保守估計有三十碼，真可謂天賦異稟。

不過後來廖振羽再也沒能複製此刻的輝煌。

——

夏夢歡只是普通的運動性昏厥，在校醫院躺了一會就醒來了。醒來時，她動了動，四肢痠痛無力。雖然跑的是三千公尺，體感卻彷彿是繞著地球跑了三千圈。

她睜著眼睛，眼珠轉了轉，看到廖振羽坐在床邊，兩人大眼瞪小眼地看了一會，廖振羽突然開口：「什麼感覺？」

「一種……」夏夢歡想了一下，形容道：「精盡人亡的感覺。」

「你……！」廖振羽有些尷尬，又有些暴躁，「你是不是傻子？自己是什麼小弱雞，心裡沒數嗎？

逞什麼強呢，跑那兩步是能賺白米呀還是能賺棉花呀？」

他氣急敗壞，暴跳如雷的樣子有點可怕。夏夢歡縮了縮脖子，扯著被角一臉委屈地看著他：「你兇我，我要去告訴大王。」

「我……」廖振羽一口氣提上來，又生氣，又發作不來，無可奈何得很。他抬手摸了一把額頭，緩了緩語氣，問她：「為什麼一定要跑三千公尺？」

為什麼要跑三千公尺？

答案真是再簡單不過了。

當我們喜歡一個人時，就會不自覺地在儀式感中尋求勇氣和力量。認真而虔誠地去完成一件也許看似荒謬的事情，從中獲得精神支撐，來慰藉喜歡時那種緊張而卑微的心情。

這種心情，你懂嗎？

夏夢歡望著他的眼睛，抿著嘴，一言不發。

廖振羽看著她清新濕潤的眸子，和蒼白的面色，這樣過了一會，他突然開口：「看什麼看，傻子。」

夏夢歡沒有否認也沒有反抗，只是轉開臉，看著窗外，一臉憂傷地感慨：「其實有時候，我挺羨慕大王的。」

她這憂鬱的樣子，又把他搞得心口抽痛。廖振羽：「我教你滑冰吧。」

——

滑冰是項不錯的運動，可以強身健體，也不枯燥。

於是夏夢歡在滑冰館兼職這麼久，終於享受到了免費滑冰的福利。第一次學習滑冰，她武裝齊全站在冰面上，全身僵硬，一動也不敢動。廖振羽用一個成語形容她此刻的形象——呆若木雞。

她那樣子很搞笑，廖振羽抱著手臂嘻嘻嘻笑了好一會，笑完朝她一伸手臂，不由分說地捉住她的手。

「行了，你放心滑吧，按照我說的做，摔不到的，有我呢。」廖振羽鼓勵她。

夏夢歡所有的注意力都在他們握在一起的手上。她戴著手套，廖振羽沒戴，雖然隔著一層手套，可她彷彿能感受到他掌心的溫度，於是就有點心猿意馬了。

兩人牽著手，繞著冰場慢悠悠地滑了一會，廖振羽突然鬆開她。他以為夏夢歡沒注意，會不知不覺地繼續滑，卻哪裡料到，他一鬆手，她立刻驚覺，緊接著一陣手忙腳亂，身體還不受控制地因為慣性繼續滑。

「啊！」一聲驚叫過後，夏夢歡應聲倒在冰面上。

好在防護齊全，摔倒也不怎麼疼。

廖振羽看到她出師未捷，忍著笑過去把她扶起來。

「你不是說摔不到我嗎。」夏夢歡抱怨道。

「我就是想讓你知道，男人的話不可信。」廖振羽一本正經地胡說八道。

「哦，」夏夢歡不置可否地應了一聲，仰起臉凝視他的眼睛，然後她微微一歪頭，目光天真爛漫又深情款款：「廖振羽，我喜歡你。」

轟——

廖振羽只覺大腦裡彷彿炸開一片彩色的光芒，絢麗得無法逼視。他幾乎感覺不到自己的心跳了，怔愣地看著她，「你、你，我、我……」

夏夢歡瞇起眼睛，唇角輕輕勾起，臉上漾開越來越燦爛的笑容。

「我就是想讓你知道，女人的話不可信。」她說著，瀟灑地一轉身，踩著冰刀滑出去。

留廖振羽呆立當場。

夏夢歡轉身的姿勢是非常帥氣的。可惜，滑了有一公尺多遠，突然咚地一下，再次摔倒。摔倒之後她似乎是不好意思等人扶，自己想從冰面上站起來。冰面和地面不一樣，冰刀和冰面之間的摩擦係數很小，稍有不慎就又倒回去。夏夢歡沒經驗，加上緊張，在冰面上爬來滾去的，就是站不起來。

廖振羽看著夏夢歡與冰面鬥智鬥勇，一陣無語。與此同時，他被她戲弄之後，是很不爽的，於是暗暗地賭著氣，這次一定要等她開口，他才去幫忙。哼哼。

這麼大個冰場，能幫忙的不止他一個人。有個值班的巡冰員看到夏夢歡爬不起來，一陣風似地滑過來，廖振羽注意到他，連忙滑過去把他打發走了。

然後廖振羽站在夏夢歡面前，彎下腰，兩手扶著膝蓋，安靜地看著她。

夏夢歡坐在冰面上，仰著頭一臉乖巧地看他，「帥哥，幫個忙行嗎？」縮得很快。

廖振羽被她逗得噗嗤一笑。真是的，他跟一個小戲精賭什麼氣呀？於是他爽快地把她扶起來。

兩人這就算是「冰釋前嫌」了，休息了一會繼續滑。再次回到冰面上，夏夢歡不知何時已經偷偷地摘掉手套，伸著一隻素白的小手等著廖振羽去牽她。

廖振羽朝她伸手時，她聽到自己的心跳聲，砰砰砰，重得嚇人。兩人指尖正好碰到時，廖振羽突然動作停頓，詫異道：「你的手套呢？」

「啊？我……我有點熱，就摘了手套。」

「戴回去。」廖振羽皺了下眉，語氣有些嚴厲，「我說你神經怎麼這麼大條，第一次滑冰，什麼都不懂，萬一摔倒了搞不好會骨折，戴回去戴回去！」

夏夢歡面無表情地戴手套，心裡特別想頒發一個「活該單身一輩子」錦旗給廖振羽。

手套戴到一半時，她聽到廖振羽在一旁說：「等你學會滑冰就可以摘了。」

第八章

一個虐心的事實是，夏夢歡的平衡能力比普通人差得多，所以直到學期末，她才算真正學會滑冰，可以不用人牽著也不會摔倒。

其實她學習進度慢，跟廖振羽的教學方法有很大關係。大部分人學滑冰都是從摔跤開始的，廖振羽總擔心夏夢歡摔跤，在冰場上對她照顧太多，導致她學得慢上加慢。

到學期末，終於學會滑冰後，夏夢歡發現，她確實可以摘手套了。

然而這時候，廖振羽也沒必要牽她的手了。

這個，大騙子……QAQ

暑假的大部分時光，廖振羽是在霖城度過的。為此，他爸爸還打電話八卦兮兮地問：「臭小子，是不是談戀愛了？」

「沒有，」廖振羽答道，「我不是和你說了嗎，我報名了俱樂部的暑期志工。」

這是驍龍俱樂部推廣滑冰的活動之一。不過炎炎夏日，這次他們推廣滑的不是真冰，而是模擬冰。

模擬冰場是用高分子聚乙烯鋪設的板材，材料自帶潤滑功能，模仿真實冰面的效果。據說好的模擬冰場可以與真冰達到百分之九十五的相似度。模擬冰場成本低廉、節能環保、四季可用，本身具有很好的市場前景，只可惜在普通人之中的知名度和認可度都比較低。

驍龍俱樂部的老闆是個有情懷的冰雪愛好者，與政府合作做了一個「模擬冰場進社區」的專案，今年暑期有四塊公益性的模擬冰場進入社區，免費對市民開放。

廖振羽所報名的志工，是在這些冰場做義工，幫助附近居民了解和使用模擬滑冰場。

當然，他報名的時候也沒忘了把夏夢歡捎上。

夏夢歡其實不喜歡做志工。又熱，又累，還不討好。居民素質層次不齊，有些很有禮貌，有些就把自己當皇帝，把志工當皇孫。

但是夏夢歡喜歡和廖振羽一起做事情。

和自己喜歡的人在一起，那種甜蜜輕鬆，可以抵掉所有皮肉之苦。

有的時候，冰場附近路過染著黃毛戴著塑膠金鏈子、襯衫敞開一大半的小混混，看到夏夢歡時，小混混會對著她吹口哨。

這時候廖振羽就扶著冰場的圍欄，朝著小混混賤笑，「喲，弟弟身材不錯。」

小混混沒搭理他。

廖振羽：「我請你看電影啊弟弟？」

「滾！」

廖振羽被罵了也不惱，偷偷瞄一眼身旁的夏夢歡。

他很不想承認，跟夏夢歡在一塊，他也變得越來越沒下限了……

——

過了些天，廖振羽連著放了一星期的假。放假原因……

某天早上，他在宿舍醒來時聽到水聲，整個房間充斥著一種潮濕的氣息。他感覺很奇怪，坐起身伸了個懶腰，想要下床。

腦袋剛探出床位，他驚得差點掉下去。

滿地都是水，目測水深至少二十公分，整個宿舍一片汪洋。他的塑膠拖鞋在水面上飄著，像大海中兩隻無助的小船。

什麼玩意，怎麼睡一覺感覺整個世界都變了。好可怕啊！

廖振羽一臉懵逼，一開始以為是水管漏了，直到他下床的時候不經意間往窗外一瞥，外面也是一片汪洋。

好吧，他知道是怎麼回事了。

他打開手機搜了搜新聞，果然，昨晚全城下了一夜暴雨，雨下得太急，排水系統承載不了了，於是形成了淹水。

廖振羽他們宿舍在一樓，自然首當其衝，淹了。

現在雨暫時停了，據說今天還會下。

他涉著水出門，想先去吃點早飯。宿舍大樓有地基，一樓的地面比外面要高出幾十公分，如果現在宿舍大樓的水有二十公分深，那麼外面少說有五六十公分。廖振羽不知道今天食堂營不營業，如果營業的話，他可能得自己遊過去。

廖振羽心情不太美好。他提著雨傘，一路在渾濁的積水裡跋涉著，走到到宿舍大樓門口。剛一推開門，他發現外面停著一輛……啊不，一艘，充氣皮划艇。

夏夢歡坐在皮划艇上，笑得眉眼彎彎，朝他揮了揮手，「廖振羽！」

彼時外頭天空依舊是烏雲密佈，可廖振羽的心裡一下子就放晴了。

你喜歡的人在等你，沒有比這更美好的事了。

而且人家還是划船來的……更加地令人感動。

廖振羽登上皮划艇，這才注意到表弟也在。他跟表弟招呼一聲：「你也來了。」

表弟一陣無語，「我這麼一個大活人，你現在才看到？」

夏夢歡把一個保溫飯盒塞到廖振羽懷裡，「請你早飯。」

「謝謝。」廖振羽心裡暖暖的，低頭打開保溫飯盒，見裡頭是包子、煎蛋，還有培根。煎蛋和培根都做成了心形。

廖振羽看著那些心形的食物，心頭是癢的。他不知道這是女孩子普遍的癖好，還是，還是……

他吃著早餐，問道：「你們怎麼來了？」

表弟似笑非笑，「你問她！」

廖振羽看向夏夢歡。

夏夢歡解釋道：「我看到新聞上說，有一個鱷魚養殖場被洪水淹了，跑出來很多鱷魚。」

廖振羽立即明白了，問道：「你不會是怕我被鱷魚吃了吧？」

夏夢歡沒有回答，只是轉過臉看向遠處被他們甩在身後的樓宇。

廖振羽噗嗤笑了，又不好笑得太大聲，一邊極力忍笑，一邊吃她做的那些小心心。夏夢歡聽到他斷斷續續壓抑的笑聲，有些惱，反問道：「我說得不對嗎？鱷魚有沒有可能游到城區？就算不是自己游的，有沒有可能被水衝過來？來了之後有沒有可能剛好游進學校？剛好遇到你？有沒有可能？！」

「有、有……」廖振羽連忙點頭。

「那你為什麼還笑？」

「因為你可愛不行嗎？」

夏夢歡噎住，紅著臉撇開頭，不說話了。

——

開學之後，進入大二，廖振羽的功課從多變成了很多，多到他甚至無法負擔自己那些課外興趣，於是把其他社團都退了，只保留了滑冰館的兼職。

新學期，夏夢歡也有了新目標。

——她、要、當、巡、冰、員。

這算是一個挑戰，因為巡冰員對體力的要求還蠻高的。

好在夏夢歡這幾個月來堅持練滑冰，身體素質有了很大進步。

忙碌而充實的時光飛快流轉著，等夏夢歡終於通過俱樂部體能和技能的雙測試、拿到巡冰員的資格時，已經到了十一月份。

說來巧了，她拿到資格這天剛好是光棍節。

廖振羽買了點啤酒和零食，兩人坐在滑冰館後門外的台階上，為她慶祝。

夏夢歡今天心情特別好，小臉紅撲撲的，眼裡放著光彩。廖振羽看著她那樣子，特別想捏捏她的臉。

夏夢歡平常很少喝酒，這時豪爽地開了一罐，在廖振羽面前舉了一下，「廖振羽，謝謝你。」

廖振羽看著她的眼睛，他感覺此刻她神采奕奕的目光真的要多迷人有多迷人。他握著啤酒，笑問：「謝我幹什麼？」

「你知道嗎，有些事情，我以前想都不敢想。」

「有這麼誇張嗎，不就是個巡冰員。」

夏夢歡搖頭，「對我來說意義不一樣。我本身膽子特別小，身體也不好，而且還自卑。」

廖振羽悠悠嘆了口氣，「其實每個人都會自卑的。像老大那樣生而無畏的，畢竟是少數。」

「也對，」夏夢歡點了點頭，又說，「但我是那種……必須有人牽著我的手，帶著我走，我才能走下去的。你明白我的意思嗎？廖振羽，因為有你一直牽著我的手，我才能走到現在。所以我要謝謝你。」

廖振羽怔了怔，心內突然湧起萬千感慨。他並不覺得是他在帶著她走，他認為他們是手拉著手並肩一起走。一起走過黑夜白天，晴雨風雪。

不過他並沒有把心裡話說出來，只是喝了口酒，挑眉看著她，笑道：「那你打算怎麼謝我呢？」

夏夢歡歪著頭看他，也在笑，「那你想要什麼呢？」

廖振羽沒有回答，眼睛看著遠處，慢悠悠地喝酒。

夏夢歡鼓著腮幫子，沉默不語。

有時候，我們面對感情時總是在猜測，彷徨，猶疑，試探。心內百轉千回，臉上若無其事。會察言觀色，會條分縷析，卻唯獨少了那麼一點脫口而出的勇氣。

兩個人這樣安靜地喝了會酒，放下啤酒吃毛豆。夏夢歡是個慢性子，剝毛豆慢吞吞的，吃豆子慢悠悠的，她剛吃完兩三個，廖振羽那邊已經吃出一把毛豆皮。

她一邊吃毛豆，一邊偷偷看他。

然後，她親眼看到，他伸手拿啤酒，拿的卻是她的。

「那是我的。」夏夢歡提醒道。

廖振羽「哦」了一聲，鎮定地放下那半罐啤酒，轉而拿起自己的。

夏夢歡突然說：「廖振羽，你不老實哦。」

廖振羽本來正把啤酒往嘴邊送，聽到她這話，他動作頓住，不動聲色地看著她，「嗯？」

她緩緩地傾過身體，慢悠悠地靠近他。

廖振羽心臟提起來，精神緊緊地繃著。眼看著她一點點逼近，他雖緊張，卻並不打算後退，只是手臂向後，撐著身體，望著她的眼睛。

夏夢歡喝了酒，眼珠不像剛才那樣瑩亮，現在染上一層迷醉。

她終於靠得極近，身體幾乎與他相貼，廖振羽的身體對她是有記憶的，這時感受到她柔軟嬌小、散發著熱量的身軀的迫近，他一陣口乾舌燥，喉嚨輕輕滾動了一下，呼吸變得紊亂。

夏夢歡看著他這樣子，笑了。

然後，她突然一伸脖子，在他唇上飛快地親了一下。

「再不老實還親你。」她說。

廖振羽分不清楚這算威脅還是挑逗，他只知道自己因為她這一下，腦子裡炸開了煙火。待他從煙火的碎片裡找回魂來，想要好好回敬她時，她卻已經站起身，拿著啤酒走了。

蹦蹦跳跳地走著。

廖振羽看著她略有些踉蹌的背影，喃喃自語道，「到底是醉還是沒醉啊？」

很快，廖振羽就得出結論：這傢伙沒醉。

因為，她竟然在聊天群和老大玩角色扮演，雖然戲精上身瘋瘋癲癲的，但講話邏輯非常清楚。

總之，沒醉！

——

本來沒醉是個值得高興的事，然而第二天，廖振羽收到一個噩耗。

這個昨天晚上還在強吻他的傢伙，今天竟然跟他討論去冰球隊相親的事！

啊啊啊啊啊相什麼親！做人還能不能有點責任感！

廖振羽義正辭嚴地批評了她。
之後他不放心，跑去商場買了條金鏈子。
媽蛋，老子要把這傢伙拴住。
他把金鏈子甩給夏夢歡，夏夢歡拿在手裡掂著。
廖振羽：「懂我的意思嗎？」
「懂，」夏夢歡乖巧點頭，「這不是塑膠的，感覺應該是真金。」
廖振羽差點氣吐血，「渾蛋，我是要你做我女朋友啊。」
夏夢歡掂金鏈子的動作停住，望著他的眼睛，突然就笑了。
沒有人知道，她從第一眼見到他就喜歡。
一年零兩個月，四百三十六天，每一天都活在暗戀裡。
現在，他要求她做他的女朋友。
「你早說啊。」

高寶書版集團
gobooks.com.tw

YH 006
冰糖燉雪梨（下）
作　　者　酒小七
責任編輯　陳柔含
封面設計　黃馨儀
內頁排版　賴姵均
企　　劃　何嘉雯

發 行 人　朱凱蕾
出　　版　英屬維京群島商高寶國際有限公司台灣分公司
Global Group Holdings, Ltd.
地　　址　台北市內湖區洲子街88號3樓
網　　址　gobooks.com.tw
電　　話　(02) 27992788
電　　郵　readers@gobooks.com.tw（讀者服務部）
pr@gobooks.com.tw（公關諮詢部）
傳　　真　出版部(02) 27990909　行銷部 (02) 27993088
郵政劃撥　19394552
戶　　名　英屬維京群島商高寶國際有限公司台灣分公司
發　　行　英屬維京群島商高寶國際有限公司台灣分公司
初　　版　2020年 2 月

本著作物由北京晉江原創網絡科技有限公司授權出版。

國家圖書館出版品預行編目(CIP)資料

冰糖燉雪梨（下）／酒小七作;
-- 初版. -- 臺北市：高寶國際出版：高寶國際發行, 2020.02
面；　公分. --

ISBN 978-986-361-795-2(下冊：平裝)

857.7　　108022573